新潮文庫

（霊媒の話より）

題未定

安部公房初期短編集

安部公房著

JN017696

新潮社版

11885

目次

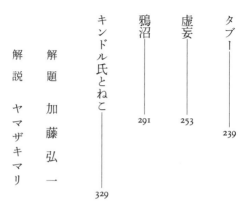

加藤弘一　編

（霊媒の話より）

題　未　定

安部公房初期短編集

題　末　定

（霊媒の話より）

そう、もう十年以上も昔になるかね。今と異《ちが》って失業者とか乞食《こじき》とか云《い》う結構な連中がぞろぞろして居た頃さ。其《その》頃と云えば全く、今の様にこう戦争が始って皆の心持が引《ひき》しまって居る状態から見れば、全くの所お話にならぬ程馬鹿馬鹿しい事も多かったね。今から話そうって言う事もまあ其一つかも知れないね。だがまあそれにしてもなかなか面白い事なんだ。

僕の国の村の近くにね、山の上なんだが一寸《ちょっと》した地主さんが住《すま》って居てね、さあ今はどうかね。多分今でもあるだろうと思うのだが。まあ其処《そこ》にもう三十になる妻君と、その婆《ばあ》さんが一緒に住って居たと云う訳さ。其家には気の毒な事に子供が一人も居なかった。一人居た事は居たんだが、生れると間も無く死んで終《しま》ったのさ。

まあ家庭的な奥さん達で小供が居ないとなると、特に田舎《いなか》の人達は一帯にひどく信心家になるものだね。まあ僕の村は村と云ってもすぐ傍《そば》には相当な町もあるしなかかなか村にしちゃ大きいし、栄えても居るのだが。

さてその地主の奥さんも例に異わず大の信心家で、其上気だても良くて家に来た物乞い等《など》には大そうに振まったりしたものだ。又近所の人々にもなかなかの評判だった。小作の持って来たものは、それを二倍三倍にもして帰えすと云うので、雞《にわとり》だとか、卵だとか、野菜等は年中絶える事が無かった。其他季節に依《よ》って色々な果物等が、どしどしもち込まれた。勿論《もちろん》それ等《ら》は大部分が又村の貧乏な人の家や病気の人の家にくばられるのだが。

其処の主人だってそれに負けない程の人格者だった。奥さんより七つ――多分そうだよ――七つ位年上で、中背で少し猫背の人のよい標本みたいな人だった。いつもにこにこ笑ってね。なかなかの世話好きで一日村中を馳《か》け廻って色々人の為にやって居たね。公用から私用から。でも少しも出しゃばった所が無く、品を落さないと云う程度で腰が低くかったので、村中の尊敬と信頼とを一緒にうけて、やがては村長様になるだろうと村中で噂《うわさ》して居た。

まあそんな訳で家の中は全く二つの事を除けば此《こ》の上無くうまく行って居たのだ。そう、其の二つと云うのは、一つは先に云った小供の無いと云う事で、もう一つは件《くだん》のお婆さんなんだ。もう其時は七十を一寸越した位で、大分よぼよぼに成って居た。

其の今から話そうとして居る前の前の年位迄《まで》は恐ろしい位元気で、毎日の様に山の上から町の方迄下って行って、自分の好物の「新鮮な魚《うお》っ切れ」を買い出しに行ったものだ。一体に年寄りと云うとじっとして居て野菜ばかり食って居るものだが、此の婆さんと来たらぴんぴん動き廻って、魚も食えば肉も大好物と云う有様で、おまけにひどく荒っぽいのだ。一度等は僕の家にやって来て何やら話して居たが、婆さんの側に置いてある風呂敷包み——例の町から買って来た「新鮮な魚っ切れ」が入って居たのだが、それを近くの野良猫がかぎつけてギャアギャア縁側の所でわめき立てたんだ。始めの内は婆さん小声で「しっしっ」と云って居たが、一向にその利目《ききめ》が無いと見ると、いきなり僕達もビクッとした程の大声をはり上げ乍《なが》ら、手元にあった婆さん愛用のステッキを振上げて跣足《はだし》のままで庭先にかけ出したと見るや、あっと云う間もあらでその野良猫を叩《たた》き殺して終ったと云う様な次第だ。

とは云うものの別段気立てが悪いと云うのでもなし、それにあの立派な人格者の地主さんの家の御隠居さんだと云うので人々も別に気を悪くしたり陰口をきいたりする様な事は無かった。何かあっても遠慮して其場をゆずって終うのだった。

だが其の大人しい地主さんにして見れば、気になって気になって仕方無いのだ。とは云っても元来親孝行の地主さんの事だから、そんな事について注告がましい様な事なぞとても云えたものじゃ無い。やれ婆さんが土方の喧嘩《けんか》を仲裁したとか、男でも恐ろしい様な山寺へ行く途中の吊橋《つりばし》を走り乍ら通ったとか云うのを聞く度《たび》に奥さんと二人ではらはらして心配して居るばかりだった。

さて丁度其頃――まあ普通ならね、手品をやってから種明しするのが順序なんだろうが、どうも僕はそんなに手ぎわが良く無いから、逆に種明しし乍ら手品をやって行くからまあ其のつもりで居て呉《く》れ給《たま》え。息づまる様な興味なんて云うものはすっかり無くなって終うかも知れないけれどねえ。――

さて其頃、今から云う事は全部後になって解《わか》った事なんだがねえ、一人の小ちゃな年の頃十四か五に見える――本当は十八だったんだそうだが――きゃしゃな人好きのする孤児がどこからか此の村に流れ込んで来た。田舎町や村々を巡って歩く曲馬団から逃げ出して来たのだそうだ。古ぼけた茶色のつぎはぎだらけの背広みたいな袋に身をくるんで、一日どこかの草原の上か橋の下でぼんやり、その物問いたげな目を宙に浮かせてねころんで居た。ねえ、僕は考えるのだがこいつは一寸研究に値すると思うのだ。何故《なぜ》浮浪人が橋の下を好むかと云う事についてね。若《も》しかしたら伝統的な郷愁なのかも知れないね。だがまあこんな事はその道の専門家にまかせて先へ進もう。

其の少年と云うか浮浪人は、両親の名も解らなければ、姓も解らず、年等に致っては皆目解らなかった。が名前も年も一人前にちゃんと持って居たのだ。名前は、彼の居た曲馬団の女将《おかみ》さんにつけてもらったので、当時の流行と女将さんの趣味と、それに彼のそんな境遇にしては珍らしい上品な面持や物静かさから、花丸と云うのだった。それで曲馬団の仲間では、男達はパー公と呼び、女達にはパーちゃんと呼ばれて居た。小さい時からそう呼ばれて来たので自分でも自分の事をパー公と云って居た。彼の年と云えば、これも又極めて怪げなものなのだが彼が此の曲馬団にやって来た日を以《もっ》て、彼の満五歳の誕生日にしたのである。それ以前の事や、彼が曲馬団にやって来た事についての経緯等については、誰も知って居るのか居ないのかは解らなかったが口をつぐんで話さなかったので、彼も何も知らなかった。唯《ただ》時々、何かのはずみで、ぼんやりと頭の中に暖い日の光と、同時に父や母や二三の兄弟の事や、じーっじーっと頭の上で音を立てて居るランプの事等がチラッと頭の中をかすめるのだが、それが何を意味して居るのかは彼には一向に解らなかった。唯其時何か奇妙なすい込まれる様な懐《なつか》しい、そしてたまらなく物侘《ものわび》しい気持になるのを心持良く感じた。

彼は小さい時から他人の声色《こわいろ》を真似《まね》する事が上手《うま》かったので、女将さんは彼にそれを益々上手く成る様に練習させた。八つ位に成ると彼はもう種の良い鸚鵡《おうむ》の様に成った。それで彼は其頃から舞台に出て道化役をして居た。小さな可愛《かわい》らしい子が、おどおどと内気そうに色々な声色を使って見せるのは、観客の心の中に極めて微妙な、同情と云うか愛情と云うか、良い印象を与えたものだ。品の無い田舎巡りの曲馬団に、彼の存在は一寸独特なものだった。彼のおかげでその曲馬団は随分と引立って見えた。田舎の人々と云うのは、都会の人々とは異って、実に素朴な微妙な感覚については、強い感受性を持って居るからね。

勿論彼のやる事は単にそればかりではなかった。我々だって彼等の生活が単に舞台表ての生活ばかりでは無いと云う事位知って居るが、実際は我々の想像して居る以上に舞台裏の生活が彼等に取って主要な部分を占めて居るのだ。彼は舞台の後片附けだとか、大人の曲馬師達の手伝いだとか、其他色々の雑務をしなければならなかった。本当ならば彼も他の二三の小供達や若い男達の様に色々の劇《はげ》しい曲馬だとか綱渡りだとか玉乗りだとかの練習をしなければならない筈《はず》なのだが、幸か不幸か女将の御気入で、体が弱いからとか何とか云う理由でしないでも済んだのだ。こいつは全くの所幸か不幸かと云い度《た》くなる事だった。と云うのは、女将の御気入りだと云うので皆からひどく妬《ねたま》れて、仲間からのけ者にされたからである。彼としてはそれが非常に苦しく感じられたけれど、これが亦《また》幸か不幸かで、其の為に彼は俗な曲馬師達の仲間に居ても、その純粋な気持と誇《ほこり》を失わずに居る事が出来たのである。

　彼は幼い乍らも一個のロマンティストであった。彼はほんの一寸した事にもはげしく心を動かされた。しかし彼は決して単なる夢見る男では無かった。小さい時から、社会の一員として、激しい利害関係の中に育って来た彼は、そのものを良く理解する機敏な性質から、うまく人の心をとらえ、相手に取り入る方法を会得《えとく》して居た。そして又何が自分に利益を齎《もたら》すか、何が自分の害になるかを良く理解して居た。彼は小供の顔をした大人だったのだ。若し彼に、詩的な空想や感傷が無かったなら、彼は此の曲馬団を行く行くは自分のものにして終う事が出来たかも知れない。女将もなかなか利口な人で、彼の此の性質をすっかり見抜いて居て、又それがひどく女将の気に入って、何んなら自分の養子にしても良い等と迄考えて居た程なのだ。女将は良く人にも――あの子は本当に曲馬師には出来過ぎだよ――等と云って居たそうだ。そんな事が結局彼の不幸せに成るのだと云う事迄は、さすがの女将も気が附かなかったのだね。

　さて此処《ここ》にもう一人新らしい人物が登場して来る。それはパー公よりは三つ年上の昔何処《どこ》かで乞食をして居たと云う男の子で、一見ひどく鈍間《のろま》で足らない様に見えるのだが、其実どうしてどうして負ん気の利口者だった。名前は、えー一寸良く思い出せないのだが、渾名《あだな》は確かクマ公と云ったと思うんだ。一見成程如何《いか》にもクマ公らしいのだが、実際その性質に至ってはクマ公所でなく、猿公とか、虎公とか云い度く成る程だった。パー公何んかとは丸で異って一度思い込んだら最後迄やり抜こうとする激しい意志と、力強い情熱と強烈な忍耐力とに満ち満ちて居た。

それに彼は将来第二の曲馬師に成る可《べ》く、一日激しい訓練をされて居た。幾度も狭い楽屋裏で馬の背からふり飛ばされたり、親方からこづかれたり、女将から叩かれたりした。けれど彼は泣顔一つ見せないで歯を食いしばって我慢して居た。彼は此の苦しみからのがれるのは唯だ此の試練をやり抜いて一人前の曲馬師に成る事以外には無いのだと固く信じて居たから。そして彼――クマ公は、大勢の見物人の目前で、たくましい肉体を見せ、身軽に狂い廻わる馬の背で冒険をやって見せる事が、何よりの望みであったし又あこがれだったのだ。彼の夢は何処か大きな町の立派な天幕の下で、幾百と無く輝く電燈に照し出され乍ら、金や銀や赤や青の房や飾りを着けた三頭のみがき立てられた馬の上で、体にぴったり合った肉色のシャツと又引《ももひき》を着け、ぐっと胸をそらせて自由自在に乗り廻わし、見物人の前でぐいと馬を止めると、何か昔の英雄の様に片手を高く差上げて、何時《いつ》迄経《た》っても止《や》みそうも無い拍手を制し乍ら、一寸笑いをふくんだ口調で「皆様」に挨拶《あいさつ》申上げる事だった。

此のクマ公憧《あこが》れの夢でも解る様に、彼はその烈《はげ》しい気象の反面には極めて素朴な人の好さと、やさしさとを持って居た。彼はパー公につらくあたらない唯一人の仲間だった。彼は他の仲間達の様にパー公の身の上と自分のそれとを引き比べよう等とはしようとさえ思わなかったのだ。彼に取ってはパー公は非常に不可解な、想像以上の存在だった。他の仲間の事は何でも彼には理解出来た。十五六の時にはもう女の取合いを始めた程だ。彼の欲望はすっかり彼の仲間のそれと一致して居たし、話題も趣味も全々其傾向を同じくして居た。だからこそクマ公は彼等を軽蔑《けいべつ》する事も出来たのだ。――へっ、笑わせやがらあ、今に見てろ俺なんざあ……。――と云う具合に。しかしパー公に対して丈《だけ》はそうは行かなかった。一体何《ど》う云う訳でパー公があんなに自分達と異って居るのかさっぱり見当がつかなかった。だがとにかく違うのだ。――ふん、生れが異うんだろさ――とクマ公は考える。

だが素直なクマ公はそれを別段悪い気持で云って居るのではない。そればかりでなく、パー公が女将から何や彼《か》と目を掛けられるのを、むしろ当然であると考え、むしろうれしい気持でさえ眺めて居たのだ。クマ公はパー公の近くに居ると、不思議にも気持の良い上品な気持になって来た。そして丸で自分の人間が変って終う様な気がしたりするのに気がつき始めた。彼はやさしい尊敬と愛着の交り合った様な気持でパー公を見て居た。そして其気持は日を追うて目立って強く成って行った。何か大人の仲間に交って口論したり、親方にこっぴどくいじめつけられたり、一寸まんざらでも無いと思って居た女達に白い目で見られたりして、重苦しいくしゃくしゃした気分で居る時でも、ふとパー公の事を考えるとすっかりそんな事が馬鹿馬鹿しく成り、軽い明い気持に成れるのだった。時たまパー公が彼に落ち着いた笑顔を見せながら彼に話し掛けたりすると、もう彼は有頂天になって、別に深い意味も無く親方の悪口だとか、仲間の女の批評だとかを恐ろしい勢いでまくし立てる。実際には彼はそんな事を云うつもりでは無いのだが。そしては後で俺はまあ何んて馬鹿なつまらない事をしゃべったものだろうと後悔するのが常だった。

そうこうする内にパー公はすぐ様クマ公の気持を見抜いて終った。そうかと云って別に厭《いや》な気持もしなかったので、時々クマ公と色々な話をしたり、一寸した事の助け合いをしたりする様に成った。まあそんな訳でやがては彼等二人は無二の親友になって終ったのだ。パー公の方は強い感謝と信頼の心で、クマ公の方は強い愛情と尊敬の気持で、互に結びついて居たのだ。

こんな具合で話しの始めの年がやって来た。そして春に成って巡業するのに良い気候が訪れた。そして彼等曲馬団一行は冬の間滞在して居た町を離れて、町から町へ、村から村へと廻り始めた。そしてやがて彼等一行は、五月の終りの或る良く晴れた昼過ぎに、私の村を訪れたのだ。大きな天幕が役場の前の空地にはり巡らされ、色々に派手な色に塗りたくられた重そうな長い旗が、幾本もずらっと並べられた。ドッドッドッと云う様な大きなのや、テンテンテンと云う様な小さな太鼓等が、にぎやかに村中にうかれ出した。その中には二三の女の他、クマ公もパー公も居た。クマ公は白と茶の縞《しま》の入った袋見《み》たいな上衣《うわぎ》と、つんつるてんの太いズボンをはいて何やら音のするものを振りまわして居た。パー公は白いピエロ服を着て、何か色々の変った、人の注意を引く様な声を出して、翌日からの興行のプログラムを云う役目だった。其他の連中も夫々《それぞれ》おどけた服装や、奇抜な格好をして四方に愛嬌《あいきょう》をふりまき乍ら歩いて行った。内気なパー公も、さすが場なれして見事に役目をやってのけて居た。その行列の後には、どこでも同じ事であるが、男の子や女の子が、がやがや顔を見合わせてしゃべり乍ら群をなしてついて行った。

やがて村の反対側の端迄来たので一行は一寸息抜きをする事にした。パー公とクマ公と女将は並んで路傍に倒れて居た大きな丸太の上に腰を下ろした。パー公も何時とはなく晴々とした気持で、あたりのやっと春めき始めたばかりの山々を、楽しそうに眺めやったり、クマ公と一緒に路《みち》行く人やまわりを取りまいて居る物見高い見物人の事をあれやこれやと批評したりして居た。女将迄がそれにつられてはしゃぎ出し、白《おし》粉《ろい》や紅をべたべたぬりつけた異様な顔をひんまげて笑い乍ら、傍に居る村の子供達をからかったりし始めた。

そこへ丁度通り掛ったのが、そら、此の話しの始めに出て来た山の上に住んで居る地主の婆さんなのだ。二三の連れと一緒に、又例の如《ごと》く町へ「新鮮な魚っ切れ」を買いに行った帰りなのだ。そして此の一行の前で立止るや突然例の無遠慮な調子であたりかまわず、連《つれ》の者に話し掛けた。

——おやまあ、何ちう人達かね、こりゃ。ええ。とんでも無い人達だが。さあ、それにしてもほんにまあ可哀《かわい》そうな人達さね。そら見い、あんな子迄《まで》さ。——そしてパー公の方を指しながら連れの方を振り返えった。——親も兄弟も無くて、どこかのたちの悪い鬼婆に育てられて来たんだろが、ほんにまあ可哀そうなこっちゃ。あんな悲しそうな目をしてさ。ねえおまはん方、内等の餓鬼は二言目には、おっかあおっかあとわめきやがって、自分じゃ何んにもしないでぐずぐず飯ばかり食らって居るが、まあほんに可哀そうに、誰一人面倒見て呉れるじゃ無し、悲しい事やつらい事があったってどこにも言って行く所も無し、まあねあったまろうと蒲団《ふとん》の中に入っては見たが、氷の様につめたいせんべい蒲団と云った様な所さね。——

これを聞くと女将も黙っては居れなく成った。やにわに立上るとすごい権幕で食って掛った。何が此の田舎婆めとなめて掛ったのである。

——おい、一寸《ちょっと》お待ちよ婆さん。可哀そうだの、とんでも無いだの仮にも云ってもらい度くないものだね。私等から見ればねえ、お前さんの方がどれ丈可哀そうだか解らないものだね。一体お前さん等《など》どこに生がいがあると云うのだね。——

婆さんだって先を云わせはしなかった。

——へっ生きがいだってね、お前さん、そんなものが一体何になるものかね。わし等お天道様の御望みのままに一すじだって間違った暮しなんぞしたおぼえは無い。毎日何不足なく気楽に暮さしてもらって居るよ。お前なんぞその子を牛か馬なんぞの様に自分の為にこきつかって居るんだろが、罰あたりめが。——

——何だと、そんな事がお前さんの知った事かって。此子《このこ》はまるで私の自分の子か何んぞの様に可愛がって育てて来たんだから、お前さんなぞにつべこべ云われる筋はあるもんかい。——

——可愛がっただって。ふん、あとから何かの役に立つだろうと思って、一寸手を掛けてやったと云う位のものだろうさ。——

若しも村の人達がやって来て止めようとしなかったら、いつ迄つづいたか解らなかった。女将の方は相手がどこかの裏長屋の宿無し婆さんだろうと思って居たのに、地主さんの婆さんだと聞いて、商買柄すぐにそのへまに気附いて大人しく下った。が婆さんの方は皆に引っぱられて、未《ま》だみれんがあるらしく、ぶつぶつ云い乍《なが》ら向うの方へ行って終《しま》った。曲馬団の一行の連中は、皆ひどく面白がって事の成行きを見て居たが、あん外あっさりとけりがついたので、一寸がっかりした様な調子で、がやがや何やら云い合って居た。村の子供達は相変らず、意味深げな無表情さで、ぼんやりまわりに立って居た。

しかし是《これ》はパー公に取っては極めて強い感動的な出来事だった。

彼パー公にして見れば、自分の事が問題の中心に成った事なんか、かつて無かったし、又自分では色々考えて見た事はあってもその自分の境遇について人から悪《あ》しざまに云われた事、ましてや人からよい様によい様には云われはしたが、決して同情なんかされた事は一度だって無かったのだ。自分は同情され得るのだ。同情される立場にあるのだ。是は確かに大きな発見だった。それにしてもあの婆さんは一体どう云う人なのだろう。ああ云う型の人間は自分達の周囲には一人だって居はしない。そんな訳で彼はすっかり好奇心で一杯に成った。それにしても、あの婆さんの云った事は一言一言彼の頭の中にこびり着いた。彼の人真似をするのが職業である所から彼の婆《あ》さんの云った口調迄がすっかりそのまま彼の頭に記憶された。

彼の心には、自分の現在住んで居る世界とは全々趣を異にする世界へ対する、エキゾティクな憧れと郷愁と、それから平和と静けさに対する強い希望とが、彼の頭を厚い霧の様に覆《おお》って終った。其時も亦、彼の心の底にひらめいた幻影は、彼の失われた家庭――彼は始めは唯《ただ》単にそれ等を未知の人々だと考えて居たのだが、他人から色々の事を聞いたり、判断したりして終いにはそれ等の人々を失われた家庭の人々であると思い込む様に成ったのであるが――それと例のにぶい音を立てて居るランプの光とだった。

やがて日は経って、興行が始ってから四日目だった。是《これ》が最後の日だと云うので、一行の連中は皆すっかり愉快そうだった。其後二三日必らず暇が出るのだ。見物人も多かった。最初に女将が出て挨拶した。次いでパー公が出て、色々巧みに言葉を使い分けておしゃべりをした。彼は観客の顔を一人一人見乍らしゃべった。これは彼の長い事の経験から得た一番落着いて、上手くしゃべれる秘訣《ひけつ》だった。長々と喋《しゃべ》り立て、さんざん見物人を笑わせて、それも終りに近づこうとする頃、ふと正面の左よりの座席に居る人々の姿が、彼の心にはげしく作用した。彼は心臓の鼓動が妙に強く、不調な速度で体中にひびき渡る様に感じた。彼の目はもうそこに吸い着けられて動こうとはしなかった。両親に連れられた楽しげな二人の子供達だった。失われた人々のかすかな面影が再びそこに現れた様な気がしたのだ。震える様な不安と焦《しょう》そうと、消えて行く様な悲痛と侘しさが、失われ掛けた春の光を、手折られた小枝の若芽を、もう一度湧出《わきで》る激しい生命の叫びを呼び起したのだ。無言の、そして未だ知られざる争闘が、過去の世界と現実の世界とを結び着ける為に、圧《お》し包まれて居た厚手のマントを押し開いて、新らしい魂の舞台へと、「狂」の舞踏を始める為に跳《おど》り出したのだ。

彼は宙を飛ぶ様なやるせない気持で、果てしない空虚な孤独感で、がっかりし乍ら楽屋裏へと帰えって来た。彼はぼんやりした気持であたりを眺め廻した。彼の周囲では、しかし、何も彼もが何時《いつ》もとすっかり同じ様にごたごたと動き廻って居た。それが彼には寧《むし》ろ不思議に思えて仕方無かった。重苦るしくたれ下った灰色の天幕の下のごみごみとした空気の中に、その天幕の間隙《かんげき》からもれて来る光線が幾本かの縞に成ってちらちらして居た。赤や青の房をつけた馬がぶるぶるっと太い胴をゆすったり、首を大きく上下に振ったり、蹄《ひづめ》をカタカタ云わせたりして居た。男達や女達が笑ったりどなったりしながら幾本も幾本も天幕を支える為に立ち並んだ柱の間をくぐり抜け乍ら往《い》ったり来たりして居た。が彼にはそれが現実のものでは無くてぼんやりした夢の様に感じられた。

突然話しの途中で調子が変り、失心して終った様なパー公の様《さま》に気附いて女将は一応仕事の片をつけると、急ぎ足で彼の所にやって来た。そして体の具合が悪いのじゃないか、とか、気分が悪るければ一寸外に出て新鮮な空気に触れたらよかろうとかこまごまと注意して呉《く》れた。そして又云った。――本当にね合間合間にお前に出てもらわなければ困るのだがねえ、だがちっとも心配する事は無いよ、それより本当に一寸外の明い気分を吸って来たらすぐ良く成るからまあそうしてごらんよ。――彼は別にさからわずに裏の方から天幕を引き明けて外のやわらかい草をふみしめた。女達が同情して――パーちゃんどうしたの、――と云う声も一向聴えなかったし、男達がからかう様に小突いて行くのにも一向気が附かなかった。クマ公は気が気で無かった。確かにパー公に何事か起ったのに異《ちが》い無かったのだが、今は彼の出場の番だった。彼はすっかりパー公の事で心が一杯に成って何をしてもぎこち無かった。それで幾度も親方に外から気附かれぬ様に、こっぴどく痛い目に合わされた。

　パー公は明い春の日に目の上を撫《な》でられると思わず涙がほほを伝って流れるのを感じた。そこには犬の子一匹居なかった。静かな五月の太陽丈《だけ》が、ゆっくりと頭の上を動いて行った。遠くの山々が紫色にかすんで、果し無い緑一色《ひといろ》が眼前に拡《ひろが》って居た。何も彼もが喜びに満ち満ちて、たのしげに生を讃《たた》える歌をささやいて居るかの様だった。しかしそう云った事が、かえって彼の孤独感と寂寞《せきばく》さとを、いやが上にも強よめるのだった。そしてもう今は、日光によってではない魂からの涙が、とどめもなく流れ出した。

その酔った様な気分からやっと少し脱け出して来ると、今度は彼はもう一度さっきの家族連《づれ》を見たい慾望にかられた。それは忽《たちま》ち押える事の出来ない強烈な炎と成って、彼の全身を包んで終った。彼は涙をぬぐって立上った。そして彼は舞台の上で反《か》えって今迄に無い勢《いきおい》を見せて、女将やクマ公をほっとさせたのである。

其日の午後から、突然空が暗く成り、ポツリポツリと雨がやって来た。山と海岸とにはさまれた此の村では、こんな事はしょっ中の事だ。それはやがて轟然《ごうぜん》たる雨と成って一座皆をはらはらさせたが、難なく無事に最終日をやり終った。その後片附けは大変なものだったがどうにか済《すま》すと、一行は雨の中をとぼとぼと、大きな荷車の後について前々から約束してあった妙に駄々広い古ぼけた旅屋の玄関をくぐった。

次の日も雨だった。そして其の次の日も。又其の次の日も。

始めの内は皆の者も、ほっとした気持でうかれたり、はしゃいだりして居たが、二日目三日目と成ると、皆気の抜けた様な、そして妙に焦々した気持で、窓から重苦しい空を眺めたり、面倒臭さそうにあくびをしたりして居た。そうかと云って出発する事も出来ず。彼等は町から村へ、村から町へと巡って歩かなければどうにも落ち着かなかったのである。彼等の幸福は常に新しい土地に在ったのだ。そしてやっと五日目に彼等はほっとした気持で此の村を発《た》って行った。

　此の五日間は、パー公の為にもう一度繰り反《か》えされる。つまり此の五日間パー公は何をして居たかを今から述べようとして居るのだ。彼は云うに云う可《べ》からざる苦悶《くもん》ですっかり元気無く、部屋の隅に黙ってぼんやり坐《すわ》って居た。但《ただ》し注意す可きは彼自身はむしろそうやって居るのを何と無く誇らしく又心持良く感じたのだ。一種の消えて行く悲痛と云った様な感じなのである。むしろ彼の横にやはり沈鬱《ちんうつ》に腰を据えて居たクマ公の方が、暗憺《あんたん》たる不快さ、せまり来る悲痛を味《あじわ》って居た。実際友達が自分の事を考えて呉れずに他の事に熱中して居るのを見るのはつらい事だ。

――おいパー公一体お前どうしたんだい。――

――うん昨日見たんだ。――

――何を。――

――俺はねえ、よくこんな事を感じる事があるんだ。どこかあったかそうな部屋に二人の子供とその両親《ふたおや》が机をかこんで坐って居るのさ。そしてその上で、じーじーと音を立て乍らランプがもえて居る。――

――ああ、そりゃお前誰かに話で聴いたか、本で読んだかしたんだろが。うん若《も》しかしたら夢で見たのかも知れねえな、それで。――

――俺あ昨日確《たしか》にその人達を見た様な気がするんだ――

――それで――

――うん。それが何んだか俺の兄弟か両親の様な気がしてならねえんだ。――

――ええっ、だが待てよ、変な事を云うじゃないか、その子供達はお前の兄弟だとするともう皆お前位の年頃になって居なけりゃなるまいよ、そんなに昔の記憶と同じに何時迄も残って居る人が一体あるものかね。――

パー公は一寸首を傾《かし》げた丈で黙って終った。そしてしばらくして云った。

――俺は此の村の人達が皆なつかしく思えるんだ。――此の気持が結局それからしばらく経って、彼が此の曲馬団を逃げ出す原因になったのだ。

　翌日、彼等二人――パー公とクマ公とは何か他の強い力に無理やりに引っぱり出される様な気持で、宿屋で借りた半分が骨丈けの様に成った一本の傘の中に小さく成って、あてども無く雨の中にさまよい出した。二人共何かが起る事を心の中に確信して居た。町の方へ向ったり山の方へ行ったり、もう何時間歩いたものか見当もつかなかった。パー公の茶色の袋見たいな背広はぐしょぬれに成り、背すじがぞくぞくして来た。クマ公が途中幾度も彼の被《かぶ》って来た油紙を脱いで掛けてやろうとしたのだが、どうしても受け取ろうとしなかったのだ。でもパー公が青い顔をして、歯をガタガタ云わせて居るのを見ると、終々《とうとう》クマ公はひどく腹を立て乍ら、無りやりにその油紙をパー公に頭から被せて終った。やがて二人共腹は減るし、疲れの為頭はずきんずきんして眩暈《めまい》はするし、もう足がこわばって思う様に成らなく成ったので、がっかりし乍ら又宿へ帰えって来た。もう夕方が近い頃だった。

次の日も同じ事だった。其次の日は女将が腹を立てて怒鳴ったけれどやはり出掛けて行った。普通ならそんな事は気にも留めない曲馬団の一行も退屈まぎれに何や彼とうわさして居た。其日は朝から少し天気の様子が良くて、時たま雨が止《や》んで雲と雲の切れ目からぼんやりと日がさし込んだ。明日は晴れるだろうと誰も彼もが考えた。それ丈に二人の心は一心だった。明日はもう出発する事に成るかも知れないのだから。

其日は村の通りも町に近い方では相当に人出が多かった。三日間で色々滞ったからだ。彼等二人がある割に大きな通りをうろうろして居た時、突然後ろで大きな声がしたかと思うと、クマ公が恐ろしい勢でその声の主に押されて思わず泥水の中にのめり込んだ。

――こりゃまあ何んちうこった。ええ年をして七十にもなるよぼよぼ婆《ばば》あに一寸押されてひっくり返えるとはさ。ホッホッホッホッ――

見ると例の女将につっかかって来た地主の婆さんなので、二人共あきれて物も云えなかった。クマ公の方は焦々して居る所へもって来て、いきなり泥水の中に突き飛ばされたりしたものだから腹が立って腹が立って、此の婆さんを擲《なぐ》り殺ろして終い度《た》い様な気持でにらみつけて居た。だがパー公の方は幾分クマ公にも同情して、一寸ひどい婆さんだなあとは思ったが、それよりもむしろ好奇心と、此の村の人だと云う懐しさとで一杯に成って居た。婆さんは笑い乍ら二人に話し掛けた。

――おやおやお前さん方ひどい傘さして居なさるね。あの曲馬の人だろが、え、お前さん方。此の雨の中を一体何処に行かっしゃる。へっ、別にだって、今時の人は本にまああきれたこっちゃ。でも可哀そうにさ、行く所が無いならわしの所でも来なさらんかな。わしはね、旅の人の話を聴くのが大好きさ。お茶でも進ぜよう。まあ来なさらんかな。すぐそこさ。――

パー公は喜びの余り有頂天に成って、クマ公があまり気が進まずもじもじして居るのにも気附かず、すぐ同意して終った。それでクマ公も仕方無く後に従った。

地主さんの家に着くと、丁度運よくその親切な地主さんも其の奥さんも居て、其の事情を聴くと、始めは一寸考えて居る様子だったが喜んで家の中に入れた。色々なものを出して来て呉れたが二人共遠慮してあまり手を出さなかった事や、パー公の如何《いか》にも上品な様子から地主さんも奥さんもすっかり安心して親切にもてなして呉れた。色々旅のつらかった事やたのしかった事を話して居る時、ふと地主さんの奥さんが一体今日町の方へ雨の中をぶらぶらして居たのには何か訳がありそうですけれどねえ、と云ったのに対して、パー公は若しかして何かの助けになって呉れるかも知れないと考えたので、そのままを明《あか》ら様《さま》に申し述べた。地主さんと、その奥さんと、婆さんとは申し合わせた様に同情のこもった様子で顔を見合わせた。

——誰だろう——

——さあ、一向にそんな身の上の人の事は聴かんな——

其時クマ公がそれ迄《まで》はだまって一言も口を利かなかったのに突然例の、パー公の記憶は例えそれが本当のものであったにしてもそれはもうずっと昔の事であって、今仮にその人達がパー公の前に現れたってそうすぐにはその記憶の人と結び着けられる筈は無い、と云う意見を腹立たしそうに述べた。しばらく皆黙って居たが突然、全く突然地主さんと奥さんの二人が同時に面を上げて互に顔を見合わせ、そしてそうだと云わんばかりに深くうなずいた。それから地主さんが先に云った。

——そうだ、解った。——

そしてもう一度うなずいた。奥さんも同じ様にした。それから奥さんの方が云った。

――それはねえ、多分本当にあなたの御家族なんでしょうよ。あなたは霊魂と云うものを信じますか。多分あなた方の様に方々を旅して歩いた方は幾度もそんなものについての話や実さいのものを、聴いたり見たりなさった事でしょうね。ええ、それですよ。そうなんですよ。――

すぐ其後で地主さんが後をつけた。

――そう、それと同じ様な話がいくらもある。私達は未だ信仰も浅いし、邪《よこしま》な心が大きいから、そんな特別な事にも出遇《であ》った事は無いが、火の玉なら一度見た事がある。私が未だ十かそこらの頃、確か何かのお祭の晩だったね、友達と三人位で家の方へ帰えって来る途中ひょっと見るとすぐ目の前の家の屋根の所を、横にすうっと流れて行って、向うの方へ消えて終ったよ。真赤なやつでこれ位の大さだったよ。――

そう云って指で赤子の頭程の円を画《か》いて見せた。それから次に婆さんが云った。

――ああ、そんな話かね。そりゃ何にも珍らしい事《こ》っちゃない。わしなんぞ未だ未だ不思議な話を知って居るよ。そうさ、わしがねえこれのお父つぁんの所に嫁に来た頃だったよ。今はもう居なさらんが近くに立派なおえらいお坊様がいらしてな、色々奇《き》蹟《せき》をなさったが、或時こんなことがあったよ。同じ村にひどく仲の悪い姑《しゅうとめ》と嫁が居てな村中のうわさの種だったが、その嫁がどう云うはずみかふと井戸の中に落こちて死んで終うた。警察の方でも色々と疑いを掛けてな、其の死体を、ええと、それ、何んとか云ったけな、そのうつまり、なんじゃ、つまりしらべたのよ。するとな、そりゃもう肩と云わず腰と云わず背と云わず、ひどい創跡《きずあと》があるのじゃ。所がなその家は大そうな家じゃったでそんな醜聞が世間に知れるのを厭《いと》うて金ずくで何とかそれをもみ消して終ったのさ。所が嫁の方ではそれじゃすまされないと云うのでその坊さんにたのみ込んで何とか其の経緯をはっきりしてもらおうとしたのさ。全く悪い事は出きんもんじゃて、何も彼もすぐとすっかり解って終うた。まあこんな次第なのさ。坊さんもそれはほって置いては仏法に背くと云うのでしばらく一人で念仏をとなえられて居たが、今に何事もすっかり解って終うからまあその姑を呼んで来いと云う。姑は厭《いや》ではあったが何しろ相手がそのおえらい坊様の事だからと云うので仕方無くやって来たのさ。その時一寸《ちょっと》したはずみでわしも其処に居合わせたんだが、全くたまげて終うたね。本当に。一体どんな事が始ったと思いなさる。坊様は何やら目をつぶってぶつぶつ口の中で云って居られた。その中《うち》に突然其の姑がつっぷせになっておいおい泣き始めたのさ。良い年をしてね。其声がまるで若い女の様なものだから皆びっくりして終うてね、一体全体どうしたのだと聞くとこう云うんじゃよ。つまり自分はあの殺された嫁であんな妙な死に方をしたものだから未だ成仏《じょうぶつ》出来ずに下界をうろついて居る。自分は決して自殺したり、誤って井戸に落ちたりしたのではない。あの姑に殺ろされたのだ。本当に生きて居る間どんなにいじめられた事か、全く死んでも死に切れないとは此の気持だ。口惜《くや》しくって口惜しくってたまらない。と云う様な事を、その死んだ嫁そっくりの口調や声で云うのだよ。しかもその姑が自分でそれを云って居るのさ。本当にあの時はびっくりして終《しま》ったね。——

と婆さんが話し終ると皆はほっとした様に顔を見合わせた。すると地主さんが又云った。

——そう。世の中と云うものは我々には解らない。第一自分の知らない事と云うものは、知って居る事で判断する事は出来ないからねえ。大体世の中のものを不思議なものと不思議でないものとに分けるのは、それが第一心の貧しい証拠さ。どんな事があったって少しも不思議な事は無い。人間なんて此の世の中じゃ小っぽけなものさ。

——

それからパー公の方へ向いて次の様に言葉を結んだ。

——お前さんの見たのも多分霊とか魂とかそう云った類《たぐい》のものに異いないよ。多分向うの方でもお前さんの事を毎日思い続けて居るので魂になって現れて来たのだろう。

——

それから彼等二人は昼食をふるまってもらって宿に帰えったのである。二人共何かに魂を吸い取られて終った様に黙りこくって居た。クマ公は半信半偽の態で、いささかむしゃくしゃして居たし、パー公は自分の家族の事で夢中だったのだ。元来クマ公は腹が立って来ると口をきかぬ性分《しょうぶん》なのだ。

こうして其の翌日は一同ほっとした気持で此の村を発って行った。

そして一足この村を離れるや、忽ちパー公は今迄かつて感じた事の無い激しい悲痛と哀愁とを覚えた。そして今や、知らず知らずの内にかぶって居た現代の仮面を脱ぎ捨てたのである。彼は始めて心からすがる可き魂を求めた。自分一人では持ちこたえられない苦悩を彼は今やっと始めて体験したのだ。彼すらも魂を深く覆いくるんだハロルドのマントを何時しか誇らしく思う様になって居た。だが日本人と云うものは、全く単純な様で複雑で、複雑な様で単純な全く得体の知れぬ人種で、そのマントもオネーギン等よりははるかに多種の、白や赤やすき通ったのや、それにマントのマントを極めて軽妙にはおって居る。今やしかし、彼はそのマントのどれか一枚を、知らず知らずの内に脱いだのだ。やがて太陽が、焼けつく様な白光を、其の正午にふりそそいだなら、恐らく総《すべ》てのマントは着るに耐えられなくなるだろうけれど、それ程迄を希《のぞ》むのは、それは全く行き過ぎと云うものだ。ほんのマント一枚でも脱ぎたくなる様な弱い春の薄日でも、何んと有りがたいものじゃないか。それこそ仕合せと云うものだ。

さて其時からパー公は急にクマ公に親しみを感じ出した。そして何も彼も一切の苦しみを彼の前にぶちまけたのだ。それを見てクマ公も喜こんだ。と云うのは、親友ならば誰だって友から真の苦しみを打ち明けられて喜ばない者は無いからねえ。

それから何日か経って、或る海岸の町に彼等一行が腰を据えた或る夕刻の事である。早くも月がまどかな黄色い光を、やさしい愛情を一杯にこめて、其のごみごみした港町の灰色の屋根と、大きな船の胴腹と睡《ねむ》たげな黒ずんだ大きな河とから吐き出された塵芥を浮べた、油の様にどろどろした青黒い海の上とにのばして居た。時々港に特有のあの訴える様な船の叫び声が、突然わめき出しては悲しげに長く長く尾を引いて消えて行った。それから遠くの方では、人夫の断間《たえま》無いさわがしいわめき声に混って、ギャギャギャギャギャギャギャと云うすざましい起重機のきしりが、痲痺《まひ》して終った空気の中で渦を巻いて居た。

丁度其頃、人気《ひとけ》の絶えた町はずれの海岸で、我等の二少年は、二つの黒い長い影を、しめっぽくざわついて居る砂浜の上に落して居た。ひたむきな感傷が彼等の心を目茶苦茶に引掻《ひっか》きまわして居た。だが現代の悩みは此処にも現れた。パー公は時々自分を他人の立場から眺める悪い性質を持って居た。それでこう思った――いやはや、馬鹿馬鹿しい、月の照って居る港の夜か。一体こんな所で俺は何をして居るのだろう。まるで俺達のやって見せる安芝居そっくりじゃないか。――そうすると今迄の我を忘れた感傷的な陶酔が我乍《なが》ら恥かしく成ってそうっとあたりを見廻わした。すぐ足元ではこわれかかった古時計の様に不規則な週期でキラキラ光る滑《す》べ滑べした波が、ペチャペチャとやわらかい音を立てて居た。そして彼の目は真青な夜の背景の中に浮び出した色々な黒い影絵にそって動いて居たが、ふとある家の窓の上に止った。そしてしばらくはそのままだった。それを見て居る内又もや彼は先程心の内で否定したあの感傷を押える事が出来なく成るのを感じた。やっと固く唇をかみしめて、あふれ出ようとする涙を押し止める事が出来た。一方クマ公はクマ公で又全然別の想念にふけって居たのだ。一番始めにぼんやり淋《さび》しいなと思った。それからパー公があまり黙って居るのでそうっと顔を上げてパー公の方を盗み見た。そしてすき透った月の光に照らされて、上品なパー公の横顔が、神経質にゆがめられて居るのを見た時、クマ公は思わずどかんと胸を叩き著《つ》けられた様な気がした。――ちえっ、何処迄黙って居るつもりなんだろう。実際俺がどんな気持で居るか解って呉《く》れたらなあ。しかし無駄なんだ。俺なんかに何が出来るもんかい。俺はお前が好きで好きでたまらないんだ、と云うたった一言だって云えないでうろうろして居るんじゃ無いか。実際俺には何んにも云えないし、何んにも出来ない。これで向うに自分の気持を解ってもらおうなんて云う事ばかり考えて居るのだから全く勝手なものさ。とは云うもののこれからだって俺が何んにも云い出せない事は分り切った話しだ。こいつに親切を見せる事だってどうも俺には気が引ける。あああ、どうも仕方の無い事さ。――丁度此処で彼の想念は打ち切られた。と云うのは不意にパー公が口を切ったからだ。

――ねえ、あそこの窓を見てごらんよ、とパー公は、灯の明々《あかあか》とともって居る窓を指し乍ら云った。俺達は一生ああ云った暖かそうな窓の中には入って行けないのかねえ。あそこと俺達との間にあるのは此の幾十米《メートル》かの暗い空気の層と、薄い一枚のガラス板丈じゃないか。だけど俺達にはそれすら取り除《の》けて終《しま》う事が出来ないのだね。

　ああ、俺は本当にたまらなくなる。どうだいあの楽しげな光の色は。一体あの中にはどんな人が住まって居るのだろう。――

クマ公が首を振り乍ら小声で云った。

――さあね、多分俺達とは一寸も異わぬ普通の人間だろうよ。――

――否《いや》、ちがう。とパー公は我乍らびっくりする程の激しさで云った。違うとも、あの灯のついた窓の中で住めると云う事丈でも充分俺達とは異うよ。ああ、畜生――

そして又二人は黙り込んでしまった。その間彼等二人の神経は、やっと切れない丈に張りつめて居た。彼等は一秒一秒時が過ぎて行くのを時計より正確に感じた。お互に相手の口を切るのを待って居る様だった。これ以上黙って居たら、周囲の空気迄が堪えられなく成って騒ぎ出すだろうと思われる程に成った時、終《つい》にパー公が口を切った。

――ねえクマ公、俺の考えて居る事が解って呉れて居るだろうね。――

クマ公はへまを云って、相手を黙らせて終うのが恐ろしかったから黙って俯《うつむ》いて居た。

――俺はねえ……。俺の云う事を聴いて呉れるだろうね。お前、俺はねえ、家がほしいのだよ。今の曲馬団がすっかり厭なんだ。女将も親切にして面倒見て呉れるし、お前だって居るんだけど、やはり俺は不幸な気がするんだ。そう、お前は何も云わないけれど俺はしって居るよ、お前は俺を本当に愛して呉れた世界中でたった一人の人だと云う事をね。俺はお前に対してどれ丈感謝しなければいけないか知れない。だのに、ああ、本当に俺は恩知らずだよ。それだのに俺は満足しないのだ。それればかりでない。驚かないで呉れ。ねえお前、俺の味方して呉れるだろ。俺の勝手な望みに腹を立てたりなぞしないだろうね。……俺はね、実を云えばあの曲馬団を逃げ出し度いのだよ。ああお願いだ、お前、そんな顔をしないでお呉《くれ》よ。俺は、だってお前にしか頼る人が居ないのだからね。本当に許してお呉れよ。――

そう云ってクマ公の両手を握って強くゆすぶった。クマ公は殆《ほとん》ど力無く、舌がねばりついて居る様な重い調子で答えた。

——ああ、解って居るよ。けど一体逃げ出して何処へ行くって云うんだい。——

パー公は激しく云った。

——ああ、本当にお前は寛大だよ。よくもこんな勝手な事を云う俺をどなりつけなかったねえ。でも俺にだって解って居るよ。お前はひどく怒って居るんだろ。そうさ、怒らずに居られるものか。それを許して呉れるなんて、俺は本当にどなりつけてもらった方がどんなに気楽だったか知れない。——

それを聴くとクマ公ははからずも大つぶの涙がぽろぽろとまろび出で、思わずしゅんしゅんと大きな音を立てて鼻をすすって終った。それを聴くとパー公は、幾分気を害《そこな》ったけれど、自分の感激が功を奏したのを知って、何んとなく勝誇《かちほこ》った様な気に成った。ああ此の物語を読んで居られる諸君、パー公の事をひどい奴だ等と思わないでいただき度《た》い。是は我々だってしょっ中着たり脱いだりしてるマントの上皮一枚一寸どうにかしたのに過ぎないのだから。罪のあるのは単にパー公と此の著者丈だろうか。さてパー公は、あれはこれは、思わずも自分勝手な意見など述べて終ってとんだ失礼。ああこう云うに及ばずその勝誇った気持で何か出来損いのマントをひっ被《か》ぶったのだ。今度は彼は極めて落ち着き払って云った。

——そう、だが俺は何も彼もお前に打明けよう。お前覚えて居るだろう。あの俺達に御馳走《ごちそう》して呉れた地主さんの居た村を。笑っちゃいけないぜ、俺にはね、あそこに行ったら何かが待って居る様な気がするんだ。何故だか解らない。ああ本当に俺はあそこに行き度い。俺は始めの内はあの地主さんの家で下男をして居ても良い。要するに俺は今の生活が厭なんだ。——

クマ公はパー公の言葉の調子が急にがらっと変ったのを見て、はっとして我に返えって考えた。ああもう多分今更何《ど》うしたって何とも成りそうも無い。パー公の奴余程強い決心をしたに異《ちが》いない。今此処で、俺の方に良い様に云ったり行ったりしたならば、幾分は俺の心を満足するだろうけれど、それは本当の友情とは云えまい。俺は苦しくても仕方無い。パー公の身に成って考えてやろう。そこでクマ公はきっぱり云った。

——よし、もう俺の事についちゃ何も云うな。どうしても行き度いなら行くが良いさ。後の事は万事俺が引受ける。だがね、お前の様に子供の時から曲馬団なんかに入ったのと異って俺は物心着いてからも方々をうろうろして暮して来たので、世間の事についてはお前よりは知って居るつもりだ。始めの内は下男でもしてと云うが一体其後はどうするつもりだい。その下男奉公にした所で、一寸口に出して云える程は簡単なものじゃない。あの地主さん達だって、俺達をお客としてだからあんなに親切にして呉れたので、下男なんかに成って行ったら、どんなひどい目に合うかも知れない。若《も》しかしたらあの気狂《きちが》い婆あに擲《なぐ》り殺ろされて終わないとも限らない。俺達の様に目立ってつらい事や、苦しい事は無いかも知れないが、朝から晩迄《まで》来る日も来る日も同じ事を休み無くやって居なければならない。本当にこの「休み無しに」と云うのはつらい事だよ。多分お前には我慢出来まいと思うね。それに出て行くと云っても此の御時世じゃ何処って行く所も無い、下手にうろうろして豚箱にぶち込まれる位がせきの山さ。もっとも俺なんかに云わせりゃあのぶらぶらだって、決して止《や》められない味があるものだよ。本当に俺位意志の強い男でなければ一度ぶらぶらやり出すと二度とまともな職にはつけないね。別にお前が意志が弱いと云う訳じゃないがまあ成可《なるべ》く止めた方が良いと思うがね。

ふん、それでも未だ行き度いと云う決心は変らないのだね、するとこんな事をぶつぶつ云って居ても始まらない訳だ。それより先《ま》ず行ってからどうしようかと云う事を考えた方が利口だね。——

二人共色々思案に苦しんで、しばらくは沈黙があたりを支配した。月はいつか天空高く登りつめ、二つの影は足元に小さくうずくまって居た。遠《とおく》の港の騒音も何時しかうすらいで、唯時々《ただ》船の居所を示す悲しげなうなり声が長く空気の中でふるえて居た。

——ねえ、これはほんの一例だけど、とクマ公が口を開いた。俺が未だうろうろして居た頃こんな事があったよ。つまりある男が、どうにも身に合う仕事が無くて、色々考えたあげくとうとうこんな事をやったのさ。その仲間の二三人とぐるになって自分が霊媒——つまりあの地主さんの所の気狂い婆さんの話して居たあの姑さんみたいに他の死んだ人の霊と入れ代る事の出来る人間だと云うふれ込みで、色々信心深い人達を騙《だま》して歩いたのさ。どこかの家の死んだ人の事を前々から色々しらべて置いては其の家に入って行き、特に風のひどい恐ろしい夜だとか、一寸気味の悪い感じのする夜だとかを選んでね、そして其の死人の真似をして、生きて居る間何が充分食えなかったから、あの世でもその事でつらい目を見て居る、せめて少しでも良いから食わしてもらい度くて帰えって来た。とか、地獄の沙汰《さた》も金次第と云うがあれは決して嘘《うそ》の事ではない、一文も持って居ないのでひどく不自由して居る、少しもらって行けまいか、とか云い、それから色々死後の生活の事を、出まかせにさも本当らしくしゃべったり、相手の云う事に返答をしたり、又如何《いか》にも自分がその死んだ本人であると云う事を示す為に、前々からしらべてあった知識をうまく利用して、其の人の生前の特徴、例えば目を始終ぱちぱちやって見せるとか、跛《びっこ》をひいて見せるとかするんだ。それから又其の家の身内の事について言及したりして、益々相手を信用させて終《しま》うのさ。始めの内は見事に上手《うま》く行って、俺達も感心もし、又うらやましく思って居たんだが、やはりどこからかぼろが出たんだねえ、或る日お巡《まわ》りにとっつかまって終ったよ。

まあ何もこんな事をしろと云うのではないけれど、まあ幾らでも世渡りの方法はあると云う例に一寸《ちょっと》云って見た丈さ。特にお前なんか俺達とは異うんだから、どんなうまい事でも考えつくだろう。

そうさね、まあ出て行きなよ。俺達の仲間に居たって一生どうにも成る訳じゃなし。俺はもう多分お前の決心を動かす事は出来まいと思うよ。行きな。心配する事は無い。さあ宿へ行こう。どっちみち用意に掛からなければなるまいよ。——

そして彼等二人は月の光の中をくぐって歩き出した。

——別に用意と云っても持って行くものがある訳じゃなし。——

——うん、そうさね。そんなら今夜にでもすぐ出掛けても良いな。——

——ああ、でも一応宿に帰えった方が良い、二人で出掛けて、一人しか帰えって来なかったりするとすぐに怪しまれるからな、逃げたと云う事が成る可く遅くなってから解る様にしなければならん。——

——でもお前、結局後でお前ひどい目に会わされるんじゃないかい。——

――ふん、なれっこさ。でも何とか上手くやるから大丈夫さ。……

なあお前、この財布を持ってけよ、何かの役に立つから。――

――馬鹿な。そんな事。――

――否《いや》、もって行け。――

――厭だ。――

――ちょっ、強情張りめ、どう云うつもりで云って居るんだ。お前、そりゃ一体遠慮なのか、それとも。――

――厭なのさ、厭なんだよ。――

――五月蠅《うるさい》、駄目だ、どうしても持って行け。馬鹿野郎。――

そしてクマ公は赤い色をした大きな蝦蟇口《がまぐち》を無理矢理にパー公のポケットの内に押込んで終った。それから又彼等二人は黙って歩いた。大部《だいぶ》空気が冷めたくなって来た。月の光と街燈とで、三つも四つもの影が彼等の周囲をぐるぐる踊りまわり乍らついて来た。彼等は急ぎ足で進んで行った。そしてもう彼等が町の通りに入って、遠くに宿の灯が見え始めた頃、突然クマ公が哀願する様に云い出した。

――なあパー公。これでもうお前、行って終うんだな、俺達みたいな身の上じゃ、もうこれで二度と会えないかも知れない。ねえパー公、時々は俺の事も想《おも》い出して見て呉《く》れろよ。昔の仲間にあんな奴が居たっけなと云う事を。折角友達になれたのに……そう云うとクマ公は我乍らほろっとして来た。だがパー公の方は、やっと聞える位の声で短く——あ——と云った丈《だけ》だった。それから一寸して、今夜は馬鹿に寒いなあ、と云った。但しパー公は後になって此の事をひどく後悔したのだ。一体俺と云う人間はそんなに冷い人間なんだろうか。たった一言あの親切なクマ公にやさしい言葉を掛けてやる事が出来なかったものだろうかと。そして其際のクマ公の絶望と、みじめな苦悶とについては、今更此処《ここ》にくどくどと述べる事も無いだろう。

さてそれから後は、総《すべ》てがしごく秘密に行れた。別に何事も無く夜中にこっそり二人は脱け出したのである。但し二人の一番胆を冷したのは、階段の最後の三段と云う所で突然ひどい声を立ててクマ公がすべり落ちた事である。それには二人共思わず体中が電気に掛けられた様な気持だった。でも幸い宿の中はひっそり沈まり返ってそれに対して何の反応をも示さなかった。それから彼等は長い廊下をしのび足で壁にそって歩いて行った。もうそこに出口があると云う所で、突然足元の板がギーとすごい音を立ててきしんだ。これにつづいてすぐ傍でグワーと何かすざましい音がした。二人共ギクンとして立ち止り、青い顔の中で唇をぶるぶるふるわせ乍ら顔を見合わせた。だがすぐその不気味な唸《うな》り声は少しずつ小さく成って、十秒位つづいた後ぴたりと止んで終った。その時になって二人はやっと此処は受附の女中の寝て居る部屋だと云う事と、今のすごい物音はその女中の鼾《いびき》に他ならないのだと云う事に気が附いた。それで二人は又一安心してそのきしみをたてる板を大股《おおまた》にまたいで、やっと玄関迄たどり着いた。彼等は外に出た時にはもうすっかり興奮して、体中が心臓に合わせて波うって居た程だった。

さて事此処《ここ》に致ると、彼等二人はもうさすが気が変になって終って、どうして良いやら解らなくなって終った。つまり彼等は何んにもしなかったのだ。クマ公は大きく息を一つした丈だった。パー公は右や左を二三度交互に見まわした後、駅の方へ向って二三歩進んだ。しかも黙ったまま。だが不意に足を止めて振り返えった。ああだが、今更何を云う事があろう。言葉と云うものは、何にも表現する事が出来ないものだ。そこで又彼はそのまま足を駅の方へ向けてすたすた歩き出した。クマ公の方はその始めから終り迄、まるで死んで終ったかの様にじっとして立ちつくして居た。最後の曲り角でパー公が一寸振り返えった時にも、未だ黒いパー公の姿が、小さく街燈の光に照らし出されて居た。

さて以上で此のクマ公とその曲馬団とは此の物語りから別れをつげるのである。何故なら僕はもうそのクマ公と曲馬団の事については一向に知らないし、其後彼等が何《ど》処《こ》に行ったかと云う事さえ知らないのだから。

一方パー公はすたすたと其の暗い夜道を歩き続けた。もう月は西の空に沈んで居た。今や町中が死んで終った様に見えたけれども、彼に取っては今や総《と》てが魂を持って、恐ろしい叫び声をあげて宙に踊り上った。何も彼もが其の中に融け込んで行く様な巨大な音楽が、恐ろしい無言の歌が、喜びに満ち満ちたそして死を讃える様な悲痛な夜と昼の歌が、龍巻《たつまき》の様に彼の周囲に起って、彼は危く其場に気を失って終いそうだった。

彼は停車場で二時間程待たなければならなかった。彼はくずれて行く城壁の様な気持で、待合室の硬いベンチの上に腰を下ろして居た。その左手には今買った切符が、二つ折れになって握り込まれ、右手には太い青と白の縞《しま》の入った鳥打帽がにぎりしめられて居た。

その間に、彼の心の中を走りまわった色々な影絵は、一つの長い十数年の感情の歴史であり、又それは一つ一つの夢の断片であった。それは人間の最初の歌であり、自《おの》ずと湧いて出た詩であった。それには言葉が無かった。だが今どうしてそれを読者につたえよう。詩、そう散文よりはましではないだろうか。でも一般の読者は散文小説の中に出て来る詩は、そこに詩があると云う事に意味があるのであって、其の内容に至っては、目を通す価値すら無いと考えて居るらしい。これは困った事なんだが、どうにもいたしかた無い。まあ若し、此処に於《お》ける彼の心境に興味のある人丈《だけ》に読んでもらって、詩なんか見るのも厭だと云う人には飛ばして読んでいただく事にして、詩の形で先に進もう。それを散文に飜訳するのは賢明な読者の手に委《まか》す事としよう。

――夜、嵐《あらし》の中を歩み行く人は、
唯静かな朝を待ちこがれる。
生も無く、死も無く、
声も無く、無言も無く、
愛も無く、憎も無い、
巨大なる混沌《こんとん》の中から、
その歌は始めて生れ出る。
静かなる朝を求めて。
それは始めて嵐の中に息を吹き返えす、
其の日は、
生と愛とからの別離の日、

総てが深淵《しんえん》の中に吸い込まれて行くのを、
魂のぬけた目で眺めやり、
恐ろしい嵐の中に歩み入る。
其の深淵の中から、
やがて聞えて来るものは、
愛を求める英雄を讃える歌。
悲痛を喜ぶ蜘蛛《くも》の糸。
空虚を愛する死人の家。
我と我が身をさいなみて、
孤独の祭壇にひざまずく、
主、「惨酷」
やがて嵐はその犠《いけにえ》に、
恐ろしい拷問《ごうもん》、幻影を課する。
静かな朝、
それは限り無い愛をはらんで、
低く低く身を起す。

そしてやさしい白い手を、
美しく、そして暖かく、
なごやかにまねき乍《なが》ら、
「生」の歌を舞い続ける。
しかし、
突如としてその後ろに、
巨大な深淵は真っ黒な口を開く。
そして、忘れられて居た苦悩の死骸《しがい》が、
悲しい想出の舞を始める。
見捨てられた血の出る様なささやき、
一刻一刻遠ざかって行く姿「友」
それ等はやがて重り合って、
目をむき出し、歯を食いしばり、
やがて暗《やみ》の中に融け込んで行く。
暗、暗、
そして彼は深い深い吐息をつく。

さて諸君、全くお恥かしい次第だ。よくもまあ図々しく詩を書こう等と云い出したものだと思って我乍らあきれ果てる。これから我々の主人公は汽車に乗ってやはり長い事、希望と苦悶、期待とあきらめの旅行を続けるのだが、一体そこの始末はどうしたものか、今更恥知らずにも、もう一度詩を書こう等と云えた義理じゃなし。まあ腕の無いおいぼれ作家の事故《ことゆえ》、大目に見ていただく事にして、先に進もう。まあそんなに心配する事は無い。彼もすっかりつかれて翌朝迄は殆どぐっすり睡て居たのだから、そんなに無茶な省略を決行した訳でも無いのだ。もっとも明け方には彼も色々恐ろしい悪夢に幾度もうなり声を挙げて目をさまし掛けたりしたのだが、そんな事をいくら書いて見ても、さ程興味のある事でも無かろう。まあ許していただき度《た》い。

後段

さてこんな具合にして話は丁度此《こ》の物語の最初の部分にもどるのだ。パー公は此の村に流れ込んで来て、毎日毎日ぶらぶらやって居たのだ。始めの内すぐになら早速あの地主さんの所へ何とか頼みに行けたかも知れなかったが、クマ公の例の注告を想《おも》い出すと、中々そうはすぐに決心つかなかった。そうしてぶらぶらする様になってからは、段々行きにくく成って来たのである。何んだか恥ずかしい様な気持もしたし、又不安な気持が彼を決心させなかったのだ。其《そ》の毎日はパー公に取っては決して楽では無かった。毎日うんと切りつめた生活をして居たお影《かげ》で、まあ後二三週間は大丈夫暮して行けたであろうが、そんな事で無くもっと彼を苦しめたものがある。それは云う迄《まで》も無く村のお巡《まわ》りと、それから乞《こ》食《じき》仲間である。此の事については彼は昔から曲団仲間で厭《いや》と云う程聞かされて居たので、十分良く気を着けた。そして又どうやってそれを切り抜けて行かなければならないかと云う事についても大体その要領をのみ込んで居た。先《ま》ず第一に必要な事は、始めの内は絶対に浮浪人らしくくしない事であった。

——（途中出会った仲間の事、更にくわしく文献をしらべる可《べ》し。）

……………………………………………………

まあ彼は毎日こんな具合にして生活して居た。そして其間《そのかん》、次の日こそは、と云う何か憧《あこが》れに似た期待を持って暮して居た。そして村の端から端迄、町の隅から隅迄、彼は歩き続けた。何かが待って居る。そうだ。次の曲り角には誰かが居る。そうだ。そこの家から今にも自分を迎えに人が出て来そうじゃないか。あそこの空地には人だかりがして居る。あの中にこそ俺の兄弟が居るのじゃなかろうか。

そしてはぐったり疲れた体を橋の下だとか草原の上に横《よこた》えるのである。夜にもなれば、寒い風に身をこごませて、ああ、今日もか、とつぶやき乍《なが》ら、うるんだ目にうつるもやもやとした星を眺めつつ、深い睡《ねむ》りに落ちて行くのである。

もう彼は二日間何も食べて居なかったので、起き上る事でさえおっくうだった。それで又しても橋の下の河原にごろっと横になって、口の中で何やらぶつぶつ云い乍ら色々に変って行く大きな雲の塊を眺めたり、橋の上を通って行く人々を見送ったりして居た。どうしよう。それが今の所彼に取っては最大の問題だった。何んとかしよう、何んとかしようと思い乍ら彼はとうとう今日迄こんなにぶらぶらして終ったのである。彼は自分の家族をさがして呉れと警察へ申し出ようかとも一度は考えて見た。が彼の今迄暮して来た様な社会では、警察と云う言葉からして一種特別にひびくのである。警察と云うものは、善悪を問わず自分達に害を加えようとして居るものであるかの様に考えて来て居るのである。それに彼は、一人の逃亡者なのだ。それが知れたらどんな禍《わざわい》が彼に襲い掛かるかも知れない。それでそうしようと云う決心もつかなかった。何んとか成るだろう。それで彼は今日迄こんなことして暮して来たのだ。が決して彼が楽天的であったからでは無い。まあどちらかと云えば、他の事に気が取られて少し無分別であったのだ。

そんな訳で彼はもう乞食仲間に入って行こうかと決心し始めた。そうでもしなければ、このまま餓死《うえじ》にして終《しま》うより他は無かったろう。我が読者諸君の様なすぐれた理想家達ならば、こんな場合悲痛の余り河の中に跳び込んで自殺でもしただろうけれど、彼にはとってもそんな器用な真似《まね》等、考えもつかなかった。しかし乞食になって終えば余程の事が無い限りもう二度とそこから脱け出せる事は無いだろう。彼は自分の内に情熱は認めたけれど、クマ公の云う様な強い意志は見出《みいだ》せなかったのだ。

がしかし、此の世の中ではどんな事が、何時《いつ》、何処《どこ》で起るかと云う事は、全くの所予測されるものではない。この場合だって、全くあり得可からざる奇怪な偶然が突如として彼の眼前で行われたのである。

一台の自動車が、実際にこの事すら不思議なのであるが、恐ろしい勢《いきおい》で向うの方から疾走して来て、橋の上に通り掛かった。自動車なんてこんな所じゃ、年に数度しかお目に掛かる事は出来ないのである。そして其時丁度例の地主さんの所の婆《ばあ》さんが元気よく町に「新鮮な魚《うお》っ切れ」を買いに行く為に其の橋の上を通り掛かって居た。婆さんはあわてて右によけた。するとどうしたはずみか自動車も同じ側にぐっと頭を向けた。婆さんはすっかりあわててキャッと叫び声をあげると左側にすっとんで行った。其の声にはっとしてパー公は橋の上に目をやった。すると自動車の方もあわててハンドルを同じ側にひねったものだ。自動車はキーとすざましい音を立てて制動を掛けたけれども、時すでに遅そしである。自動車はらんかんをつき抜いて半分河の上に乗り出すし、婆さんは真逆さに河の中に飛び込んだまましばらく浮いて来なかった。巾《はば》は相当にあるけれど流れのひどい河だ。近くに居た人は一部の人々をのぞいては大声をあげ乍ら河下の方へ走って行った。そして残りの人々は自動車の方へ走った。

それはほんの数瞬間の事だったけれど、其の間にパー公の頭の中には実に様々な考えが点滅した。彼は最初あぶないっと思った。その次の瞬間には、死ねば良いと思った。その理由は一瞬の内に成立したのだが、此処では一瞬の内に書いて終う事は出来ないから成る可く短く書くと、彼は其時すぐ様《さま》クマ公の云った例を想い出したのだ。「霊媒」になろう。そうすれば俺はあそこの家にあの婆さんの代りになって住む事が出来る。下男としてでなく、家庭の一員として住まう事が出来る。乞食なぞしないでもすむのだ。そうして居る内に俺の家族にもいつかは巡り遇《あ》えるかも知れない。それで彼は考えたのだ。ああぶっつかって死んで呉《く》れれば。

今や総《すべ》てが彼の希望通りになったのを見た時、何んとも云えない漠然とした恐怖にとらわれた。でも彼は立上った。彼は今から自分のしなければならない事を本能的に感じた。十数人の一塊りは、未《ま》だわいわい云い乍ら河下の方へと馳《か》けて行って居る。今だ。彼等に先ず第一の奇跡を与えなければならない。

彼は跳び上って一目散に山の方へ向ってかけ出した。でもさすがに地主の家が見え始めると、彼はぶるっと身をふるわせて立ち止った。それからはげしい呼吸をし乍ら一歩一歩登って行った。不安だった。一体俺は悪い事をして居るのだろうか。何故《なぜ》。俺は嘘《うそ》をつこうとして居る、あざむこうとして居る。でなければ乞食をしようとでも云うのか。でも足はやはり一歩一歩進んで居た。

其頃は丁度三時頃だったので、地主さんは留守で、奥さんが縁側でお茶をすすり乍ら町に出掛けて行った婆さんの帰えりを待って居た。今日はいつもより遅い様だけど、一体何をして居るんでしょう。今日は一つおもとの植え代えをするって云って居らしたのに。そう思い乍らふと路《みち》の方を眺めやると、一人の男の子がのこのこちらの方へやって来る。見ると年は未だ十五位にしか見えないのだが、その歩き方たるやまるで七十にもなる老人の様だ。まあ妙な子だね、と思って居ると、其の子も時々こちらの方を見上げて居る。あまりそれが激しいので良く注意して見ると何だか見た事がある様な気もする。其の内奥さんは思わず、ぷうっと吹き出した。其の子の仕草と来たら、まるで家の婆さんそっくりなのだ。時々右手を挙げて首すじの所をぽんぽんと叩《たた》く。そしては手の甲で大きく鼻をすすり上げる。歩き方迄がそっくりなのだ。何んだってまあふざけた子なんだろう。そしてもう少し注意して見て居ると、はっと彼が一度家に来た事のある曲馬団の子である事に気がついた。じゃ多分家に来るのだわ、と思って居る内に、彼はもう馴《な》れた様子で家の中に入って来た。彼は今にも倒れそうな程、荒い息使いをして居た。

——ああ、今帰えったよ。——

奥さんはたまらなくなって腹をかかえて笑い出した。

――まあ、おかしな子ね。でもさすが上手ね、家のお婆さんそっくりね。――

これはむしろ彼の気持を落ちつけた。彼は顔色も変えずに云った。

――え？　何を笑って居るんだい。私だよ。お前さんこそおかしな人だよ。私がひどい目に遇って居るのに。解《わか》らないのかい。――

奥さんも急に笑うのを止めてぽかんとした顔つきで彼の顔に眺め入った。そしてその真剣な、興奮の余りぶるぶるふるえて居る顔を見た時、奥さんはもう笑う所じゃなかった。一つの恐ろしい考えがさっと走った。

――一体何が。――

――私はね、今とうとう死んで終ったよ。松尾の橋の所でね、向うから自動車が来て、右へよけようとすると右へ、左へよけようとすると左へ来て、到々中程の所でぶっつかって終ったのさ。幸いすぐ側《そば》に此の子が寝て居たから、それにのり移って此処迄やって来たよ。

でも驚いたり心配したりするじゃない。わしはごらんの通りこれからも度々此の子にのり移ることが出来る。

ああ、何も彼もすべて仏のおめぐみじゃ。何も云う事は無い。唯わしの為に念仏でもとなえて呉れ。ああもうこうしては居れん。いつ迄もこうやって居る事は出来んのじゃ、あああ、今、今……。――

こう云い終ると彼はばったりたおれて終った。半分は自分の意志で、半分は自然に。

そして彼は本当にそのまま意識を失って終った。奥さんはしばらくの間、驚きあきれて口もきけなければ身動きも出来なかった。が彼が殆《ほとん》ど死んだ様になったのを見ると、はっと我に返えり、あわてて彼をだき上げて家の中につれ込み、床をとってねかせた。上衣《うわぎ》をぬがせたり、ぬれた手ぬぐいを口の中でしぼったりして一さわぎして居る最中に運良く地主さんが近じょの人とげらげら笑い乍ら帰えって来た。奥さんはすっかり腹を立てて外に飛び出して行ってどなった。こんな事は今だかつて一度も無かった事なので、地主さんも、連れの百姓も其場に立ちすくんで終った。

――まあ、何をげらげら笑って居るんです。大変なんですよ。死んだんですよ。二人。早く行って下さい。あんたは河へ。山田さん、あんたもすみませんけど大変なんですから町のお医者の所迄大急ぎで行って下さいな。――

地主さんは何が何やら解らなかったが、何しろ大変らしいので半分体を外の方へ向け乍ら大声でわめいた。

――河へ？　何にしに行くんだい。河とは。――

――橋ですよ、橋。――

――橋？――

――お婆さんですよ、お婆さん。――

その時にはもう地主さんは門の向うを十米《メートル》も走って居た。其の後を山田さんがひょこひょこ跳ぶ様について走った。

奥さんが又大急ぎでパー公の寝て居る所へ帰えって来た時には、彼はもう正気をとりもどして居た。彼はぼんやり天井を眺めて居た。それを見ると奥さんはほっと一安心した。彼は又すぐ、奥さんの方を空《うつ》ろな目で見乍ら深い眠りに落ちて行ったが、もう今度は奥さんもあまり心配しなかった。

奥さんは不安の余り家の中をそわそわ歩きまわって居たが、やがて元気無くパー公の枕元《まくらもと》に来て、彼の顔をのぞき込む様にして坐《すわ》った。奥さんは最初にちらっと考えた。まあ、きれいな子だわ。実際無心にかすかな寝息をしながら、ぐっすり寝入って居る彼の顔は、驚く程上品で美しかった。奥さんはそれで、知らず知らずの内に此の超自然的な出来事に対して信頼を置き始めた。そして彼の物静かな顔をじっと見つめて居る内に次第次第に奥さんの心も平生《へいぜい》の落着きを取りもどして来た。しかし奥さんは唯《ただ》婆さんがもう死んで終ったのだと云う事は、どうしても理解出来なかった。おまけに今の様に奇妙な事があった後では尚更《なおさら》の事だった。別に悲しくも恐ろしくも何んとも無かった。唯不安だった。しかしそれは明日村長さんがお客に来ると云う前日の不安とは本質的に何等変り無かった。唯其の量に於《お》てやや大きい丈《だけ》である。

奥さんはやがて訳の解らないこんらんした考えに悩まされ始めた。お婆さんは此の子に時々乗り移つるとおっしゃる。すると其の間丈はたしかに此の子はお婆さんなんだわ。けどやはり他の時には此の子は此の子なんだわ。じゃ一体何時此の子になって、何時お婆さんになるのか解らない。だからずうっと家に居てもらわなくてはならない。幸い私には子供が無いのだから家の子にして置いても良い。此の子なら本当に申し分無しだわ。家の子になってもらう丈でも有難いのに、同時にお婆さんにもなって呉れるのだから本当に願っても無い幸いだわ。けど家の人はどう云うだろう。反対なんかする筈《はず》は無いわ。本当にこれこそ仏様のおめぐみに違い無い。ああ、本当に私達の様な者に勿体《もったい》ない。それにしても、戸籍の方は一体どうなるのだろう。お婆さんはやはり死んだ事になるのだろうか。そして奥さんはふと婆さんの死骸《しがい》の事を思い浮べた瞬間、思わずギクンとして跳び上った。まあ変だ。けれどあれはもうお婆さんではなくなって居るのか知ら。あれが？　では一体何なんだろう。でも確かにさっき此の子に乗り移って来たのも本当のお婆さんなんだわ。するともうたしかにあれはお婆さんでは無いのだ。そう奥さんは断定したが又してもあのお婆さんそっくりの肉体——死骸の事を頭の中に画《えが》き出すと、妙な気持になって終うのだった。あれはもう精神のぬけがらである肉体に過ぎないのだと幾ら思って見ても、うなずけなかった。

だがその訳の解らぬ考えも、下の方から聞えて来る大勢のがやがや云う声で中断された。奥さんは大急ぎで立上って縁側へ出て見ると、下の方から白い長いものを横にしてかついだ数人の男達と、其の周囲に大勢の村の人々が一塊りになってやって来る所だった。今はもう何も彼も明白だった。奥さんはあわてて仏壇の所へ行き、白いぴかぴか光った細目の水晶の珠数《じゅず》を取り出し、それを二重にして合わせた両手に掛けると、早口にぶつぶつ文句をとなえ出した。

早くも四日経《た》って、婆さんの葬式も終り、家の中も一先ず落着いて来た。だが地主さんも奥さんも数年前爺《じい》さんに死なれた時の様に悲しい気持にはならなかった。奥さんのパー公に対する意見を聴いて、地主さんもすっかり賛成し、明《あか》い気持だった。パー公は時々目をさまして、水を飲ませてもらったり、何か流動体の食物を口に入れてもらったりして居たが、未だ確かでは無い様だった。しかし其の実を云えば、二日目からもう彼はちゃんと意識も取り戻して居たし、考えも平生通り確かだった。肉体的には空腹の為少し参って居た様な所もあるが、別に異状も無かったのである。だが彼は起き上る勇気が無かったのだ。彼は葬式のゴタゴタして居る最中、奥の部屋で一人恐ろしい煩悶《はんもん》を続けて居た。彼の希望は殆ど達せられそうだ。彼は其の二日目の夜、奥さんが地主さんに自分の考えを打ち明けて居るのをはっきり聴いたのだ。何から何迄《まで》が、彼の考え通りに進行して行く。彼はもう今迄あこがれて居た家庭の暖い灯のともる窓の内に住《す》まう事が出来るのだ。

しかし彼の心の内は、一向に明るくも無く、たのしくも無かった。彼はむしろ後悔して居た。しかしもう今更どうにも仕様が無い。自分は今恐ろしい罪を犯して居る。然《しか》し人間が順応して行くのは単に肉体や感情の上に於てのみで無い。生きて行く為には自分で新らしい道徳迄もこしらえて行こうとするものだ。彼も此の場合、自分のゆるされ得るたった二つの立場に夢中ですがりつき、それを信じ込もうと努力した。その二つの立場とは、彼だって一人前の人間なんだし、何も自分丈があやって冷い生活の中でもがいて居る必要は無いと云う事と、自分のやって居る事は例えそれが詐《いつわ》りであっても、それが誰の害になって居る訳でも無い。それ所かそれが三人共の幸福に成るのだ。むしろ好い位ではないだろうか。そして彼は心の内で自分にはげまして云った。そうだ。そうだとも、俺はむしろ良い事をして居るのだ。

それでもやはり心の或る部分は何んの安心をも取り戻さなかった。そこで其の部分に云って聴かせた。何、未だ馴れて居ないからだよ。もうしばらくすれば、何も彼もがうまく行く様に成る。そして自分で安心したつもりに成ろうと努力した。

　が彼も心の内で安心した事が一つあった。それは婆さんの真似をする事の成功である。先ず其の点丈は是《これ》から先も大丈夫だと思うと心強かった。だがそれを利用するのが恐ろしかったのだ。一刻でも良いからのばしたかった。それで彼は悶々として苦しみ乍《なが》ら四日間じっと目をつむって床に入って居たのだ。だがじいっとして考えてばかり居ると云う事は、全くひどい拷問《ごうもん》なのである。彼はもうそれ以上どうしてもこらえ切れなく成って来た。このままにして置けば、今にも発狂して大声で叫び出し、何から何迄洗いざらいに喋《しゃべ》って終《しま》いそうなのだ。発狂しないでも、彼はもう、そうしたい様な慾望の発作に幾度もおそわれた。四日目の朝やっと東の空が色附き始めた頃から、彼は今日こそは起きよう。さあ今起き出そうと、幾度決心したか解らない。だが其の間際《まぎわ》になると彼は後の心配の方が、寝て居る苦悶より強く成って、又其儘《そのまま》じっとして居て終った。彼はもうすっかり頼り無い不安な気持で、今にも泣き出しそうだった。ああこんな事なら今迄の方がどれ丈よかったか知れない。彼は今どんなに苦しくたって悲しくたって、吐息一つつく事を許されないのだ。黙って死んだ様になって居なければならない。誰も同情もして呉れない。

　こんなにして居たが、やっと其の四日目の夕刻に成って、隣りの部屋で地主さんと其の奥さんとが静かに食事を始める音を聞き乍らパー公はやっと強い決心をしてそうっと起き上った。始めはよろよろして今にも坐り込んで終いそうだったが、気を引きしめて二三歩行くと大分気持もよく成り、頭の中もすっきりして来た様だった。襖《ふすま》の前で立止ると、さすが気後《きおく》れがした。が、何んだか胸が悪るくなって其の儘にして居るのがつらくなったので、思い切って襖をそろそろと開けた。そして婆さんそっくりの様子でどっこいしょとばかりに腰を下ろした。奥さんは二度目なのだが、思わず手に持って居た汁をこぼして終った。地主さんの方は此の奇蹟《きせき》を目撃するのは始めてなので、思わず三尺程も後すざりした。パー公は事此処《ここ》に至ればもうどうにも成らないので、思い切って口を切った。

――ああ、やっとこれたよ。葬式もすんで終ってほっとしたろうな。何もそんなに驚いた顔をせんでも良いじゃ。わしはやはり体のあった時と同じ様に生きて居んじゃからな。皆此の世じゃ、あの世へ行って終うとまるで異《ちが》った所へ行って終った様に考えて居るが、決してそんなものじゃ無い。あの世へ行けばやはり皆互に口を聴いたり、笑ったりして居る。ちっとも変る事は無い。――

そこで地主さんが恐る恐る聴いた。

――じゃ、何んですかい、住んで居る所は。――

――馬鹿な、住むなんて、それは体があるとき丈の話さ。――

今度は奥さんが云った。

――御飯はどうですの。――

――ああ、いただいても良いよ。私はね、こうやって居る時は、生きて居た時と全く同じことなんだからね。――

奥さんはすっかり遽《あわ》てふためいて用意をし始めた。パー公は出来る丈ひかえ目にしたがたまらなくて、いつの間にかがつがつくらい着いて居た。其の間色々奥さんや地主さんが話したり尋ねたりしたが、殆どもう上の空で、良い加減な事を答えて居た。奥さんと地主さんはすっかり気をのまれた形で、ぼんやりし乍ら、時々顔を見合わせて居た。

しばらくそんなにして居たが、パー公の方は心配で心配で、食事が終って終うとも う胸がどきどきし始めた。一体こんな芝居を何時切り上げて良いのだか一向に見当がつかなかったし、其内此の家の身内で死んだ人の事なんか聴かれたりして、ぼろでも出たら困ると思うと、実際気が気で無かった。でも此の家の爺さんの事を一言も云わないのはあまり不自然だと思ったので、それを良い加減に話して置いて何んとか上手く切り上げようと思った。

――わしはねえ、死んだらすぐに連れに遇ったよ。うれし泣きに泣いて居たよ。――するとと地主さんが目を丸るくして云った。

――へえ、あの気丈夫な人がね。――

――否々《いやいや》、それも体のある間丈さ。あの世ではもう皆一体に気が弱く成って終うんでな、私も何んだか涙もろく成って来たよ。――

まあどうにか云いのがれをしたが、体中がはっと熱く成って、顔が真赤に成った様な気がした。でも幸い、地主さんは真理を得たりと云わんばかりの顔でうなずいて云った。

――そう。全く其の通りである可《べ》きだ。肉体を離れれば皆心の底から清く成って、邪《よこしま》な考が無くなるから、もう気を引きしめて居る必要も無くなるのだろうわい。

――

奥さんは全く本当だと云う様に目をつむった。そうした地主さんと奥さんの信じ切った様子を見て居ると、パー公は何んだか淋《さび》しく成って来た。彼は愈々《いよいよ》どうにか始末をつけなければならないと思ったが、どうにも良い考えが想い着かなかった。地主さんと奥さんが交互に、あの世から此の世はいつも見えて居るのか、とか、仏様に遇う様な事があるか、とか、毎日何をして暮して居るかとか、やはり朝昼晩の区別があるのか、と云う様な問に、其度《そのたび》ひやひやし乍ら何んとか答えて居る間にも、彼は何んとか切りをつけるのに一所懸命だった。がどうにもうまく行きそうも無いので、彼は反えって大胆な気持を取り戻し、思い切ってやって終えと思って、

——ああ、大変だ、私はもう帰えらなければならない用事がある。又明日来るから。

——

そう云うとぽかんとした顔で、あたりをきょろきょろ眺め始めた。そして地主さんや奥さんが何だ彼《か》んだと云うのに対して、全《ま》るっ切り解らないと云う様によそおって見せた。それを見ると二人も、もう何も云わずに何んとなく間が悪るそうにして居た。

——おや、此処は僕が前に一度来た事のある地主さんのお宅ですね。一体これはどうしたのでしょうか。——

そして地主さんの長々とした是迄の詳しい説明を聴いた後でも、未だ訳が解らない、と云う様に首を振って見せた。次には奥さんが又色々と話して、其の後で、こんな訳だから家の子供に成ってもらえまいかと云うと、パー公は困った様に考え込んで終った。

——ええ、それはあなたの身の上にも色々な事情があって、困る事もあるでしょうから、御話しして御らんなさい。何んとかして上げますから。何んだったら全々事情は

抜きにして家の養子に籍を入れてあげますから。本当にお願いしますわ。——

そう親切に云われると、パー公は思わず本当の事を云い度《た》くなって来たが、鼻の所迄流れて来た涙と一緒にぐっと食い止めて、考え渋った様に云った。

——別に困ると云う様な事は無いのですけれど、実は僕は元居た曲馬団から内緒で逃げて来たのです。それで若《も》し。——

——ああ、そんな事ならその理由によっては。何か訳があるのだろう。——

——ええ、僕は何んだか此の村の近くに僕の両親や兄弟が住んで居る様な気がして仕方無かったのです。——

——ああ、そうそう、此の前そんな事を云って居たっけ。——

——ええ、それで何んだか此の村がなつかしくて仕方が無かったのです。それに僕は家庭がうらやましかったのです。若しもあの村に行ったら僕の家族も見つかるかも知れないとも思いましたし、又そうでなくても何か良い事が僕を待って居る様な気がしてならなかったのです。それで僕は毎日毎日が孤独で淋しくて仕様が無かったのです。

　或る晩、僕はこそっと曲馬団を抜け出して終いました。そして汽車にのったり歩いたりしてやっと二日目に此の村に着きました。けれど何処にも行く所も無し、毎日何か僕の為に良い事がありそうでぶらぶら村中を歩いて居たのです。——それから彼は何時の間にか自分の話しにすっかり熱中して、顔中真赤にし乍ら一部始終を物語った。——そして僕はもう此の上どうにも仕方が無くなって、明日からは乞食仲間にでも入ろうか等と思い乍ら橋の所で寝て居た所迄は覚えて居るのです。其先は今迄何んにも解りません。皆様のお話しで大体見当はつきましたけれど、どうしても僕には夢の様な気がして、信じられないのです。そして利口な彼は最後にこう附け加えた。多分仏様のおぼしめしなんでしょうけれど、僕なんかにそんな幸福な事が起るなんて、本当に信じられません。恐ろしく成る程です。——

地主さんと奥さんは彼の身の上にすっかり同情して、殆ど泣き出さんばかりで云った。

——否、そうじゃない。あんたの心掛けが良かったからこんな奇蹟が起ったんだ。ああ南無阿弥陀仏《なむあみだぶつ》、南無阿弥陀仏。それがわし等の所迄及んで来るとは本当に勿体ない。私等はどんな事があっても、あんたの御両親をおさがししよう。それが仏のわし達に下された御命令なのだ。ああ勿体ない。どんな事があってもお探ししよう。それ迄は是非家に居てもらおう。だが若しあんたの御両親がみつかった後でも、時々は家に来て呉《く》れるだろうね。何しろ私の家のお婆さんでもあるのだから。本当なら家の子になってもらって、ずっと居てもらい度いのは山々だが、人間は贅沢《ぜいたく》は云えん。なあ、お前。——

そう云って奥さんの方を振り向くと、奥さんも涙をそっとぬぐい乍ら云った。

——ええ、本当です。私にはそれ丈でも勿体ない位です。せめて其の間丈でも居ていただければ本当に此の上無しですわ。

あなたの御両親は必らずすぐに探し出されますわ。何故ってこれ程今迄に仏様の御加護を受けて居るのですもの、今更見捨てられて終うなんて云う訳は無いじゃありませんか。本当に広大無辺な仏様です。あなたのその可哀《かわい》そうな身の上に同情なさり、又そのけなげな親兄弟を想う情を御くみ取りなさったんですのね。本当に何んて有難い事なんでしょう。まあ勿体無い事で御在《ござい》ます。ああ、南無阿弥陀仏、南無阿弥陀仏…………。——

しかしパー公には、此の慈悲深い南無阿弥陀仏が、まるでのろいの文句か何んぞの様に聴えたのである。思わず体がぶるっとふるえた。何も彼もうまく行く。それは良いのだが、何も彼もがうまく行き過ぎる。それが彼にはまるで悪魔につかれて居る様な気がして気味が悪るかった。そしてやがては自分が悪魔か何んぞである様な気がして、恐ろしく成って来た。

あんまり気を張って居た為、彼は床に入ると其儘気を失った様に寝入って終った。

地主さんと奥さんは、やはり婆さんが死んだのだから、むやみとうれしい顔を見せたり、喜んだ様子を表わしてはいけないと思いつつも、心の内では両人共うれしくて仕様が無かった。唯《ただ》気になるのは、案外早く此の子の両親が見つかって終い、家から出て行って終うかも知れないと云う事と、曲馬団、従って警察の方の始末とだった。でも今は、両人共うれしさの方が先に立って、一緒に右と左からパー公の寝顔をのぞき込んで居た。

――良さそうな子だ。――

――申し分ありません。――

――いつ迄《まで》もこうして居て呉れれば良いがねえ。――

――本当に。でも此の子の名前花丸とか云いましたっけ。あんまり変ですわね。これじゃあんまり。――

――それもそうだね。もっと何んとか着けなくちゃ。――

――私は明日から此の子に字と本を読む事を教えましょうか。――

――本？　否々いけないよ。始めの内はのんびり家の空気に馴れさすのさ。そんな事は後の後だよ。――

――そうですね。それからこれは一寸別《ちょっと》ですけど、でも変ね。あのお婆さんね、明日いらっしゃったら何御馳走《ごちそう》しましょうかしら。やはりお魚は駄目かしら。――

――ふむ。どうだろう。本当にどうだろうね。いけない様な気もするし、かまわない様な気もするし。しかし本当に妙だね。生きて居るのか、死んで終ったのかさえはっきりしないのだからね。――

そんな具合に彼等は晩《おそ》く迄期待に満ち満ちた気持で話し合い、床に入って寝たのはもう三時過ぎだった。

翌朝パー公が目を覚ました時には、もう太陽が随分昇って居た。果し無い悪夢で、体中汗ぐっしょりに成って居た。本当に恐ろしい夢だった。彼は何んだか一晩中夢を見つづけて居た様な気がした程彼の頭を一杯にした夢だった。彼は起きてからも其の夢ははっきり頭にこびりついて離れなかった。それはこんな夢だ。凸凹《でこぼこ》した見渡す限り何も無い平原だった。石だけがごろごろして居る。白っぽい土の上には同じ様な感じの空が重い幕の様にだらっと下って居た。風一つ無い。何も彼もがぴたりと止って居て、砂一つぶがころがりもしないのだ。彼はそれ丈でもう恐ろしかった。こう云った恐ろしさの夢は誰しも経験するものだ。何かの理由で恐いのでなく、それ自身一つの恐怖の象徴なのである。自分の傍でせめてがたっと音でもして呉れたら。何か自分を刺戟《しげき》して呉れるものがあったら。しかし其処《そこ》には全然何も無いのである。唯だ在るものはその静止した前景と、圧迫する様な虚無感と、叫びたく成る様ないらだたしさだった。だが彼はすぐにほっと一息つく事が出来た。と云うのは遥《はる》か彼方《かなた》の地平線に、ぽつんと一つ黒い点が生じたのである。そしてそれが段々と大きく成り始めた。近附いて来るのではなく、大きく成るのだ。遠近の感覚がすっかり無くなり、小学生の絵を見て居る様だった。やがてそれが何んだか解り始めた時、彼はひどい恐怖に襲われて、一目散に後ろを向いて馳《か》け出した。だがなかなか馳ける要領がのみ込めないのである。彼は多分地球の引力が増えたのだろうと思った。が跳ぶ様にして行くと割に早く進めたのでその方法で力一杯逃げた。その後ろに現れて来たものは真黒な仏像なのである。目丈が赤い。そして目やにが一杯に溜《たま》って居るのである。その顔中にすごく下品な笑いがくらくらくらして居るのである。此の形容は何だか象徴的で不自然なのだが、実際に其の通りなので、私は他にどんな形容をしてよいやら解らないのだ。不気味其のものだった。彼は随分逃げたと思ってひょっと後ろを振り向くと、その仏像は腰のあたりから地平線の所に植《うわ》って居て、大きさはすごく、頭はもう殆ど空について居た。あまりにやにやして居るので、顔中口になって終った様だった。彼はもう断念した。其の場で力無く地面に身をたおすと、体中をぶるぶるふるわせ乍《なが》らじっとして居た。しばらくすると耳元で天罰だよと云う声がした。それから四五人の人が大声で笑う声が聴えた。彼ははっとして顔をもたげると、自分がそこにぐったり死んで居り、その周囲には、地主さんと奥さんと、婆さんと曲馬団の女将《おかみ》と、クマ公とが居て、ずっと離れて、何十万か何百万か知れない様な警官がずらっと立って居た。皆目玉がギョロッとして居て、またたき一つしないのだ。女将がべら棒に大きな刀をたもとから取り出してパー公の死骸を細かくきざみ始めた。彼はたまらなく悲しく成って女将にすがりついて許しをねがったけれど誰一人として彼に耳を傾けようとしなかった。彼は泣き泣きクマ公の所にすがりついた。彼は本当に後悔して居たのだ。だがクマ公は依然それに注意も払わず、パー公の死骸の段々細かく成って行くのをうれしそうに眺めて居た。

それからしばらくの間ごちゃごちゃして居たが、やがて彼がはっきり憶《おぼ》えているのは、彼が橋の所で寝て居る所からである。橋の上では自動車と婆さんとが向い合わせになり右へ走しったり左へ走しったりして居て、今にもぶっつかりそうだがなかなかぶっつからなかった。彼は何んと云う事なしにそれを見て居た。すると彼の横で肘《ひじ》をつつく者がある。見るとクマ公なのだ。クマ公は云った。

——見ろよ。すばらしい機会だよ。何故死ねば良いと思わないのだ。唯思えば良いのだよ。するとすぐその通りになって万事がお前の望み通りになるのに。何故思わないのだ。——

パー公は自分はそんな事をする位なら乞食にでもなった方が良いと答えると、クマ公は跳び上って叫けんだ。

——偽善者。——

それと同時に橋の上で走りまわって居た婆さんも叫けんだ。

——そうだ、偽善者だ。——

それから色々な意味の無い様な夢や、苦しい夢を次から次へと見た。最後に見た夢は、此の地主さんの家である。彼は小さく成って部屋の隅に坐って居た。其の前には地主さんと奥さんと、彼の両親が坐って居た。彼の両親は立上り乍ら云った。

——いや、私はもう帰えります。こんな子供は家の子供である筈が無い。まるで人殺しじゃありませんか。おまけに詐欺《さぎ》と来て居る。こんな子を引き取るのは御めんです。私は今すぐ警察に訴えに行く。何んと云ったって駄目です。——

そして両人で荒々しく出て行って終《しま》った。彼は悲しさの余りおいおい泣き乍ら後を追って走り出た。だが一歩外に出るともう両親達の姿は見えなくなって居た。彼がすごすご家の中に後戻りして来て、如何《いか》にも悲しげに後悔して居る様子を見せると、地主さんは静かに云った。

——私はあんたに同情して居る。しかしあんたはもう恩知らずでこれから先何を仕出かされるかも知れない。家《うち》は御らんの通りけがれの無い家柄だ。すまないけれど出て行ってもらいましょう。——

それから奥さんが、如何にも物やさしく云った。

——仕方ありません。何事も因果応報です。今迄通り家に置いてあげたいけれど、今に警察から人が来ます。逃がして上げようと云うのも同情心からなのです。もっともあなたの様に恩知らずの冷い心を持った人には、こんな親切なんて解らないでしょうけれどね。さあ早やくお逃げなさい。裏の山の方へ逃げれば大丈夫ですから。——

其時下の方から大声のがやがや云う声がきこえて来た。彼は思わず飛び上って裏側の窓を押しとばすと一目散に山の上の方へ逃げ出した。其時彼ははっきり後の方でこう云うのを聴いた。

——そら、あの通りだ。お礼一言も云わないばかりでなく、窓迄ぶちこわして行った。あれは石みたいな子供で、何んにも感じないのだよ。普通の人間なら、自分がつかまれると云う心配よりも、今迄親切にして呉れた人に恩返えしをしなければと云う位の気持の方が強く成る筈だけどね。——

パー公はもうそれを聴くと自分自身がすっかり厭になって終った。彼は後もどりして自分がそんな人間で無い事を示そうとして振り返えった瞬間、ぐうっと深い暗闇《くらやみ》の中に落ちて行く感じがした。そしてひやっとし乍ら目を覚した。その瞬間にも次の様な言葉を聴いた様な気がした。

——やはり後もどりして来ない、恩知らずめが。——

不愉快な胸の悪るさと、泣きたく成る様な頭痛がした。そしてふらふらし乍ら起き上り、外の明い太陽の光と、きれいな雲の浮んだ空と、まぶしい様な緑と、遠く紫色にかすんだ山を眺め、すがすがしい朝の空気を胸一杯吸い込むと、それでも少しさっぱりした様だった。もう家の人達は起きて居るらしいのを見ると、彼はびっくりした様にすばやく洋服と着替えて、無茶苦茶にふとんをしまい込むと奥さんの居る所へ飛んで行った。しまった事をしちゃった。彼はすっかりしょげて、何か不愉快な文句にぶっつかりそうな気持でひやひやして居た。だが奥さんは彼を見附けると親切に笑い乍ら話し掛けた。

——あら、案外早やかったのねえ。お昼頃迄お休みかと思って居たのに。すぐ御飯にしますから早くお顔を洗っていらっしゃい。手拭《てぬぐ》いはここにありますよ。——

パー公はひどく混乱した感情で真赤になり乍らうやうやしく手拭いを受け取ると、庭にある井戸の所にしおしおと行った。すると丁度其処に地主さんがおもとの手入れをして居る所で、パー公を見附けると、如何にも愉快そうに、とほうも無い大きな声を出して云った。

——やあ、お早よう。どうだい此のおもとは、町の植木屋から分けてもらったのだよ。婆さんの宝物だったんだけどな。——

彼はもう「婆さん」と云う言葉を聞いた丈で、もうめまいがして来た。何んと答えて良いか解らず後ろに立ってもじもじして居ると、家の中から奥さんの声で、御飯ですよ、と云うのが聞えた。地主さんはゆっくり立上り乍ら、早く顔を洗いなさいと云い乍ら、じゃーっと手に水をかけると、すたすた家の中に入って行った。彼は幾度も幾度も歯をみがいたり、顔を洗ったりして、やっと家の内に入って行った。何んだか自分がひどくきたなく感じて、家の中で皆に不けつだと思われる様な感じがしたからだ。皆ひどくたのしげだったので、パー公も同じ様によそおおうとしたけれど、どうしても駄目だった。何から何迄、不自然で、ぎこちなかった。食事が終って彼が色々手伝おうとすると、まあまあ男の子はこんな事に、と云って笑い乍ら止《や》めさされた時には、彼は反えって気苦しい、居たたまらない様な気持になった。

　彼は今、更に新らしい煩悶《はんもん》が生じたのだ。自分は与えられたものに対して、返えす可《べ》きものを一つも持たない。彼はその逆の立場に居る人を心からうらやんだ。このままにして置けば、自分の負債は益々多く成る一方だ。現在以上の負担を考えると彼は慄然《りつぜん》とした。彼は本能的に動きまわって奥さんの手つだいをした。が奥さんの方は自分の家になついてもらいたさ一杯で、彼のそう云った態度を喜ばなかった。奥さんの方ではむしろ彼が我儘に、何かねだったりして呉れる方が、どれ丈《だけ》うれしかったか知れない。それで彼は否でも応でも、全精神を、早く忘れて終《しま》い度《た》いあの苦悶に向けざるを得なかった。やがて地主さんが早速役場に行って、村中の戸籍をしらべて来るからと云って出掛けて行った後、奥さんと二人丈になった時、彼はいよいよ居たたまらない孤独感に襲われた。奥さんに親切なやさしい言葉を掛けられるのが、彼にはやり切れなく苦しく、又窮屈だった。

――あなたは随分礼儀正しいのね。本当にそれじゃ他所《よそ》にお客に行って居る見度いね。もっと家に居る様に楽になさいよ。――

彼は自分の苦しみを冗談にまぎらす様に答えた。

――でも僕は家と云うものを未《ま》だ知らないのですよ。――

奥さんは悪い事を云ったと云う様に顔を赧《あか》め乍ら、

――あら、そうだったのね、でも良いから今迄居た所に居る様に。――

――ええ、其処では僕達はやはり毎日仕事をしなければならなかったのです。――

――じゃまあ良いわ。そう云う気持は悪いものじゃ無いのだから。未だ馴れない内はこんなにして何んにもしないで向い合って居ると反えって緊張して終っていけないわね。一つお昼頃迄山の方へでもいって来たらどう。ねえ行っていらっしゃいよ。その方が気がさっぱりするから。――

――何んかする事があるのでしょうか。――

――まあね、そんなに。唯ぶらぶら行ってらっしゃいよ。そうしたらもう少しさっぱりして来るから。――

まるで命令されて出て行く様に力無く坂道を登って行く、きゃしゃな彼の後姿を見送り乍ら、奥さんはほろっとした様な気持になった。まああんな環境に育てられるとあんなになって終うものだろうか。あんな伸々したやさしい顔をして居乍ら、あんないじけた暗い気持になれるものだろうか。未だ十五位にしか見えないあんな子供でも、あんなに強く自分と云うものを他から切り離して終えるものだろうか。恐ろしいものだ。どうしたらうまく家になついて呉《く》れるだろうか。しかし若《も》し、すぐにあの子の両親が見つかったとしたならば、むしろあのままの方がみれんが無くて良いのかも知れない。ああ、私達に何を考えたって解《わか》るものじゃ無い。唯《た》だ仏様に御すがり申し上げるより他は無いのだ。

パー公は急な傾斜の山途《やまみち》を一歩一歩考える様にして登って行った。白いしぶきをあげて居る渓流に掛かって居る三本の丸木を組んでこしらえた橋を渡ると、途は山腹にそって山の周囲をまわり始める。その山の一部を切り開いた途は、年中太陽の陰になって居るらしく、じめじめして黒ずんだ土の色をして居た。右側は大きな木の根や、岩石の一部や、地層を示す赤味がかった太い縞《しま》等が露出して居る二米の垂直な壁になって居り、左の方はずっと開けて居て、村中が見渡せた。村は明い日光の下で快かつに輝き、其の中央をうねうねと幾すじもの田に引く為の支流を出して居る川は、一部まばゆい程にきらめいて居た。それは一度大きくうねって右の方へ視界から消えて居た。やっと平地になって百米位の所では、村の子供達が数人魚を採るのに夢中だった。平和な風は涼しい空気を、山の上から吹き下ろして、一日地面の上で腰をまげて居る百姓達の疲れをやわらげた。生に満ち満ちた初夏の白雲は、真青な空の中に美しく融《と》け込んで居り、生きとし生けるものの魂を、総《すべ》ての存在するものを、それが善であっても悪であっても己の為に能動的に順応させて終おうとする理想主義者のそれにして終った。其処では生命と云うものは存在しなかった。存在するものそれ自体が生命そのものなのだ。其処では何者も生きようとは努力しなかった。唯だ何をしようかと考える丈だった。善も悪も、愛も憎も、生も死も、其の巨大なる生の流れに融け込んで、其処には一つの対立も見出《みいだ》せなかった。全体が一個の許るされた存在だったのだ。

だが今、山腹の山途に在る、朽ちた切り株の上に腰を下ろしたか弱い肉体の内に宿る一個の精神丈が、其の巨大な生の流れから一つの飛沫として別な世界へ飛び出したからとて、何んの不思議もあるまい。あの輝かしい太陽の表面にすら、光失せた黒点が現れ得るのだ。だが其の実は、その黒点こそ、最も力強い生命を宿した所であり、より激げしい精神の動きを抱いて居るのだ。

彼はやっと数日間の張りつめた心から、幾分楽な気持に成る事が出来た。だがそれは幾分でも苦悩がやわらいだと云う事にはならないのである。外的な緊張に向って居た精神の部分迄《まで》が、一緒に成って専《もっぱ》ら心の奥深く蠢《うごめ》いて居る針を持った悪魔をつつき始めたのだ。其の時ふと山の上の方で、お前が殺ろしたのだ。と云う声が微《かす》かに聞えた。まだ何か云う声が聞えた様だったが、後はぼんやりしてよく聞き取れなかった。彼はぞっとして立上った。彼はもう一度心の中で繰り返えした。お前が殺ろしたのだ。彼はその声のした方向をじっと見すかしたが、木がひどく繁って居て何も見えなかった。そしてあたりは死んだ様に静寂だった。彼は空耳だと思った。そう思うと何んでもが、お前が殺したのだ、と云って居る様にも思えた。時々ざわつく木の葉の音も、彼にはお前が殺ろしたのだ、と云って居る様に感じられない事も無かった。だが先程の声はあんまりはっきりし過ぎて居る。だが若しかしたらあれは誰かが山の上で犬かなんかを殺ろして、片方の人が罪を相手になすりつけようとして大声でそう叫けんだのかも知れない。そして遠く離れて居る為それ丈が聞えたのかも知れない。彼は活々《いきいき》とした村の様子を見て居ると、どうしてもそう信じたかった。第一そんな馬鹿な事が起り得る筈は無い。それに俺が殺ろした訳じゃなし。その時ふと彼はあのいまわしい昨夜の夢を想い出した。で、彼は声を出して云って見た。

――俺が殺ろしたんじゃ無い。――

そして彼は其の声にひやっとし誰かに聞かれはしなかったかと、あわててあたりを見まわした。犬の子一匹居なかった。アハハハハと大声で笑って見たけれど、それは声丈で彼の顔は不気味に青ざめ、鼻の頭には玉になった汗がぶつぶつ出て居た。彼は考えた。一体俺は何をびくびくして居るのだろう。俺は一体どんな罪を犯して居ると云うのだ。そりゃ全然無罪だとは云えない。俺は現に脱走者であるし、又恩人を詐《いつわ》って居る。がしかし確かにそれ等は何かの理由でゆるされて居る筈だ。俺は本当の悪事を犯したおぼえは一つも無い。俺はこんな不幸な目に遇って居るのじゃないか。俺はむしろ皆から同情されるのを甘んじて受けて良い位の立場に在るのだ。一体俺は何を苦しんで居るのだろう。

だがその弁解で自分をあざむく事に熱中して居れるのはほんの一寸《ちょっと》した間だった。

又すぐに現実的な考えは彼を恐怖と不安でがっかりさせて終った。今からあの地主さんの所に帰えったら、自分は又数限り無い罪を次から次へと重ねて行かなければならないのだ。自分には果してそれに対する良心の呵責《かしゃく》に堪えて行く丈の力があるだろうか。夕方になれば又あの婆さんに憑《つ》かれた真似《まね》をしなければいけない。こんな不愉快な恐ろしい事が又とあろうか。あんな親切な自分なんかとは比べものにならない立派な心を持った人々の前で死人をあざむかなければならないとは。若しも自分に何から何迄あの人達の前でさらけ出し、甘んじて其の怒りを身に受ける丈の大胆さがあったなら、どんなに幸福だろう。やはり自分にはあの人達に悪人だと思われるのはよけいに恐ろしい。

長い間の肉体と精神の過労は、彼の容貌《ようぼう》をすっかり変えて終った。若し今昔の曲馬団の仲間の一人が彼の顔丈を見たら、一寸彼だとは気がつかないだろうと思われる程だった。目は深く窪《くぼ》んで、黒くわくの入った中に目丈が激しい光をたたえて居た。熱っぽい真赤な唇が、絶えず物を云って居る様にぴくぴく動いて居た。彼は不安の余りじっとして居《お》れなくなって、そこから又上の方へ登り始めた。今になって彼は急にひどい疲れを体中に感じ、一歩一歩が頭の方迄ひびいて感じた。五十歩と行かないのにもうひどい息切れがし、胸がどきどきして、どうしても止まらざるを得なく成った。

つかれの為《ため》顔をふせ、地面を見つめたまま登って来たのだが、顔を上げると今迄とはすっかり異《ちが》った視野が開けて居た。今迄見えて居た部分はずっと左の方に半分程しか見えて居なかった。右の半分は重ってそびえて居る山脈の一部で覆《おお》われて居た。その左の方はずっと向う迄平地がつづき、その向うにある小さな丘の上には海らしいものが、やっと空から区別されて見えて居た。前よりは一帯に暗い、深い感じだった。空には雲が多く成って来た。

彼が途のきわの所迄、数歩進んだ時、体中の組織、器官が一時に凍り固った様な感じがし、激しい恐怖に襲われて、彼は思わずよろよろと後もどりした。其処は目もくらむ様な絶壁になって居て、下の方は生い茂った柳の木で黒々として居たが、途中は全然見えない程だった。彼は胸がどきどきしてなかなか止らなかった。恐ろしい所だ、と彼はつぶやいた。こんな時には口に出してものを云うと案外気がおさまるものだ。だが彼の胸さわぎは一向におさまらなかった。そのきわの所を見つめて居ると、何んだかその中に吸い込まれて行く様な気がして、彼はもうたまらなくなり山側の土壁の方に体をすりよせ、なる可《べ》く前の方を見ない様にした。だが目をつむって居ると、にわかに足元がぐらぐら動き出し、山が前の方へ傾いて、彼は今にもがけの方へころがり出しそうな気がした。そのいたたまらない様な脅迫観念の、極めて適切な例は何かとがった物を眉間《みけん》につきつけられた時に感じるあの不愉快なさける事の出来ない感じである。彼は身動きもならないで頭を両手でかかえたまま、土の上へ坐り込んで終った。其の時彼は又はっきり、今度はすぐ傍で云うのが聴えた。

――お前が殺ろしたのだ。――

彼は、はっとしてあたりを見まわしたけれど、何も見えなかった。が彼には其声をどこかで聴いた事がある様な気がした。しかしいくら考えて見ても想《おも》い出さなかった。

彼はたまらなく恐ろしくなって来た。だが幸い遠くの方からどこかの工場の昼をつげるサイレンの音がざわついた文明の香を山の頂上迄に送って来た時に、彼はいくらかほっとした気持になって、山側の方へ身をすりよせ乍《なが》ら恐る恐る山を下って行った。

地主さんの家にたどりついた時にはもう奥さんがちゃんと昼食の用意をすませて彼の帰えりを待って居た。彼は夜墓場の道を通って来て、やっと家の明りが見えた時に感ずるあの大きな安堵《あんど》で、殆《ほとん》ど夢中で家の中へ馳け込もうとしたけれど、入口の所で彼は又はっきりとさっきの声をきいたのだ。

――人殺ろし、お前が殺したのだぞ。――

彼はぎくっとして後を振り返えった。誰かがさっと左手の林の中へかくれて行ったのが見えた。たしかに見おぼえがある。しかし彼にはどうしても想い出せなかった。彼は体中がぶるぶるふるえ出した。其時奥さんが彼の帰えったのを聞きつけて急ぎ足に出て来て彼ににこにこ笑い乍ら話し掛けたが、彼にはそれ等が何んにも理解出来なかった。今目の前をさっとかけて行ったあの少し猫背の、小柄な、黒い影の様な感じのする男の後ろ姿の事で、彼は頭が一杯になって居たのだ。彼は恐ろしく青ざめた顔で、目をきらきら輝かせ乍ら奥さんの顔をぼんやりまともに眺めて居た。奥さんはすっかり気味が悪るくなって、彼の傍により、ひたいに手をあてがって見た。ひやりとして、別に熱がある様でも無かった。其の奥さんの動作に彼もふと我に返えって何だかおじけ附いた様に奥さんの方を見上げた。

——一体どうしたって云うの、そんなに青い顔をして。——

——いや、何んでもないのです。一寸帰えりに走しったものだから。——

彼は其の自分の声を聞いて、しびれる様な感覚が脊椎《せきつい》にはげしく作用した。

——まあ声迄がかすれて居るのね、それに体中泥だらけじゃないの、早く土を落して上っていらっしゃい。食事の用意が出来て居ますから。——

と云う奥さんの声も殆ど耳に入らなかった。何んと云う恐ろしい事だ。彼の声は数時間の内にすっかり変化を来たして居た。咽《のど》の奥の方に何かねばねばしたものがくっついて居る様だった。まるでがらがら云う様な声しか出なくなったのだ。彼はぼんやり玄関の所で立ちすくんだまま、舌を丸るめたり、引っ込めたり、下顎《したあご》をつっぱったりして色々異った声を出して見ようと思ったけれど、幾ら努力して見ても単によけいに声がつぶれて来る丈で、すっかり駄目だった。彼は泣き度い様な気持だった。さしあたって今晩婆さんに憑かれた真似をする時どうしよう。其の時彼の後ろで又してもあの厭《いや》な声がしたのである。

——人殺し。さて何事もうまく行くわい。——

今度も彼が振り返えると同時にさっと木陰ににげ込んで終ったが、ちらっと顔をこちらに向けた様だった。益々彼には見おぼえがある様な気がした。だが彼はやはりどうしても思い出せなかった。そして其の白っぽい木でこしらえた人形の様な気力の無い顔が、目の前にちらちらし始めた。胸がむかむかしてはき気がした。又も彼は後ろの方で声をきいた。

——お前だ、お前だ。殺ろしたのはお前だぞ。——

彼はもう振り返える気力も無く、やっと聞き取れる位の声で

——俺じゃない。俺は何んにもしない。——

と云い乍らへなへなと坐り込んで終った。目の前が急に真暗になり、所々に黄色な斑《はん》点《てん》が出来、ぴかぴか光る小さな星が、其の間をぐるぐる動き始めた。

それから幾度か彼は、さっきのあの厭な声が耳元できこえた。

——おい人殺し、何も彼もお前の思い通りになる。何も彼も。おい人殺し。殺したのはお前だぞ。——


やがて彼は誰かにはげしく肩をゆすられて気がつくと、自分は何処《どこ》か見なれない暗い部屋の中に居るのに気がついた。彼の傍に立って居た人は其時急に彼の顔をのぞき込んで、小さな蠟燭《ろうそく》をつきつけた。相手のゆらゆら動く赤い火にてらし出された顔を見て、彼は叫び声をあげた程驚いた。それはさき程彼に幾度も人殺しだと云ったあの不思議な男なのだ。其の男は厭な笑い方をし乍ら云った。

——おい、俺はすっかりお前の腕前に感心しちゃったよ。人間の仲間にも、あれ丈見事に立派な行為をやってのけられる奴が居るとは知らなかったよ。あれ丈の事が出来るのは俺一人だとばっかり思って居た。俺は感心の余り、殺ろしたのは確かにお前だと云って幾度も俺自身で証認してやったのに、お前は一向返事もせなんだな。まあ、あれ丈の成功にめんじて、それ位の失礼は許してやろう。お前のあの、人間にしては珍らしいすばらしい活やくを見て、全く胸がせいせいした。実際信んじ切って居る馬鹿な人間共を、見えよがしにあざむいて見せるなんてたまらなく愉快なものだからな。ハッハッハッハッハッ。——

急に其の笑い声が小さくなって行く様な気がして、彼はふと我に返えった。彼は床《とこ》の上にいつのまにかねかされて居た。枕元《まくらもと》には地主さんの奥さんが心配そうに坐《すわ》って彼を見つめて居た。彼が一寸体を動かそうとすると、奥さんは、静かに静かにと云い乍ら、彼をそっと押し着けた。

——何んでもないわ。一寸貧血を起した様ね。多分走しったりしたからでしょう。お中がすいて居るのに。そっとして居たらすぐ直って終うから、しばらくそのままにして居らっしゃい。今何か食べるものを持って来てあげますから一寸待って居らっしゃいね。——

そう云って奥さんは静かに部屋を出て行った。そしてそれから数秒間後、彼の心の内には今迄無かった或る静かな悲しみが彼の胸を力一杯しめつけた。彼は今始めて愛情と云うものを自覚した。愛が彼の心に食い入った。彼の涙にうるんだ目の中に、此の十数日間一度夢の中でかすかに想い出したあの曲馬団のクマ公の人の良さそうな顔が、ぼんやり浮んで来た。が彼が目をぱちぱちとやるとすぐそれは消えて終い、二度と現われては来なかったが、彼は始めてクマ公を理解した。そしてそれは永遠の印象である。そして又同時にこの地主さんの奥さんと、そしてあの曲馬団の女将が、彼に取って一体如何なる人々であったかも理解出来た。こうして彼は、突然思わぬ所で彼のさがし求めて居たものの姿をつかんだ。愛だった。そして愛とは是《これ》だったのだ。彼は思った。俺はやはり人間だった。俺はあの男とは異う。俺は人間に出来ない事はやはり出来ない筈だ。俺は愛する事を知って居る。しかし又もや耳元であの不気味な声を聞いた時、彼は又も気が遠くなりそうだった。

――だがやはりお前が殺したのだ。ハッハッハッハッそうだとも。お前は愛はしって居るかも知れない、裏切り者、お前は其の事で俺迄も裏切った事になったのだぞ。お前の罪は大きい。意味の上からは二重の罪だ。良いか。お前は人殺しなんだぞ。もう遅い。総ては終いだ。今更愛が何になる。唯《ただ》苦しみを一つ増した丈だ。是からは総てが悪るく成るんだぞ。総てが悪く。何も彼も。総てが人に知れ渡るのだ。――

彼は此の最後の言葉にふるえ上った。彼はいそいであたりを見まわしたが誰も居なかったし、別に今迄と変化も無かったので少し安心した。唯気になったのは、奥さん等が傍に居る時、あの厭な声がし始めやしないかと云う事だった。間もなく奥さんが盆にのせて食事をはこんで来て呉《く》れたが、相変らずやさしい親切な様子だったので、彼も幾らか安心した。彼は一向に食慾が無かったが、早く奥さんに部屋を出て行ってもらいたかった、と云うのは途中であの厭な声がし始めたら大変だからである。それで彼は無理して食べた。それから彼はひどく云いづらかったが、おずおずと、少し睡《ねむ》たい様だと云った。そしてしばらくしてぐっすり眠入《ねい》った様に見せ掛けた。奥さんはやがて、可哀そうに、と云うと、そうっと立上って出て行った。

彼は一人になると先《ま》ず一応ほっとしたが、全く暗たんたる気持だった。そして彼は又してもクマ公の事が想い出されて来た。こんな時に若《も》し彼が居て呉れたら。俺は何も彼も打明けよう。そうしたら必らず俺の気持が解って、一緒に苦しんで呉れるだろう。そしたら俺の苦しみは少くも半分になるのだ。だが結局これ等は総て俺一人の罪なんだ。ああそれに俺はクマ公に何をしてやったと云うんだ。本当にもう今更何を思ったって仕様が無い。其時又例の声がしたが彼はもうさ程《ほど》驚かなかった。

——全くだ。仕様が無い。何も彼も終いだ。そして何も彼も知れて終うのだ。何も彼も。今に地主が帰えって来て見ろ。俺は大きな声を出してわめき立ててやるのだぞ。何も彼も全部の事を、大声で。——

それから数時間経《た》って、地主さんが大きな足音を立てて、玄関の所等では殆んどつまずいてひっくり反えりそうになった程あわてて家の中に馳け込んで来た。

——おい。あったよ。どうもそうらしいのだ。否異《いや》うかも知れない。がそうかも知れない。もっとよくしらべて見なければいかんのだが、でも解らんよ。そうかも知れない。――

奥さんは慌《あわ》てて飛び出して行って、口に指をあて乍ら云った。

――しっ、駄目ですよ。あの子は何だか気分が悪いらしくてねて居るんですよ。それにそんな糠《ぬか》よろこびさせて、後からそれがうそだったなんて云う事になって、落胆させるのは可哀そうじゃありませんか。――

地主さんはさすが一寸恥しそうにして、今度はしのび足で上に上って来た。

――して病気って云うのはどんな具合なんだい。――

――ええ、良く解らないのですけれど、しょっ中何か妙な譫語《うわごと》を云ったり、うなったりするのですよ。あなたが帰えっていらっしゃったら、お医者様迄行っていただこうかと。――

――うん、そうだ。すぐ行って来よう。だがどんな具合なんだね今は。――

そして彼等二人は音のしない様にそうっと襖《ふすま》を開いて見た。一尺程開いて彼等は二人共どきっとした。蒲団《ふとん》はぺちゃんこになって居て誰も居ないのである。二人共信じられなかった。多分便所へでも行って居るんだろう。だが悲しいかな、例の袋の様な茶色の背広が、元あった場所から消え失《う》せて居た。

そして其の日の夕食には、地主さんの夫婦とそれに、悲しい沈黙とがある丈だった。

　其後村中でパー公の噂《うわさ》を聞いた者は一人も居ない。奥さんの意見では彼の元の曲馬団に帰えったのだろうと云うし、地主さんは多分自殺でもしたのだろうと云って居る。だが二人共彼の居なくなった理由については何も知らないのだ。

〔1943.3.7–16〕

オカチ村物語 (一)

老村長の死

『諸君、我々オカチ村は、一体誰の手によってかくも繁栄して居るのでありましょうか。今から三年前迄《まで》は此《こ》のオカチ村は、戸数僅《わず》か十三と云《い》う、誰からも忘れ去られて終《しま》って居た、東北の一寒村であったのであります。ああ、此の零落した村に、最初の力強い救いの手をのばしたのは、一体誰であったでありましょうか。』

オカチ村、村長は、頻《しき》りと頷《うなず》いたり、ぐっと胸をそらしたり、後に組んで居た手を振り上げると、目の前にある物を叩《たた》き落そうとでもする様な格好をしたりし乍《なが》ら、薄暗くなって来た部屋の中を腹立たしそうに歩きまわって居る。

土間に続いた其《そ》の駄々広い部屋の中央には、赤々と炎《も》えた囲炉裡《いろり》が、一人明《あか》るい色を投げて居る。村長の、赧味《あかみ》がかった髯《ひげ》だらけの、後から取ってくっつけた様な大きな唇がぶら下って居る顔は、活潑《かっぱつ》な動作にもかかわらず、誰にでも一目で見て取れる赤裸々な憂愁の色が浮んで居る。囲炉裡の周囲には、二人の娘と八人の息子達が、まるでボロ布の塊りの様に蹲《うずくま》り、くしゃくしゃになった顔を、或る者は憂鬱《ゆううつ》そうに火の方へ俯《うつむ》向け、或る者は不平と疑惑に困惑した様子で父親―村長の方へ向けて居る。ついさっき迄は、彼等は持って生れた勇猛ぶりを発揮して、家中で大格闘を演じて居たのだが、突如として襲来した父親の不機嫌の為に、今こうして家の一隅なる囲炉裡の端《はた》に固められて終って居るのだ。第一に五つになる息子が、父親の帰りを見て、喜びの余り喊声《かんせい》をあげて走りよったのだが、忽《たちま》ち突き飛ばされて大声で泣き出した。今日は村長さんは恐ろしく不機嫌だった。凄《すご》い権幕で土間から跳ね上ると、方々に組になって居る闘士達を、ゴツンゴツンと仲裁し始めたのだ。未《いま》だ曾《か》つて、彼等は一度もこんな憂《う》き目を見た事が無かったので、今、其の驚き様は又格別だった。子供達の幾人かは、未だ怨《うらめ》しそうに鼻をすすって居る。

それから村長はぷりぷりし乍ら、驚き呆《あき》れて居る丸っこい顔をした、人の好《よ》さそうな中年の妻に、怒鳴る様に風呂の支度を命ずると、坐《すわ》りもせず、腰から下一杯について居る雪の粉を払いもしないで、何か頻に口の中でもぐもぐ云い始めた。子供達の不審そうな目附《めつき》も、一向目に止《と》まらない様だった。まあこんな具合で、やがてひどく熱中して来、今度は大声をはり上げるばかりでなく、まるで似つかわしく無い大業《おおぎょう》な身振迄始めたのだ。誰かに向って演説して居るつもりらしい。

やがて村長殿は右手の人指し指を鼻の先にぶるぶるっと震わせ乍らつき立てると、熱中した身振でわめいた。

『おお諸君。私は諸君の良心に訴えます。諸君は一体自分がどんな恩知らずな事をやろうとして居るのか知って居るのでしょうか。私は断然自分の正義を信じます。私は何んにもした覚《おぼえ》はない。それだのに諸君は、私を此の村から追い払おうとして居るのだ。』

哀れな老村長の目からは、計らずも大粒の涙がポタッと落ちた。

それを感じると彼は、慌《あわ》てて息子達の方へ振り向いた。息子達の方は、まるで手品でも見て居るかの様に、ぽかんと呆れた口を開けて父親を眺めて居る。其の多くの視線にぶっつかると、彼はひどく狼狽《うろた》え、やっと我に返ったかの様に叫んだ。

『おい、おっ母ぁよう。早くすて呉《く》れろよ。何ぐずぐずすてる。俺あ今晩六時から、集会所さ行かんじゃなんねえからな。それから飯も早くしてな。』

それから落ち着かぬ様子で子供達を押し分けると、如何《いか》にも疲れ切った様に、囲炉裡の端にどっかりと腰を下ろした。それと同時に一番上の娘がのろのろ立上って台所の方へ行く。村長は放心した様にぐるっと子供達の顔を見廻す。が急に驚いた様に目をそらし、力の限り踊り狂って居る焔《ほのお》の中に目を落す。村長殿は余程大きな考え事に囚《とらわ》れて居るらしい。やがて深刻な面持で腰から煙管《きせる》を取り出すと、器用な手附で詰め、無意識にすぱすぱ吸い始める。誰も一言も云わない。子供達も各々《おのおの》自分勝手の奇妙な空想にふけり始める。此の二三日の間続いて起った色々な恐ろしい、しかし馬鹿気た出来事と、今日の父親のひどい不機嫌とが結び着いて、夫々《それぞれ》年齢に相当した、とほうもない想像を逞《たくまし》うする。

その出来事について、子供達の知って居る事と云えば、まあざっとこんなものだ。突然二三人の巡査と役場の人が来て、父や母が厭《いや》がるのに無理に家中を歩きまわり、あちらこちらの戸棚や押入れの中を引っかきまわし、恐ろしい顔で怒鳴り散らして、果は家の自慢の大事な牝牛《めうし》迄を力ずくで引張って行った。母親は泥棒だと云って泣いて居た。《するとこ此《こ》の頃《ごろ》は巡査でも泥棒をするのだろうか。》と彼等は考えて恐ろしくなって来た。《此の上は何が始るか解《わか》らない。》

外はもう殆《ほとん》ど暗くなって居た。窓辺は未だ雪明りで、ほんのり明るかった。時々隙《すき》間《ま》風が異様な音をたてる。囲炉裡は益々激しく、ぱちぱち音をたてて炎える。その上には大きな鍋《なべ》が、ぐつぐつ音をたてて居るが、湯気の臭《におい》しかしない。人々の顔は真赤に輝いて居る。村長殿が首を振り、うめき声を出すのには、正に相応《ふさわ》しい情景だった。

やがて愛す可《べ》き彼等のおっ母が、よちよち土間からやって来て、顔に似合わない大声を出す。

『さあ、父つぁん、沸いたよ。早く風呂さへえりな。』

　でも聞えないらしいので、もう一度云う。

『何んだい。人に散々急がせて置いてさ。父つぁんよう。』

　村長殿は無言の儘《まま》立上ると、腹立たしそうに着物を脱ぎ、寒むそうに身を震わせ乍ら風呂場の方へとんで行く。

　其の内、ガタガタッと音がして、風呂の蓋《ふた》が開いたかな、と思った瞬間、信じられない程の早さで村長がはね返えって来、すさまじい勢《いきおい》で着物を纏《まと》うと、囲炉裡の側に跳び着き乍ら怒鳴った。

『冗談じゃ無い。俺あ何んにも茹《うで》て呉れなんて頼んだ憶《おぼ》えは無い。一体全体お前等は、俺を煮て食おうとでも云うのかあ。』

　善良なおっ母ぁは、今迄こんなに乱暴な口をきかれた事なんか一度も無かったので、不安におろおろし乍ら、それでも東北人の習慣として、負けない位の声でやり返した。

『まあ、父つぁんよう。お前さん余っ程どうにかすてるねえ。一体何をすんなに怒鳴るんかい。一寸《ちょっと》我慢すれば済むものを。業々《わざわざ》出て来て迄、わすに食って掛かるなんて。まあ。』

『ええっ。何い。我慢だって。あんな茹る様な風呂に誰が入って居れるべえか。えええい、ぐずぐず云わんと水入れろう。』

気の弱いおっ母は、呆れて目を見張った。それから小声でぶつぶつ云った。

『まあ、おかすいね。すんなに熱い訳は無いのにさ。』

『何い。はいれたら入るわあ。とっとと水入《い》れえ。』

子供達はすっかり怯《おび》えて、一番下の四つになる息子等《など》は、今にも泣き出しそうに鼻をふくらませて居る。だが到々、其の哀れな母親の様子を見かねて、十六歳の息子がおずおずと口を出した。

『父つぁん。ふ、風呂場の、うーん、手桶《ておけ》さあ、そのう、水くんであるよ。』

『手桶えー。』

村長は風呂場の方を横目でちらっと眺め乍ら、大きな鼻をぴくつかせ、あの奈良漬けの様な口をパクッと開いた。

『手桶だとお。』

彼はしてやられた様な気持で、一瞬たじたじとなったけれど、唯でさえ不愉快極まる気持だのに、此処で其の上後に引くなんて、全くやり切れたものじゃなかった。おまけに運悪く、其の瞬間に今晩の村の集会の事が、ちらっと頭の中を通り過ぎた。彼は、いらだたしさと腹立たしさとで、顔を真赤にし、身を震わせ乍ら叫んだ。

『手桶だあ、あんな煮えくり返って居る風呂に、手桶一杯の水がどうなるべえか。んだとも。一杯位えどうなるべえか。十杯位入れなけりゃ。んだとも。十杯さ。ええっ、煮えくり返って居るだぞう。つまりお前等には、そのう、常おつてやつがにいよ。』

　村長殿は常識と云う言葉がどうしたはずみか想《おも》い出せなかったのだ。

　おっ母はしどろもどろになり乍ら、囲炉裡の周りにおどおどして居る息子達に云った。

『ずああ、父つぁんは村のスー会さ、行かんじゃなんねえだで、早く水をくんであげろよ。』

　村長はそこでやっと、幾分気が和《やわら》いだが、今度は今おっ母が云った、あのスー会に行かなければならない事を想い出すと、又も不快な想《おもい》に胸が一杯になって来た。何故《なぜ》だか解らない。彼は息子達迄が同情する程沈み込んで、一杯目の手桶の水がざあっと開けられるのを、上の空で聞き流し乍ら、ぶるぶる身を震わして風呂場の方へ歩いて行った。彼は、風呂桶の中に手を突込んで思い切りかきまぜて見て、始めて我に返った。と云うのは、風呂の温度が正にすばらしいのだ。あの凍る様な寒さの時に、一寸熱目のぼうっとさせる様な風呂に入る、あの何とも云えない快感を想像して、村長はぶるっと身をすくめた。だがすぐに又、心配そうな手附で氷の様な二杯目の水が、ざあっと開けられた。ひやっとする感触が手を伝って湯の中で拡《ひろが》って行く。三杯目が開けられ、それから四杯目が開けられた。みるみるぬるくなって行く。村長殿は気が気でなかった。到々五杯目を運んで来た時に、口惜しさの余り臓《はらわた》が千切れる様な思いでうなった。

『うむ、うむ、もう良い。』

そして其の手桶が開けられる前に、如何にも腹立たしそうにひったくって終った。それから、よくも風呂が壊れなかったな、と思われる位の勢で中に飛び込んだ。たまらなくなる様な心持良い軽い刺戟《しげき》が、顔をぽうっとほてらした。

だが彼は、余り体が冷えて居たので勘違いして居たのだ。三十秒も経たない内に、風呂が恐ろしくぬるいのに気が附き始めた。彼はがっかりしたり、むしゃくしゃしたりし始めた。だがどうにも仕様が無い。まさか今更、『もう一度火をくべろう。』等と怒鳴って見る訳にも行かず。

大部《だいぶ》経《た》って村長は、集会の事を想い出し、厭々ながら腰をあげたが、体中がぞっとして、又あわてて肩迄つけた。怨《うら》めしい気持だった。入ったきり出る事も出来ないのだ。一寸肩をのぞけても、直《す》ぐに嚔《くしゃみ》が鼻の先迄こみ上げて来る。

だが其の実は、彼自身でも始めの内は解らなかったのだが、其の不快の内には何んとなく、慰めと安心とがある様だった。しばらく経って其の理由が解った時に、彼は劇《はげ》しく首を振って、重苦しい吐息をついた。彼は今夜の集会が恐ろしかったのだ。それで一刻でも集会迄の時間をながびかそうと云う気持と、寒さの為の肉体的な原因とからで、彼は何時《いつ》迄も出ようとしなかった。

其の内、次第に例の集会の事が、重苦しく彼の上へのし掛かって来た。自分の気の弱いのがつくづく呪《のろ》わしかった。集会所で大勢の人の前に立って、しかも答弁しなければならない立場で、何を云う事が出来ようか。皆は彼をひどい目に遇《あ》わせるに異《ちが》いなかった。突然劇い憤怒と悲哀とで、彼は歯を食いしばった。彼は目をつむると、又小声で演説し始めた。何んとかして、今の内に準備して置かなければ、其場になってからではどうにもならない事が、極めて明瞭《めいりょう》だったからだ。そればかりでなく、こうやって口に出して見ると、何んだか気が楽になり、新しい希望が湧《わ》いて来る様に思えたからだ。

『諸君は私を罪人だと云う。すかし一体、私が何をしたでありましょうか。確に私は牛乳を無鑑札で売った。それは認めます。だがあの牛は正真正銘私の牛であります。ああ、否《いや》、私の云おうとして居る事はそんな事ではない。つまり私は村長として、我が最も愛す可き村人の為《ため》を思ってした事に他ならぬのであります。私は道徳の為にやったのであります。正義の為にやったのであります。新しい、良い牛乳を、安く赤子や病人に売ってあげようと思い、当然課せられるだろう罰金の事も覚悟し乍らやったのであります。しかも私の売ったのは極少数の、知合いの人々に丈《だけ》だったのであります。

それだのに諸君は、おお、此の美しい犠牲的精神の所有者を、正に適任である村長の地位から追い払おうとして居る。諸君は一体恥ずかしくないのですか。』

とは云うものの、彼は自分の方が恥ずかしく思った。一寸云い過ぎた様な気がしたのだ。若《も》し自分が本当にこんな事を云ったとしたならば、一体皆は何んと云って騒ぎ出すだろう。それから其れを打ち消すかの様に、慌てて云い直おした。

『そうです、私は確に犯罪者でした。だが私は完全に罰金を払って、今では少しも法律に問われる所の無い人間であります。私は別に諸君から、同情や感謝を受け度《た》いとは思いません。がしかし軽蔑《けいべつ》や嫌悪《けんお》はされたくないと思うのであります。

おお諸君、私としては、私自身の力でこれ迄育て上げて来た此の村を、理由も無く手離して終うにはしのびないのです。此の村は私の生命でしたし、是《これ》からも亦《また》私の生命なのであります。私は全精神を此の村に打込んで来ました。一体そんな些《さ》細《さい》な事で私を此の村から引き離して終わなければならない、なんて云う事があり得るものでしょうか。

諸君、もう一度考え直して戴《いただ》けないものでしょうか。否、私の為に考え直して呉れと申すのではありません。村の為にです。我等の村の為にです。オカチ村の将来の為にです。』

彼は興奮の余り立ち上った。集会所一杯に激しい拍手が鳴り渡った様な感じがしたのだ。だがあまり勢がよすぎたので、頭がくらっとし、目の前が赤くなったり黄色くなったりした。それからぞっとする様な寒さが背筋を走った。彼は又、力無くふらふらと坐り込んで終った。

彼のすぐ傍の窓の所には、蠟燭《ろうそく》がじりじりと燃えて居る。馬鹿に拡大された色々な影が、屋根を支えて居る一抱えもありそうな梁《はり》の所でふらふらして居る。時々何処《どこ》かから吹いて来る隙間風が、ふっと焔を暗くするが、又すぐ元通りになる。又時々じゅっと音がして、一滴の融《と》けた蠟が、するすると蠟燭を伝って流れ落ちる。彼の目は、其の物置と共通して居る様な、薄暗い風呂場のごたごたの中を、無関心に動きまわる。

やがて彼は肉体的にも苦しくなって来た。別に暑くもないのに、額から汗がたらたら流れた。目がかすんで来た。口の中が妙に乾いて、ねばねばし出した。咽喉《のど》の奥で、ひゅうひゅうと音がした。何も彼もが、右か左に歪《ゆが》んで終った様に思われ、頭がずきんずきんし始めた。嘔気《はきけ》がし、あのむせる様な風呂特有の臭が、たまらなく胸悪るく感じた。向うの部屋から、急に何か子供達の騒ぐ声が聞えては来たが、彼にはそれが激しい雨の音か何んぞの様に、一つの混沌《こんとん》と融和して終った静寂に帰《き》して終い、最早《もはや》何んの気にもならなかった。彼にはもう、動こうとする意志さえ無くなって終った様だった。そして身の周りに迫って来る、底知れない或る空漠とした暗《やみ》に、劇しい力で吸い込まれて行って終う様な気がした。続け様に大きな欠伸《あくび》が出た。其の度に何か酸《す》いものがこみ上げて来た。

こんな具合にして、村長は何時の間にか、夢とも現《うつつ》ともつかない様な想念に落ちて行った。

彼は村の集会所に居た。空はすっきりと晴れて、青白い月の光が窓辺の雪を美しく輝かして居た。寒々とした長方形の集会所には、二列に長く机が並べられ、ストーヴが二つ、赤々と炎《も》えて居た。村長は立上って、一心に抗弁して居た。彼の顔は引締って、と云うよりは引つって見えた。呼吸は荒々しく弾んで居た。ひどくあせって居る様だった。

村長殿の折角の準備も、何んにもなって居ない様だった。云う事は何も彼もしどろもどろだった。おまけに自分の正面に居る、村の巡査の息子の目が、厭な嘲笑《ちょうしょう》の色を浮べ乍《なが》ら、しつこく彼の目を瞶《みつ》めて居るのを感じると、本当に気が変になって終《しま》いそうだった。《奴は俺を追っ払って、其《そ》の後釜《あとがま》を狙《ねら》って居るのだ。》そう思うと彼はたまらない気持だった。彼等一味のやり方の卑劣さが、つくづく憎らしくなって来た。《親子そろって無頼漢《ごろつき》なんだ。》彼はいらだたしい気持で締括《しめくく》りをつけた。

『諸君、諸君は詐られて居るのだ。騙《だま》されては不可《いけな》い。諸君、どうか公平な立場から考えて戴き度い。』

だが皆死んで終った様に動かないのだ。村長は皆が買収されて終ったのに異いないと思った。彼は物狂おしい気持で片手を振り上げた。

其時、正面に坐って居た例の巡査の息子が、軽蔑する様な薄笑《うすわらい》を口の片隅に浮ばせ乍ら立上った。そしてゆっくり落着いた、如何にも憎々しい沈着さで口を切った。

『否、村長。何事も仕様の無い事です。あなたの行為の動機が如何に立派なものであったにせよ、法律の上からは確に一つの犯罪をおかした事になるのであります。しかるに此処《ここ》が断然私の主張する所なんでありますが、村長と云う職務、それ自身既に一つの法律的職務なんであります。即《すなわ》ち村長としての名誉・義務・要求等は是総《すべ》て法律上の其れでなくてはなりますまい。諸君、私の云わんとして居る事は、極めて明白な事ではないでしょうか。若し村長が法律を否定するならば、一体我々は如何なる手段を取る可きでありましょうか。

諸君、私は唯《ただ》一つ村長の意見に同意したいと思うのであります。それは、私事では無い、村の事だ、我々オカチ村全体の名誉に関る事なんだ、と云う点なのであります。しかも村長こそ、村の全部の代表となるものなのだと云う事を忘れないで戴き度いと思うのであります。』

皆が一時にざわつき始めた。巡査の息子は勝誇った様に村長を見下した。其の間村長は不安の余り体をぶるぶる震わして居た。《もう駄目だ。ああオカチ村。役場。可《か》哀《わい》そうに子供達。》だがその巡査の息子の悪意のこもった目に出遇うと、怒の余り身を震わせて立上り、咽喉をつまらせ乍ら訴える様に云い出した。

『ああ諸君。私は何も法律を無視したりして居るのではありません。私は、その、唯だ自分の魂の潔白を云った丈であります。ああ、それだのに諸君は、単にそんな、その、形式的な事から、幾年も自分の事を忘れて村の為につくして来た私を、まるで書きつぶした紙片の様に捨てて終おうと云うのですか。下らない、言、葉、に動かされて、無情、にも、忘、れ去って、終おう、と、云うので、すか。』

老村長はみじめな気持になり、涙をぽろぽろ流した。しかし村の人々は顔を伏せたまま、やはり黙って居る。

『おお、誰も彼も私を忘れて終ったのでしょうか。私の味方になって呉れる人は一人も居ないのでしょうか。』

彼は息の根が止る様な気がした。頭がくらくらっとして、あたりが急に真暗になったり、黄色く光ったりし始めた。物凄く苦しかった。厭なうめき声が、地の底から響いて来て、まるで自分の声とは思えなかった。体中が引き附け、胸の中からかーっと熱い血が、口の方へ流れ出して来る様な気がした。それから、どう云う訳か解らないが、自分が生と死との間を往来して居るのだ、と云う事をはっきり感ずる事が出来た。それで彼は超人的な努力で死から生へ這《は》い上がろうとした。それから其の長い争闘の後、やっと激しくむせび乍ら我に帰る事が出来た。

彼は何時の間にか風呂の中でぐっすり眠って居たのだ。したたか湯を飲んで、苦しさの余り声を出して呼ぶ事も出来なかった。耳の中は暴風雨だった。ぐらぐら動き廻る蠟燭の影に交って、あの厭な巡査の息子のてかてかした顔がちらちら見えた。何も彼もが波の中での様にぶわぶわ揺れた。横隔膜が、ぴくっぴくっと痙攣《けいれん》した。不規則に打つ脈搏《みゃくはく》に従って、目の前がぱっぱっと点滅した。

それから又しても、激しい睡魔が襲い掛かった。

一方部屋の方ではもうランプが点《とぼ》され、子供達も大人しくなって囲炉裡の周囲に丸くなって居た。それは一番上の娘が食器を箱の上に並べ始めたからだ。食事の前と云うものは、誰に取っても一番神聖な時なのだ。絶対服従を余儀無くさせられる。それに胃の具合もあるのだろう。

母親は台所でガタガタせわしい音をたてて居る。彼女は食事を作るのに夢中になって居て、風呂場でどんな事が始って居るのやら、一向気にもしなかった。それに彼女も幾分夫の心配について知って居たので、それの心配に気を取られて居た為もあったのだ。要するに彼女は夫の事をすっかり忘れて居た。寧《むし》ろ子供達の方が、時々風呂の方から聞えて来る父親の不気味な唸声《うなりごえ》を不審に思って居た。が今しがたの父親の凄い権幕の事を考えると、恐しくて云い出す事も出来ないで居た。

やがて時計が、じゃーん、と今にも壊れて落ちて来そうな音をたてて五時半を知らせた。丁度其の時、今度はすさまじい唸り声と歯をきしる様な音がしたので、十人の子供達はぎくんとして一斉に顔を見合わせた。そして彼等の内の誰かの口から、思わず『おっ母ぁ。』と云う声がもれた。

おっ母ぁはびくっとして振り向いた。子供達の一人が云った。

『父つぁんは、どうすたべえか。』

彼女はやっと変なのに気がついた。何んぼ何んだってこんなに長い事風呂に入って居る筈《はず》はない。彼女は不安な気持で叫んだ。

『父つぁん。』

何んの返事も無かった。

『父つぁんよう。』

やはり沈黙だった。彼女は不吉な予感にかられて、唾《つば》をごくっと飲み込んだ。子供達は互に身をすりよせた。四つの子等《など》は、其の息づまる様な空気に圧倒されて、大声で泣き始めたが、誰もそんなものには目もくれなかった。

母親は跣足《はだし》の儘で土間を走り、風呂場の戸をガラッと開けた。子供達は立上り、一塊になって目を見張って居る。

母親は中に入るや、思わずぎくっとして後すざりした。誰も居ないのだ。もう短くなって、塊状を呈して居る蠟燭丈が、激しくゆれ動いて居る。彼女は恐る恐るあたりを見廻した。何処にも居ない。胸がどきどきし始めた。試しに小声で呼んで見た。

『父つぁん。』

ガタリと音もしない。彼女は思わず唸声を出した。

『何処さ行ったべえか。』

彼女は思い切ってもう一歩踏み込んだ。

そして風呂桶の中に思わず目をやった途端、キャッ、とすさまじい悲鳴をあげて飛び出した。

蠟燭のゆらめく火に輝《て》らされて、油の様にどろっとした水面には、海藻の様にぷかぷかと黒く光った人間の髪の毛が浮んで居たのだ。

それから一時間も経たない内に、村中の人が噂《うわさ》して居た。

『本当に惜《おし》い事をした。立派な人じゃったのに。村人に責任を感じて死んで果てたのじゃ。本当に今時には珍らしい程責任感の強い人じゃったわい。惜い事をした。』

それから例の巡査の息子は、蔭《かげ》で揉手《もみで》し乍らほくそ笑んで居た。

（ふふん、うまく行ったわい。）

［1945.4.4］

天使

一

今日だけは例外だ。と言う訳は、……いや、やはり物事は順序を追《おっ》て書かねばなるまい。是《これ》は常に私の主義なのだ。超越し得ない限り時間には忠実であらねばならない。これは私の意見から申せば第五十一番目の真理の影に相当する筈《はず》だ。其《そ》の説明は又別の機会に譲ってさて、次を続けよう。つまり例外でないものゝ事だ。それは私が一つの正確な世界に住んでいた、或る意味では、正六面体の宇宙に住んでいたと言う事の為《ため》に発見した真理、第一級の真理の事なのだ。御承知の通り無限を意味する灰色の六つの、いや五つ半の面と、半分の未来とに世界は仕切られている。お解《わか》りだろうか。実の所を言えば、私も始めこれは唯《ただ》の部屋だと思っていた。所があにはからんやである。これが宇宙そのものだったのだ。そして固い冷い壁だと思っていたものが、実は無限そのものであり、恐ろしい不快な鉄格子《てつごうし》だと思っていたものが、実は未来の形象そのものに他ならなかった訳なのだ。此《こ》の発見をしてからは、私は思い切り衝動に身を委《まか》せる快感を放棄する事に決心した。第一、無限を相手にいくらぶっつかって見た所で無駄だし、其の当然なむくいである苦痛に、実の所いさゝか不快を感じていないでもなかったからなのだ。それ以来、私は哲人たる事に決めた。つまり最も自然である事に決心した訳なのだ。一体人間と言うものは未来に向い、それを注視しつゝ、而《しか》も自己自身の現在に静止するものではなかろうか。そして万が一歩《あゆ》んで未来に到達し、更にそれを追い越しでもしようものなら、其の時人間は死なねばならぬのではあるまいか。此の当然の事実に自分自身をあてはめる為に――若《も》しそうでなければそれは狂人と言う事になるであろうから――又従来狂人と言われた汚名を恢復《かいふく》する為にも、私は此の宇宙の中央に、鉄格子、つまり未来に向って静座する事に決心した訳なのだ。此の最も正常な在り方に於て、私は今日迄《まで》の例外でない日々を送って来た。

　私が此の最も正常な生活を送る様になってからと言うものは、自然がどんなに変化のない恒常なものであるか、そしてその中に、その永遠の静寂の中にどんなに大きな美の統一があり悦《よろこ》びが在るか等と言う事等を学んだものだ。日一日と私は大きく偉大になって来た。そして間もなく驚異的な発見をした事を書きそえねばなるまい。それ以前には、それが何んだか私には理解出来なかった。黒い服を着た、ジャラジャラと音を立てる者が、時々食事を搬《はこ》んで来て呉《く》れた。しかしそれが、その行為が一体何を意味するものなのかさっぱり合点が行かなかったものだ。所が或る日、ふと霊感の様に、はっきりした姿、と言うよりは意味を以《もっ》て現れたのだ。私には解った。これは偉大な発見であり悟達《ごたつ》だった。彼、彼こそは生の天使だったのだ。それ以来、あの腰のジャラ〳〵と言う無意味な音が何んと言う美しい讃歌《さんか》に変った事だろう。私は彼の訪れを待ちこがれる様になった。彼、生の天使は何時《いつ》も未来の扉から、静かに、黙した儘《まま》で生の標《しるし》を差出し、微笑《ほほえ》み乍《なが》らすぐに消えて行った。何んと言う愛だろう。私は涙と共にむさぼり食った。その為に私の胸には、日に日に大《おお》いなる愛が満ち、限りない悦びが訪れて来た。

こうやって、終《つい》に今日が来た訳なのだ。私としても、それ迄に今日ある事を全然予感してないでもなかった。何処《どこ》か心の奥底では、常に此の未来の扉が私を招きよせ、私の生が愛によって完結した事を告げる日が間近かいと言う事を感じてはいたのだ。特に、昨日、何時もの様に訪れて来た天使が、立退《たちさ》りぎわに残して行った「近頃、馬鹿に落着いたなあ」と言う、あの全身にしみ渡る様な、全感応を一緒にした様なひゞきある一言を聞《きい》てから今朝に掛けてと言うものは、殊更《ことさら》その感が強かった事は争われない。

そうだ、まさしく今日は例外だった。と言うのは、此の日私は生死の彼岸に訪れて、一切の体験的なるものを打ち越え、未来をさえ越えて再び存在の裡《うち》に自己の日々を復活せしめ得たと言う驚く可《べ》き記念日なのだから。私は心ならずも体験を共にしたマホメットや、ダンテや、スヴェーデンボルグの事を想《おも》い出さゞるを得ない。やがて歴史が私の名をも、第四番目の彼岸歴訪者として加えるに異《ちが》いないと信じている。

　では主観的な説明は抜きにして、逐一に今日一日の出来事をその儘書き述《しる》す事にしよう。

　前にも書いた様に、その日私の胸には特別の悦びがみなぎって、今にもはちきれんばかりだった。あの期待に満ち〳〵た気持をどうやって表現したらよいものだろうか。生理的にも此の徴《しるし》は明かに現れて来た。心臓の躍動に合わせて地面はゆるぎ、目の前を予感の前兆が幻の様に点滅した。ひそやかなさゝやきが絶えず心持良く頬を打ち、愛のほてりが唇に伝わってぽっぽと炎《も》えた。呼吸は熱く、何時しか涙が頬を流れてさえいた。と、突如、私ははっきりその偉大なる瞬間の訪れを耳にして慄《おのの》いた。それは彼《か》の天使の訪れを意味するあのひゞきだった。数分の間を置いては次第にはっきりと、その音は明瞭《めいりょう》になって来た。一瞬更に一瞬、点滅するその音、殊《こと》にその沈黙の間《ま》が、私を夢中にさせて了《しま》った。耐え切れぬ期待の為に、全神経は火の様に赤熱し、口の中で歯がキリ〳〵と鳴った。それが合図で激しい痙《けい》れんが指先から始まり、全身を覆《おお》った。私は目と耳丈《だけ》の様になって、不可抗力なしびれに委《まか》せたまゝ、よこたわって了《しま》った。その間の事を今はっきり表現する事は出来ない。がとにかく真空を見詰め、そして真空を聞いていた。言い代えればそれは過剰になった期待だった。期待を通り越して不安だった。

間もなく幾分の落着《おちつき》を取戻して起上った時、終にその刹那《せつな》が訪れていた。私の足元には既にいつもの食事——生の標が置いてあった。天使は今日に限って姿を現さずに通り過ぎたのだ。しかしそれには何か別の深い理由が在ったに異いない。そんな事はもう何《ど》うでも良い事だった。天使はすべき事をして行ったのだ。而も私の期待以上の事を。私は、恐らく天使が為《な》したに異いない、未来の扉の上の異常な変事にすいつけられて居た。こんな、まるで人事《ひとごと》の様な表現を用うるのも、此の視線が受けた吸引力が、正に意志以上のものであり、理解力を遥《はるか》に越えたものだったからなのだ。

先にも述べた、未来と言うものに触れる事は即《すなわ》ち死であると言う、(言い忘れたが第八の)真理、それを超え出るが如《ごと》き事に対する矛盾の標として、はっきり示されて在った未来の掟《おきて》である錠、即ち矛盾の象徴、常に見馴《みな》れて来たその標に何かしら変異のあるのを認めた私の驚愕《きょうがく》。

一歩、又一歩と、よろめく様に未来の扉に近づいて行った。呼吸は切迫し、再びあのしびれが全身を包んで了いそうに思われた。それを耐えつゝ、そして息を絶え〴〵に、やっとの思いでその扉にしがみつき、そっとその矛盾にふれて見た。果せるかな、しかし、私の全神経をつらぬいてひゞ入る様な音をたてゝ、その象徴はくずれ落ちた。

大声をあげて叫び度《た》い様な衝動にかられ私は力まかせに未来の扉をゆすぶった。そして心の中でははっきりと斯《こ》う叫んでいた——俺は勝ったんだ、死なずして未来を越えたんだ——と。同時に音も無く未来の扉は開いた。そして私は凝然《ぎょうぜん》と暗い未来を越えた国へのトンネルに立って居た。今俺は天使の導きに依《よ》って、しかも天使達の歩む途《みち》の上に立っているのだと言う悦びと誇りに慄き乍ら。前には、もう何等の障害物も無く、明るい天使の国が、手に入れる事に依って既に未来ではなくなった永遠の時そのものが間近に輝いていた。トンネルを明るみに向って歩み乍ら、自分が天使になったのではないかとさえ考えていた。事実、人間である事の為に生起したあの触れ得ぬ存在としての未来の矛盾が、私の前に消え落ちた以上は、しかもこうやって他ならぬ天使自らの手によってその矛盾が除《の》けられ、斯《か》く導かれている以上、私は天使に他ならないのではないだろうか。そうして明るみへの階段を前にして第一歩を天使の国へと踏み出した時には、もうその事をはっきり自信を以て確信していた。そして心は、そのまばゆい光を目に受けると同時に、今迄の不安も慄きも一瞬にして消え、唯心ゆくばかりの悦びと讃歌とに取って代った。私の魂は、万事これで良いのだと言う、正に天使にふさわしい様な肯《うなずき》そのものであった。

斯うして私の天使国歴訪、と言うよりは天使としての旅が始まった訳なのである。

二

私には思い出せなかった。けれど、此の景色には何かしら思い出さねばならぬ何かゞ、含まれていた。路《みち》の向うや、遠くの赤い煉瓦《れんが》壁の表面に、かげろうが炎えていた。太陽は今にも中天に昇りつめようとして、引きしぼった糸の細いふるえの様な輝きをふらしていた。そして私は幸福だった。唯、幸福だった。

その時、ふと天使の呼び声にふり返えった。見るとやはり黒い服に、白い上衣《うわぎ》をまとった小男の天使が、しきりと手を振り乍らこちらへ走って来るのだ。これは私が出《で》遇《あ》った始めての天使だし、おまけに誰でも良い此の胸の大歓喜を告げ知らせたいと思っていた時でもあったのだが、何かしら更に湧出《ゆうしゅつ》する意慾《いよく》的な衝動が、自分でもまるで訳の分らない妙な行動を取らせたのだ。私は突然の様に、くるりと後向になって走り出した。と言うよりは逃げ出したと言った方がよいかも知れない。しかも思い切り笑い乍ら。そして走り乍ら、何故《なぜ》かギリシヤ時代の闘士達を想い浮べていた。私はひた走りに走った。頭の中ではパンテオンとマラソンと月桂冠とがぐる〳〵廻った。勝ってやろう、そう思って走った。彼も天使なら、俺も天使だ。そして大笑いに笑った。

建物の角を曲り、路をよぎり、草原を抜け、小川を越え、最后《さいご》に高い壁を乗り越えて、快活に走った。

すっかり疲れて立止った所は、ひっそりとした町で、振返えって見ると勿論《もちろん》、もうあの天使は居なかった。とうとう勝ったのだ。広々と胸を開けて空の香を吸った。総《すべ》ては何んと誇らかで、又美しかったゞろう。

此の天使の国で私が先《ま》ず知った事は、自我と言うものが此処《ここ》では宇宙の調和的必然性だと言う事だった。運動と静止、上昇と沈降、生と死、吸収とつまずき、笑いとすくみ、涙と理解、笛の音と唾液《だえき》……そう言った影達が地面に滲《し》み込んで自我の種子となるのだ。天使は物に名を付けない。呼ぶ必要も無ければ呼ばれる必要も無いからだ。その種子から万物は、自我をも含めて宇宙の調和的必然性を生み出すのだ。そして総ては画かれもせず、翻訳されもしない、存在と言う悦びに自分の影は見はなして了っている。

私はそろ〳〵と歩いた。一歩〳〵を心ゆく迄味いながら、そしてはっきりと全存在の刹那を踏みしめ乍ら。何かしら楽しい緑色が、路辺の草の中で笑っていた。

ふと何かに行き当って気がつくと、高い垣が行手をさえぎっていた。あわてゝ右の方へ曲ろうとしてびっくりした。奇妙な事に体がこわばって動かないのだ。不思議に思って良く〳〵考えて見ると、成程、私は目に見えぬ強い腕にしっかと押えつけられているのだった。しかも、是なら動く筈はないと思われる程、しっかりとした強い力で。だが一体何んの為なのだろう。訳は分らなかったが、とにかくその力には逆らわない方が良い様に思った。何はともあれ更に強力な大天使の仕業に違いないのだから。そしてその力の導く儘に、身体《からだ》を、顔を、瞳《ひとみ》を動かして見た。そこで合点がいった。私は見なければいけなかったのだ。其の花を。垣の中に唯一つ、距離を失い、不安な、空間から押出されて空想の中に抽象された、冷く炎えている真紅の花を。暗い、不安な、死の慄きにも似た、けれど如何《いか》にも此の天使国の大歓喜に相応《ふさわ》しくもある此の調和の炎を。

何時しか其の不吉な花に誘われて、私は枝元から手折《たお》って顔をよせ、静かにその香を求めても見た。けれどその花は唯冷いばかりだった。目にも耳にも鼻にも答えようとはしなかった。私はそれを上衣《うわぎ》のボタン穴に挿し、丁度心臓の上に其の炎が凍りついている様な具合にした。そうすると何んとした事だろう。私の胸は一そう晴れやかになり、一《ひと》しおさえた青が雲を包み、太陽は葉群れや窓に金色になって笑った。

丁度其の時、向うの方から三四人の天使達がやって来たが、私に気付くと如何にも不審そうに歩みをゆるめてじっと見詰め始めた。恐らく私が発見した真紅の花に気付いたに異いない。そしてゆっくり歩き乍ら、路の向う側を私とすれちがった頃には、彼等の表情も極度の驚愕を現していた。恐らく私の発見した意味を感付いたに異いないのだ。やがて通り過ぎると、振向きざま一緒になってとてつもない笑の発作に襲われ始めた。彼等も笑った。私も笑った。心行く迄笑い尽した。笑い乍ら立去るのを、笑い乍ら見送った。そして其の気持が良く解った。此の必然の沈黙と、死と歌を、耐え得るのは唯天使達の哄笑《こうしょう》丈なのではないだろうか。

笑い終ると浮き〳〵し乍らも、私の心は空気の様に大きく、秋の様に澄んでいた。少し動いた花をきちんと直おして、再び、今度は左の方角へ歩き出した。歩き乍らもうつ向く度に、真紅の花がそゝのかす様に慄きゆれた。そして私は其の度に笑った。

三

途中幾人もの天使と笑い交しながら、あてど無く町々を逍《さまよ》い歩き、結局日の落ちかゝる頃には、郊外の林のきわに立っていた。その林は這《は》う様に傾斜をのびて向うの丘の半分を包んでいる。太陽は乳白色の線になって横たわった木々の影を抱き起す様に、又緑色の中に草々が深い影を沈めていた。

やゝあってふと気付くと、丁度丘の頂上から右に十米《メートル》程も降りたあたりに、小柄な若いと言うよりは幼いと言った方が良い位な天使が、黙々として、古びた松の切株に腰を下ろして日没の景色に見入っているのに気がついた。何んと言う必然だろうか。私は斯《こ》う言った事を未然に予感していはしなかったゞろうか。もう何んのためらいも無く、私は前進した。正に来たる可きものを迎える為に。

小天使は足音に気付いて振り返えると、ぎょっとした様に立上った。手元からぱら〳〵と何かゞ落ちさえした。見ると写生でもしていたらしい紙と鉛筆だった。恐らく、小天使は、私と同様、而《しか》し、遥かに鮮明に此《こ》んな出来事を想像し空想していたに相違ない。そしてその空想が、丁度彼の背後に新しい存在よりの訪れを持った旅の天使が晴やかに近づく所迄《まで》来た瞬間、その足音は現実に彼の耳を打ち、振返った瞳には現実の姿が映ったと言った様な、偶然以上の必然に打ち驚ろかされでもしたのだろう。

だが、その頬は愈々《いよいよ》蒼白《あおじろ》さを増し、愈々激しい驚愕が、微《かす》かに開かれた唇の間に光る歯並の中でふるえているのを見ると、どうやらそればかりでなく、私の胸に炎えている真紅の花の驚異迄が、此の美しい小天使に導《つた》わったに異いなかった。今は静かに彼の心を慰めてやるのが私の念願だった。

「君、びっくりしてはいけない。むしろ本意に叶《かな》った事なんだ」

だが彼の瞳は何か切羽づまったものがあり、私もつい心動かされた。

「君の落したものは、何んでもないじゃないか。むしろ落す可きじゃないか。天使と言うものは、物をうつし取ったり、或いは紙の上なんかに物を創造したりするのは恥ず可きなんだ。思念や意志で創造しなければならないのは人間丈の馬鹿気た夢か狂人の仕業だろう。我々天使は、ねえ、唯笑って行動すれば良い。それ丈で良いじゃないか。画《え》を画《か》くなんて。そんな拙い事をしては不可《いけな》い。」

私が一歩前進すると彼は二歩後退して唇をわな〳〵とふるわした。

「そうか、僕はいさゝか感ちがいして居たね、こんなつまらない事を喋《しゃべ》るつもりじゃなかったんだ。ね、そうだろう。僕を馬鹿か狂人だと思ったんだろう。ね、そうさ、無理も無い。こんな、」と胸の花を指差して続けた「驚怖の花を胸に飾って、恐ろしい死の告げを訪れの標にし乍《なが》ら、今迄君の驚きに気付かず、説明もしなかったなんて僕もよく〳〵だ。」

右手で花を引抜くと、彼の方に差出して見せた。

「見給《みたま》え、奇妙な此の輝き。死の花なんだ。此の赤はどうだろう。赤い、赤い。数億の魂が此の中に血を交わしたのだ。今にこぼれるだろうか、散って行くだろうか。宇宙の中で此の花弁はきっと大きな渦になって炎え上るだろう。死の花だ。天使達の、肯定と笑いを刻んで行く、そして而も永遠に遠い憧《あこが》れであり夢である。不死の唇が、更に更に高い歌を歌わん為の。ねえ、御覧、完結と言う事が結果ではなくて全存在そのもの〻中で進行しつ〻ある呼名であると言う事が、此の花の出現でどれ丈はっきりする事だろう。此の花こそは存在せず、又存在し得ぬもの〻、唯一《ゆいいつ》の仮象なんだ。僕達天使の存在を集約して架空の一点にまとめ上げる為には此の花の力をどうしても借りなければならないのだ。そして而も、総ての存在が確実であればある程、その実証と表現の為には集約する仮象が無くてはならないのだから。此の死の花を持つ者こそ、本当の永遠を歌い得る者なのだ……永遠の為に、さあせめて、君に此の花に接吻《せっぷん》する事を許して上げよう。ねえ、その代り思い切り笑い給え。そうでないと君は翼を失《なく》して死なねばならぬかも知れないよ、さあ僕の様に笑って……」

そして私は、彼の身近に差出し乍ら大声をあげて笑った。彼もきっと、やはり私の様に、純朴な笑いに全身を輝かせ乍ら、此の死の花弁のどれか一枚に、やんわりと勝利の接吻をするに異いないと思っていたのに、驚く可き事ではないか、花が彼にとゞく様にと急いで近づくと同時に、彼はまるで身をふせぐ様な仕草で両手を前につき出し、息づまった声で慄く様に、しかも哀願する様な調子で「お父さん」と叫んだものだ。私はびっくりした。それと同時に腹が立って来た。はっきり言えばあの時から、天使としての自我が幾分ぐらついて来た様にさえ思われる。確に、あの「お父さん」と言う一言は何かしら不思議な、しかも、表現し得ない程不快な重苦しい響《ひびき》を持っていた。第一、予期に反した事には、とかく腹を立て勝ちな私だ。おまけに事、かゝる重大なしかも、私の全誠意をもっての好意が、こんな具合に裏切られたのだから。しかし考え様によっては、あれも運命だった様に思われる。私がどっちみち再び現世の存在に還《かえ》らねばならぬのならばやはりこんな事から運命の導きが始まるのも至当だろう。あの場合天使らしく耐えて笑い了《おお》せたなら、恐らく永遠に天使として居れたかも知れないのだが。

思わずも此の不吉な場面を取りのぞく為に、私はいたけだかになってわめき散らした。

「行け、とっとゝ行っちまえ、お前なんか天使として何んの意味もありはしない。此の重大な瞬間も、当然悦びでなければならぬ瞬間も、お前には恐怖としかならぬのだ。勝手にするが良い。誰がお前のお父さんだ。お父さんがどうしろって言うのだ。馬鹿〳〵しい。あー、俺は頭痛がして来た。きっとお前の父親は馬か気狂いに相異ない。え、一体全体どうしたって言うんだ。ふん、ふん、これやあんまりだ。何んだってまあ、馬鹿にしている。これが天使なものか。馬だ、確に馬に違いない。とっとゝ行っちまえ。ぴん〳〵はねるが良いんだ」

　だが、私は安心した。彼が実際に馬の化物だった事を見抜いたからだ。一体あんな天使があるだろうか。若しあれが天使だとしたら、幻滅と絶望の為に恐らくあの死の花に導かれて、丘の向うの河に身投げでもしたかも知れなかった。けれど、あいつは馬の化物だったのだから……尤《もっと》も、幾らか気分を損った事は争われない。私はぴょん〳〵はね上って逃げて行く偽天使の後姿を、出来る限りの哄笑で見送ってやりはしたものゝ、内心何故か淋しかった。暗い重いものが胸の花弁から指先へ、足先へ、それから耳たぶまで、しめつける様に迫って来た。

　さてぶら〳〵出掛けるとしようかと思ったが、どうしても歩けない。始め、てっきり此の心の重さの為だと考えたが、よく気をつけて見るとそうではなく、実はさっきの馬が落して行った紙と鉛筆のせいだと言う事に気付いた。後になって見れば、結局随分役に立って呉《く》れたのだが、其《そ》の時は止《や》むを得ず、渋々と、いらだゝしい気で拾い上げポケットにねじ込んだ。成程今度は自由に歩く事が出来た。だが前の様に活発にではなく、どちらかと言えばとぼ〳〵と歩いた事を隠さずに置こう。何か割切れぬ愁《うれわ》しい気持だった。

不思議な憧憬に誘われる様に、此の突然起った孤独感からの逃れ路を求めて、真暗な小路を抜け、街燈の並んだ黄昏《たそがれ》の大通を曲り、溝《みぞ》に掛った橋を越え、時間を忘れ、距離を忘れてさまよった。

やがて日もとっぷり暮れて了った。ふと空を見上げると、星が何十何百となく、しっかり私の眼に繫《つな》ぎつけられているらしく、その力がじーんと頭の中を通って腰の辺に迄ひゞき渡った。突然体がふわっと浮いて、空の中に落ちて行くらしかった。びっくりしてうつぶき、そばに在った並木にしっかりとしがみついて、しばらく息もつけずにじっとしていた。何か酔った様な気持で、しきりと嘔吐感《おうとかん》をもよおすし、又しても激しい地球の自転の音が耳についてたまらなかった。丁度眉間《みけん》の所で何か弾力のある不快なものが、しつこく伸びたり縮んだりしてうるさかった。目を閉じると、益〻しっかり木の根元にしがみついて息をころした。

四

白樺《しらかば》の枝二つ三つ
　手折りて童《わらべ》　笛を作りぬ……

　ピアノに合わせた歌声に、ふと我に返った。気分も大分良く、頭の具合も良くなって居た。しかし何んと言う歌だろう。確に向い側の家から聞こえて来るのだ。何故か心の奥底、と言うよりは、私の想出《おもいで》そのものを其処《そこ》で繰返えしている様な魂の波を激しく攪乱《かくらん》した。丁度静かな池に石を投げて出来た、次々広がって行く波紋の中心を見詰めている様な、気分だった。次第に現れて来て、明瞭に其の存在を感じはするのだが、どうしても正確には捉《とら》えられぬと言う様な。

　遥かなる想いに答え
　時に咲く紅の花　いざ咲けと
　唇は笛を求めど

風よりも尚《な》おひそかにて
笛は鳴らざる……

記憶以前の記憶を呼び覚された様な懐《なつか》しさに、誘われる様になって私は垣ぞいに歌の聞えて来るその窓辺に近付いて行った。

［1946.11］

第一の手紙〜第四の手紙

第一の手紙

見も知らぬ、聞きも知らぬ人に手紙を書くと言う、此《こ》の不可能に近い大胆な試みを、到々決心するに致った理由は、勿論《もちろん》何よりも先に説明して掛る可《べ》きものなのでしょうが、むしろ、今日迄《まで》、止《や》むに止まれぬ気持で幾度も思い立ち乍《なが》ら遂《つ》いに果し得なかった訳が、その理由を説き明かす事の困難にあったのだと言う事で、その省略を了解して戴《いただ》き度《た》いと思うのです。

自分の存在の確認の為に、斯《こ》う言った試みをしなければならなかった宿命的なものについても、又、初めての手紙として必然的な自己紹介や冒頭の一句さえも抜きにして、突然書き始められた此の不安な手紙が、何かの役に立つだろう等とは勿論思っても居《お》りません。僕は唯《ただ》書きたかったのです。あえて言えば、理由も無く書きたかったのです。そして恐らく、此の欲求を、何よりも必要である為《ため》に、何よりも大きな困難としてはばんで来た一切の障害を、一気に乗り越え捨て去った事については、きっと黙って見すごし許して戴けるものと信じて居ります。余りに勝手過ぎる自信だったでしょうか。

今申した通り、何を書こうかと言う当《あて》は全く無いのですが、そうかと言って唯漫然と訳も無く書いて行くのは、斯う言った手紙の性質上、余りに重い荷となるでしょうし、不可能を益々深めるばかりでしょうから、僕は寧《むし》ろ内容を一定の線に沿って進めて行こうと考えて居ます。その方が安全でないでしょうか。例えば、光を表現する際、光自身を画《えが》くよりもむしろ或る手近なものの影等に托《たく》して語り出す方が安全な様に。

随分永い間考えた揚句《あげく》に、やっと選び出したその線が、〈詩〉だったとしたら、君は随分驚く事でしょう。それは何も書かないよりも困難な事だと。そうです。これは勿論一定の線どころではなく、無限の巾《はば》を持った問題だと言う事は、僕にもよく解《わか》ります。けれど僕は、此処《ここ》で詩学を論じよう等と言う気は毛頭ありません。問題はあく迄も此の手紙自身に在るのです。そうすれば、単に話題と言う意味で、〈詩〉を選んだと言う事はむしろ正当な事ではなかったでしょうか。〈詩〉について書こうと言う僕の気持もさ程不自然でないのを、君ならば恐らく解って呉《く》れると思います。

だが、此の手紙自身に直接触れる事については、もう書くのを止《よ》しましょう。きりの無い事です。光を画く為に、一筆々々、影の色を生み創造して行く画家に倣《なら》って、僕はこれから唯〈詩〉についてのみ語る事にしましょう。それがやがて僕自身を語り、君を語り、世界について語る事になるに違いありませんから。だが若《も》し、それが出来ない場合、更に、詩についてさえ一言も書く事が出来ない様な場合、それも起り得る様な気がして不安なのですが、どうかそれは僕の未熟の故《ゆえ》として笑って戴きたいものだと思うのです。若しその笑いが本当のものであるならば、その笑いを得る為には、若しかしたら故意にその誤ちを犯す事だってしないとは限らないとさえ思っているのです。

さて、〈詩〉について、と言っても、何から書き出したら良いものでしょう。自分で選び出した問題を、今更こんな具合に取上げるなど、如何《いか》にも無責任なやり方かも知れません。けれど、信じて下さるかどうかは分りませんが、〈詩〉と言った最初の時、僕ははっきり何かを考え、何を語る可きかを想起していた様に思うのです。そう言った意味では無論今でも分っているのかも知れません。だが、いざ書き始めようと言う段になるとやはり迷って了《しま》うのです。

例えば、先《ま》ず詩を定義する事から始める可きなのでしょうか。それとも逆に、限られた形式だとか内容だとかから書き起して、最后《さいご》に詩と言うものの意味をつきつめて見るのが好《い》いのでしょうか。それとも又、一応〈詩〉から離れて、存在論的に極めた実存の世界から、詩の価値や立場等を導出するのが正当でしょうか。更に別な方法としては、〈詩〉とは切っても切れぬ関係にある、〈詩人〉だとか〈詩的なもの〉等から書いて行く事も出来るかも知れません。或いは、現実に在る一つの詩を細く砕き解釈し乍ら、一般的に詩の持つ運命を現す事も良い方法かも知れません。

だが僕は、そのどれでも無い方法で書こうと思っています。尤《もっと》も、これは、方法などとは言えないかも知れません。僕自身としてもひどく危っかしい気持でいる事はいなめません。或いは、ある可からざる事かも知れないとさえ思っているのです。何よりも手近かで容易《やさ》しく、直接的だと考えてはいるものの、案外困難で、不可能に近い廻り道かも知れません。唯僕は、達する事が出来ないならば出来ないなりに、やはり危険の無い道だと言う楽観的な気持から決心したに過ぎないのです。

驚かないで下さい。此の僕の取った道と云《い》うのは、〈詩以前の事〉について書く事だったのです。勿論それにこだわる事は止しましょう。だが、〈詩以前の事〉は、森に包まれた山路の様なものです。気に入らなければ勝手に横にそれて行っても、大した変りが無さそうなたよりない道です。ひょっとして路標に迷ったり、はからずもアスファルトで固めた国道に出て了ったり、夜になって眠らなければならなくなったり、夢にうなされたり、又は一寸《ちょっと》道端に坐《すわ》って勝手な空想や嘘《うそ》を作り上げたり、ひょっとした出来心から草笛を鳴らして見よう等と言う気を起したりする様な事があっても、それはどうか大目に見て戴きたいと思うのです。若しかしたらその道草のたのしさの為に、此の道を選んだのかも知れないとさえ思うのですから。

　今日はこれ丈《だけ》にして置きましょう。そしてどうか、君をしたい敬う深い気持と、此処に書かれてある事以外については、あまりお考えにならぬ様、又僕が何者であるか等と言う事も一応抜きにして考えて戴く様、呉々《くれぐれ》もお願い致して置きます。

第二の手紙

二三日前、昼過ぎの頃でした。人通りの多い市場の前を一寸した用事で歩いていますと、急に人波がはばまれてざわついている所がありました。気を付けて見ると、歩道に敷つめたコンクリートの板を、四五人の人夫がせっせと直《な》おしているところでした。きっと地盤がゆるんで、窪《くぼ》みが出来たか、水道の修理の為に掘り返《か》えされたのでしょう。

何《ど》う云う訳か、此のありふれた光景を見ている内に、ふとその儘《まま》見すごす事の出来ないある感動に引止められて、素早い馴《な》れた手つきで次々とコンクリートの板をはめ込んでは木槌《きづち》で傾斜を直おして行く機械的な動作を、しばらくの間ぼんやりと立って見て居りました。数人の子供達が車道の側に、人波をよけて此の光景に見とれている以外は、大半の人がびっくりした様に一寸足を止め、後ろから押される儘にすぐ又先に進んで行きました。残りの人は全く気もつかぬ様に急いで通りました。そして、直おして了った所は、次々と、すぐにその人波で踏み固められました。

ふと、その人夫の中の一人が顔を上げて僕の方を向いたのに、何かしら追い立てられる様な不安を感じて、僕はすぐに其処《そこ》を立去りましたが、理解出来ない儘にその場の印象はいつ迄も残って居ました。歩き乍らふと気付いた事は、ひょっと顔を上げて僕を見たその男が、無意識ではあったが最初から注意を引いていたのだと言う事です。未《ま》だ新しいが仕事の為に部分的に汚れた、だぶだぶのカーキ色の服を着た、どことなく神経質な弱々しい所を除けば別に取立てて言う所もないその平凡な男は、何かしら傷々《いたいた》しい印象を背負っている様に思われたのです。

その時はそれ丈でした。だが今朝になって、君に手紙を書こうと種々ペンに想《おも》いこらしていますと、どうした訳か此の一見つまらない印象が再び想い出されて、而《しか》も可成《なり》重大な意味を持っているのではないかとさえ思われ始めたのです。奇妙だとは思いましたが、やはり何かしら気に掛るものがありますので、思い切って此処で更に深く考えて見ようと決心した訳なのです。言う迄もなく、此処にも〈詩〉と共にする或る運命が潜んでいる様に思われた事がその理由です。だが若しかして、運命等と言うもののものしい言葉が、単なる妄想に過ぎなかったとしたら、それでもやはり語る丈の意味はあると思うのです。とにかく、小さいとは言え不安の種を一つ取り除いた事になるのですから。

さてあの時、僕の心をあんなに動かしたのは一体何んだったのでしょうか。あの光景そのものだったのか、それともあの人夫の一人の背後に潜む傷々しさだったのか、僕としては一寸判断しかねるのです。だが恐らくは、その両方に在ったのでしょう。

じっと想いをこらす内に、様々な印象の中から先ず浮び上ったのは、抽象化された〈歩道〉と言う灰色のきびしい型象でした。心の眼に今映じている光景は、あの光景と寸分異わぬ筈《はず》なのですが、そこにはよみがえった古代の遺跡さながらの恐ろしい沈黙と孤独が漲《みなぎ》っています。無限に続く霧の様な歩道を、これも亦《また》数知れぬ灰色の群像が、音も無く流れて行きます。その恐る可き静寂の行進の中で、唯一《ただひと》つくっきりとした現実の色彩と、あえて言えば重々しい濁りを持ったものは、まぎれもない例の男です。その光景全体を律している単調な恒常の流れの中で、その男だけは切り離された様に、他の人間には唯単に方向に過ぎぬ〈歩道〉の上で、せっせと彼の仕事を組立て行くのです。他の人間に取っては、場所としての概念以外には一顧の値もない此の〈歩道〉の上に、彼は定められた法則や様式や意味を感じ、生存する為には此処に一定の技術を支払わねばならないのです。此処でふと思い当るのは、彼の背後に在るあの傷ましさの理由です。それは此の光景の中で、彼が唯一《ゆいいつ》の悲しい自由人であったと云う事と、更に若しかしたら、その立場を自覚し、自由の悲しさを知っていた為なのではないでしょうか。僕は、ふと僕の方に上げられた彼の顔に、確かにそう云った自覚の表状を読み取った様な気がしてならないのです。そうでなかったら、何が一体僕をあんなに不安にさせ追い立てたりしたのでしょうか。

僕は又こんな事も考えて見ました。きっとあらゆる瞬間に、何処《どこ》かの〈歩道〉では、やはり無数の人間がこんな具合に流れて行っているに異《ちが》いないと。そして其の流れの中にも、やはり個体を独立させる区劃《くかく》が在るに違いありません。僕は今、そう言った中から、恋をする人と云う区劃を探し出して見ましょう。勿論これはほんの一例に過ぎません。僕は唯、そう言った区劃の持つ性格を、恋する人で代表させて見ようと思った丈です。さあ見付けました。あれがきっと其の男です。と言うのは、彼だけは歩道修理の人夫達にも、又其処の窪みにも気付かずに、さっさとその真中を突き抜けて、振返えって罵《ののし》った人夫の声も耳にしないらしく、いささかの歩調も変えずに向う見ずの勢いで又人波の中を押分けているからです。きっと今、恋人の所に急いでいるのでしょう。口のあたりにほのかに浮んでいる真剣な微笑は、何かしら待ち切れない憧《あこが》れと言った様なものを示しています。僕はその男の横顔をじっと見詰めている内に、腹を立てる所《どころ》か、そっといたわってやりたい様な気持がして来ました。彼とても、他の人と同じ様に、此の歩道は単なる距離と方向に過ぎません。そしてそれさえも気付かない彼は、或る意味できっと幸福なのでしょう。でもそう言った幸福は破れ易《やす》いものです。彼には未だ、若しかしたらその熱が冷めると同時に、此の人夫達の様に、歩道自体の持つ意味や性格を知る事になりはしないだろうかと言う悲しい可能性があるのです。斯う言った人間こそ本当にいたわってやる必要があるのではないでしょうか。

　そう思っている内に、その男はふと不自然な身振《みぶり》で、ほんの一瞬でしたが立止って下を向きました。何かを探している様な様子です。僕は思わずぎくっとしました。若しかしてその恐ろしい瞬間がもうやって来たのではないかと思って。彼はすぐに歩き始めましたが、さっきとは異って、何かしら注意深く数える様に、一足ごとにうなずき乍ら、いかにも奇妙な足取です。びくびくしながらも気をつけて見ると、何事が始ったのか合点が行くと同時に、やっと安心する事が出来ました。彼の瞳は鋭く敷石の上に注がれています。けれども、彼の注意を引いているのはやはり〈歩道〉自体の意味とはまるでかけ離れたものでした。彼の注意は今や、その敷石の合せ目で出来た、歩道の上を縦横に網目の様に走っている線を踏まない様に歩くと言う一事に集中されているのです。分りました。彼は迷信家だったのです。多くの恋する人と同じ様に。恐らくそうして相手の心変りしていない事を確めようとしているのでしょう。又、若しかしたら、相手の在、不在を占っているのかも知れません。

とにかく、彼がやはり忠実な恋人だった事、云い代えれば未だ当分は此の〈歩道〉を、唯単に方向と距離として、更に殆《ほとん》どそれに気付く事さえ無しに、幾度とも無く往来するに異いない事を思って、僕はほっとした様な気持になりました。

それにしても、僕は早速乍ら、少々道草をくい過ぎた様です。若しかしたら僕は、こんな事とは全々別な事を話したかったのかも知れません。少くもあの男、例の人夫達の一人、ふと僕を見上げたあのきびしい瞳については、未だ多くの事が書き残されている様な気がするのです。出来得れば此の次の手紙では、是非その事について書いて見たいと思います。

第三の手紙

一日の仕事をおえて、心持よくぐったりとした瞳を、冬にしては珍らしく暖かな夜など、そっと窓を開けて月の光に濡《ぬ》れた木の葉や屋根の瓦《かわら》等に見とれる時、うれしい気持でタバコの火をつけたりするのは、何かしら常に新しい感動を思い出させて呉《く》れるものです。そんな時、必らず後ろで絶えず囁《ささや》き掛ける誰かがいはしなかったでしょうか。思い掛けない安堵《あんど》や悲しみを、深々としみ渡るような言葉で話し掛ける誰かが。

実は今、そんな言葉を聞いたばかりの所なのです。僕は是《こ》れを君にも是非聞いて戴《いただ》きたいと思ったのです。幸い此の話は、此の前の手紙で約束した例の男にも関係して来る事ですし、今夜の様な窓辺でなくては、又と話す機会が無いかも知れないと思うからです。

以下はその囁きです。

《夜……そうだ、丁度こんな夜だった。私が死を決心して、窓辺に立ち乍《なが》ら最后《さいご》に見たのは……部屋もこんな具合だった。窓の格好もそっくりだ。お前のように私も、左肩で窓枠にもたれ掛るように、片手はゆっくりと冷い手すりの上を滑らしながら、言い知れぬ感動で一杯になっていた。その手は興奮の為にぶるぶるふるえていた。……そう言えばお前の手もふるえているじゃないか……尤も、その時私の手に在ったのは、タバコ等ではなかった。大量の麻薬を溶し込んだガラスのコップだった。その中で、月がきらきらと水銀の様に輝いた。

私は一口飲んで深く息をした。十分程経《た》ってから、又一口飲んで、更に深い息をした。それからどれ位経っただろう。突如として異様な慄《おのの》きが、凝然と全身をしめつけた。と同時に、心持良い陶酔がしびれる様に脳の奥深く沈んで行った。限りない物うさに、重くふるえる手をはげましながら、最后の一口を唇にあててから、やがて此の永遠の眠りに就く迄《まで》に、実際はどれ程の長い時間があったのか知る可《べ》くもないが、とにかく長く思われた。その時迄に過した一生等と比べれば、遥《はる》かに永い年月の様な気がした。私はふとその瞬間が、今だに消えず、継続されている様な気さえするのだ。

まあとにかくこんな具合にして、私は自分の肉体に別《わかれ》を告げたのだ。ふと今夜お前を見て、私は失った肉体の事をしみじみと思い出す。あの夜の想出に似過ぎる程似た光景に、私は黙って通り過ぎる事が出来なくなった。聞くが良い、長い事ではない、その姿勢の儘《まま》で聞くが良い。

私は、未だお前の知らぬ、肉体を持たぬ悲しみについて話す事も出来るし、又あの夜の、無限の陶酔の中で体験した奇怪な生涯について語る事も出来るし、若《も》しもっとお前に身近な事と言うのならば、何故《なぜ》私が死を選ばなければならなかったか、あの夜以前の出来事を告げる事も出来るだろう。

まあ聞くが良い。私は先《ま》ず〈運命の顔〉について話す事にしよう。先ずとは言ったものの、これが話したい事の全部だったのかも知れない。これを語りつくせば、私の総《すべ》てを語りつくした事になるとすれば……即《すなわ》ち、〈運命の顔〉と言うのが私の名前なのだ。お前に〈運命の顔〉を信ずる事が出来るだろうか。

心静かな時、誰も居ない小部屋で、そっと鏡をのぞき込んで見るが良い。その中で、じっとお前を見返えしているその顔が、つまり〈運命の顔〉なのだ。その他、思わぬ所で、ひょっと上げられた顔がそれだったりする事もあるだろう。きっとお前にも憶《おぼ》えのある事だろう。例えば行ずりの道などで……》

僕は此処でふと、あの例の男、ふと僕を見上げた道路修理の人夫の事を想い浮べました。そして、今僕の背後で囁いている〈運命の顔〉が、つまりあの男であるのに気付いた訳なのです。彼は一寸間を置いて、尚《な》おも語り続けました。

《私が、名前の上に〈運命の顔〉と云う烙印《らくいん》を押された日の事から話すとしようか。もう随分昔の事だ。それ迄の私と言えば、その奇型な性格にもかかわらず、とにかく並の世界に生きていた。生活と言えば、世界中の生活を平均した様なものだった。云い代えれば私は並の月給取だった。もう三十に手が届こうと云うのに、独身の儘だったと云うのは、単に性格、恐る可き懶《なま》けものだったからに過ぎない。私は、生活の上で困る事はなかった。怠惰は幸運と才能で補われていた。才能……自分で言うのも妙だが、私には確かに非凡なものがあった。仕事の上では一寸変人として注目されていた。私の前途は期待されていた。

私の奇型的性格と云うのは、今云った極度な怠惰と、もう一つ、あらゆるものを抽象的に見ると云う点だった。従って万事を冷く、拒否的に見た。しかしとにかく、今から話す奇怪な出来事さえなければ、私は順調にやがて結婚し、年を取り、課長になったり取締役になったり、そして子供の病気に頭をいためたりして、終《しま》いに幸福な衰えの中で休む事が出来たに違いないのだ。

まあ聞くがいい。ある静かな、そうだ、それも丁度今の様な夜だった。やはりその時もお前の様にして窓辺に立っていたのだ。勿論あの最后の夜とは異って私の手に在ったのはタバコだった。夜と窓辺とタバコ、此の馬鹿気た組合せが一体何う云う意味を持つのかは、まあお前の良識に委《まか》すとして、とにかく其処から生ずる或る人の夢と覚醒《かくせい》について考えてもらい度《た》いと思う。窓、それもめったに存在さえ気付かれない、或る精神の媒介、それを透して呼吸した夜は自分の内部に在って而も自分の名前に属さない部分だ。万物の中で振動している量子の触感だ。その中では、人間である事の宿命的な忘却が、幻覚と云う名前で捨て去って了った、或る実体がよみがえって来る。

私がそうやって窓辺に、何時間もその儘に立ちつくしていたのは、勿論深い感動的な気分もあったし、又怠惰な性格にとって極《ご》く心持良い事だったからだが、しかし、その時は何か未だ他の理由があった様な気がしないでも無いのだ。私は何か行づまった様な、或る表現を絶したものを味わっていた。

だが、静かに戸を叩《たた》く音で私は急に我に返えった。仕事の関係上私には客が極めて多かったので、相当遅い時間ではあったが別に気にも止めずに招じ入れた。やって来た見知らぬ男は極く愛相良く、低く如何にも済まなそうに頭を下げた。絶えず微笑《ほほえ》んでいる顔は、最初全く見覚えが無い様な気がしたのだが、良く見る内に確かに何処かで見た事があるのに気付いたが、どうしても想出せなかった。実際私は付合いが多かった。仕事の上ばかりでなく、私の趣味だった絵画や文芸評論等の方の友人も相当居たので、きっと此の男もそう言った関係の人間だろうと思い、こちらも丁寧に椅子《いす》を進めた。だが其の男は、静かに断わって、妙に気おくれした様な口振りで〝いえ、一寸、今夜は是非お知らせしなければならない事がありますので〟と言いながら、テーブルを廻って私のそばにやって来た。そしておずおずと、如何にも遠慮勝ちに、握った手を胸のあたりまで揚げて、そっと開いた。

何んだろうと思って覗《のぞ》き込んで、私はびっくりして了《しま》った。何んにも無いのだ。いやそれぱっかりじゃない。何んと云う手だろう。のっぺりとして、しわ一つない、真上から明るい電燈で輝《て》らされた手のひらは、まるで何かなめくじの腹の様な感じだった。ぞっとする様な不気味さに、ひょっと其の男の顔を見上げると、これは又どうした事だろう。正に奇怪至極、想像を絶したものに変じていた。でっぱる所が窪み、窪む可き所が飛び出した、まるで裏返えしにした様な顔なのだ。一寸《ちょっと》能面を裏側から見た様な感じだった。たちまち測り知れぬ恐怖が毛を逆立たせ、鳥肌にして、暗黒の奈落へつき落される様な目まいを感じた。

若しその時耳元で、平凡な、謝る様なその男の声がしなかったら、私はその儘気を失うか、大声を出してその男に打ち掛っていたに違いないと思う。

〝ああ、これはどうも、そんなに驚かれるとは思わなかったので、本当にどうも……〟確かにその声は、ひどく平凡で現実的だった。で、幾分気をとり直おして見ると、男は入って来た時その儘の、穏かな、しかし困惑した様な微笑を浮べて私の顔を覗き込んでいた。しかも、何んの事はなかったのだ。彼は美しい面《マスク》と、ゴムか何かで出来た手袋の見本を持って来た、どこかの会社の外交員に過ぎなかったのだ。二つの品物を捧《ささ》げる様にして持っている手も、やつれた至極ありふれたものだった。

男は、未だ驚きから覚め切らず、口もきけずにいる私をしりめに、口早に面《マスク》と手袋の特性についての口上を述べ乍ら、物々しく机の上に並べ、それが済むと、一寸含み笑をし乍らこんな事を云った。〝いや、本当に失礼して了いました。だが本当に、あんな手や、あんな顔があったら……若し手相見が見たら何んと思うでしょうね。過去にも未来にも全く運命を持たない手……人相観《にんそうみ》なら定めし腰を抜かして了うでしょうよ。裏と表がさかしまになった様な顔を、どうやったら判定出来ますかね〟。男は気軽にくすくすと笑って続けた。〝しかしあり得る顔ですよ。まああり来たりの人相観にならい、その裏返しと云う事自体が運命だと判ずるのが、せいぜいでしょうね。曰《いわ》く〈運命の顔〉と云った位の所で……しかし、私なら斯《こ》う判じますよ。お前の顔には、さっさと死んで了った方が良いと書いてあるよ、ってね。そうじゃありませんか。その男の見ているのはもう現世の事じゃないんですよ。私達が、顔の裏の事はすっかり消化しちゃって別に気にも止めないでいる様に、その男は現実が自分の顔の裏になっているのですからね。生きている必要もありませんし、生きていてもらう必要もありませんよ。……しかしまあ、そう云った人間の幸福については、私達の知った事じゃなし……〃。

此処で急に話を止め、相変らず微笑み乍ら、男は一寸頭を下げた。そして素早く身を返えすと、未だ本筋の取引上の話には触れてもいないのに、挨拶《あいさつ》もそこそこの態《てい》で帰って行った。私にはその男が、何故かすうっと吹き過ぎて行った隙間《すきま》風の様に思われた。

男が帰った後、何だか夢でも見ている様な気で、物珍らしさにその面《マスク》をつくづくといじりまわしたあげく、何んと云う気も無しに一寸かぶって見たのだ。すると何《ど》うだろう。まるであつらえた様にぴったり合ったばかりでなく、私の顔に吸いついて来る様に、しかも面《マスク》をつけたら当然感じる筈の包まれた様な感触も全然しないのだ。不思議に思ってそっと撫《な》でて見て、私は愕然《がくぜん》とした。何んとした事だ、まるで顔にじかに触っているのと変りないのだ。顔には指の冷い、指には顔の生ぬるい感覚が、嘗《か》つて想像もした事の無い明瞭《めいりょう》さで感じられた。それが何か不吉な危険信号の様に思われて、私は急いで面《マスク》を外ずそうとしたが、その時、心の奥底で本能的に予感していた最も恐る可き事態が、現実の問題である事を知ったのだ。面《マスク》は私の顔と融け合った様にぴったりくっついてびくともしなかった。そればかりで無く、面《マスク》と顔の境い目も無くなって了った様だった。私は慌《あわ》てて鏡をさがした。つくづくと映して見て、更に驚くと同時にほっとした。と云うのは、鏡にうつったのは、案に相違して今迄通りの、何んの変りも無い私の顔だったからだ。

訳の分らないぐったりした気持で机の方を振返えって見ると、手袋に並んで、さっき迄面《マスク》を置いてあった所に、きちんとたたんだ紙片が目に映った。気がつかなかった。あれを見たら何か説明が得られるだろうと思って手をのばすと、不思議な事に、まるで他人の手の様に勝手に方向を変えて、摑《つか》み上げたのは手袋の方だった。一寸不気味には感じたが、ええままよ、同じ事だと考えて、その手袋をつくづくと観察して見る事にした。見本にも似合わず、左手の分だけで、あまり見栄《みば》えのするものでもないし、そうかと云って別に特殊な効用があるとも思われなかった。さっきの面《マスク》の例もある事だし、止めようとは思ったのだが、何んだかどうしてもはめて見なければ済されぬ様な、強制的なものを感じて、私は恐る恐る指の先だけを入れて見た。瞬間的に不吉を予感して、急いで引きはなそうとして見たが遅かった。手袋は自然に、ばね仕掛でもついている様に、ぴっちりと手にはまって了った。しかも、うろたえた事には、面《マスク》の場合と異《ちが》って、手の中に融け込んで、以前のままの手にはなって呉れずに、あの、のっぺりした、さき程の男が驚かしたあの不気味な手そっくりになって了ったのだ。しかも、手首の皮膚は手袋に次第に移行した如《ごと》く融け合って境い目は分らなかったし、瞬間的に皮膚の神経が手袋に迄成長したらしく、感触は皮膚直接と変りなかった。云い代えれば、このしわの無いすべすべした奇態なものが、つまり私の手そのものになった訳なのだ。右手は勿論以前の儘だった。両方の手をしげしげと見較《みくら》べ乍ら、私の心は驚きと云うよりも、むしろ暗い悲しさに打ちひしがれていた。それは恐らく、此の奇怪な出来事を、未だ現実としてはっきり自覚していなかった為だろう。それは新しい手の出現の為ではなく、元の見馴れた、私の手の喪失の為の悲しさだった様に想う。

その時の私の混乱と、絶望については、くどくど述べ立てる必要も無いだろう。誰が見ていると云うでもないのに、私はうろたえて左手をポケットにつっ込んだ。そしてもう二度と出して見る気がしなかった。

さて、最后に、あの男の証《あか》しとして残った机の上の紙片は、とにかくその混乱の中で唯一の希望だった。斯う云った場合の人間の心理として、とかく最后に残った未知なものに望みを托し、無理にでも救いを信じようとするのは自然なことだろう。私は期待と不安に、おかしい程興奮し、がたがたふるえながらその紙片を取上げた。紙はしみ渡る様に白かった。そしてたかぶった神経をなだめる様に、不思議に甘い、エーテルの様な香がつんと鼻をついた。
その紙には、期待に反して解決を与えるものが何も書かれていなかったばかりでなく、更に不可解な、混乱を益《ま》すに役立つに過ぎない、奇怪なけれど美しい詩が書いてあっただけだった。美しい……そんな混乱した気持で、何故美しい等と感ずる余裕があったのか、不思議に思うかも知れぬが、それがつまりある宿命的な発端だった訳なのだ。実際上の問題として、客観的にもその詩が美しいものかどうかは此の際別の事なのだ。要は私が、その詩に美を感じたと言う点に在るのだ。その詩は次の様なものだった。墨汁《ぼくじゅう》で書いた美しい筆跡も、今尚ありありと想い出す事が出来る。

〃心にもなく招かれて
　想ひのほとり　ほころべる
　　つめたき花の　涙かな
名も呼ばず　求めもせじに
　たそがれの　面《おも》に画《えが》ける
　　宿命《さだめ》の花の　散りしかな〃

私は急に疲れを感じ、ぐったりとして長椅子の上に横になった。そして毛布をひっぱり乍《なが》ら、耐え難い睡魔に、その儘気を失う様に眠《ねむっ》て了った。

翌朝目を覚したのはもう十時過ぎだった。》

その時、何処かで十二時を打つ時計の音が聞えました。すると彼は気ぜわしく申しました。

《おや、もう今日も終りだ。つい夢中になって話し込んで了《しま》った。これで私の名が〈運命の顔〉になった次第を話し了《おわ》った訳なのだが、その後の事は、若し明日の夜も今夜の様だったら、又私を呼び出すが良い。話して上げよう……》時計が鳴り終ると同時に深い沈黙がやって来ました。気がつくとタバコの火はとっくに消えて居ましたし、月は何時の間にか沈んで、あたりは唯影も無い闇《やみ》の中で冷く凍り始めて居ました。

第四の手紙

幸い今夜も昨日と変らぬ天気です。僕は又昨日の様にして窓辺に立ちました。すると〈運命の顔〉は待っていたとばかりに話し始めました。

《さて今夜は、私が〈運命の顔〉をつける事になった翌朝からの話をする約束だったな。そうだ、〈運命の顔〉がどんなにして生きたか、そして又どんなにして破れたか、その事について話す筈だった。まあ聞くが良い。

目を覚ますと同時に、私は昨夜の出来事一部始終をすっかり想出したが、床の上に落ちている紙片を見る迄《まで》はどうしても夢だとしか思えなかった。恐る恐る左手を開いて見た。夢ではなかった。一切が事実だったのだ。明るい白昼の光の中でも、私の左手はのっぺりとした奇態なものだった。

しかし手の方は握り込んでいるか、ポケットに突込んでいれば済ませる事だったが、朝になって何よりも先ず気になったのは顔の変化だった。昨夜見た時は何んとも無かったとは言うものの、白昼見れば又案外妙な顔になっていないとも分らない。そう思って鏡を取り出し、こわごわ覗いて見た。しかし寸分異わぬ自分の顔だ。作り笑いして見たり、歯をむき出して見たり、色々して見たがやはり自分の顔だ。そう知ると急に晴々した様な気分になって、私は元気よく昨日の残りの冷飯をかき込んだ。

所で、するとあの面《マスク》はあっても無くても同じだったのか、別にこれと云う意味もなく、唯《ただ》私を驚かした丈《だけ》で消えて了ったのか、と云うとそうではない。顔にこそ変化を来たさなかったが、それ所ではない変化が私の内に起り始めていた。それは私の存在を根底から引ゆるがす様なものだった。その事は、あの詩を繰返えし読むにつれて、益々判然《はっきり》して来た。

あの不思議な男が云い残して行った、裏返しになった顔の世界が私に開け始めていたのだ。あの男の言によれば、さっさと死んだ方が良いと書きつけられている此《こ》の顔を、しかし私は此の上もない悦《よろこ》びを感じ乍ら意識し、受取ったと言う事を知ってもらい度《た》い。〈私達の知った事じゃない幸福〉を、私は暢々《のびのび》した気持で味《あじわ》い始めていた。これは今迄に味った事の無いうれしい悦びだった。其の瞬間から私には、存在する事がこよなく美しい讃《ほ》む可《べ》き事の様に思われ始めたのだ。一つ一つの事物、あらゆる一切の存在に、私は驚きの目を見張った。一寸した言葉、ほんのささやかな身振、目にも止まらぬ行為、忘れられた草の葉や、壁のしみ、そう云ったものに迄、私は存在の本質を、自我を、そして無限に通ずる途を感じた。それは、表現こそ出来なかったが、整然とした論理であり、即物的な技術であり、単純化された事物を、目に映る儘《まま》に、潜入した自我として見極めるつきつめた方法だった。此の説明出来ない論理は、記号化せずに存在を体験する事だった。しかも私は、そこから生れて来るものの予感も知っていた。それは即ち詩だった。

それは即ち、内部と外部とが入れ替った様な世界だった。今迄外部と云っていた、吾々《われわれ》を巡り、吾々を支配し、又されていたものが、何時《いつ》の間にか自分自身の身振りである事に気付き、そしてその度毎《たびごと》に新しくはあるが、今迄云って居た様な意味での変化と云うものは完全に影をひそめた、云い代えれば呼吸の様な、心臓の鼓動の様な世界だった。そして動くもの、変化するもの、吾々がその中で生活を営む可き環境だとか運命だとか云うものは、その逆に内部から発し、未知なものとして、今迄は外部と呼んでいた、新しい内部に浸《し》み出して行くのだと云う事を知ったのだ。つまり私の顔は裏返しになっていた。

斯うして、一切の関心は外から発して内に向い、普通に言う意味での感情や感覚は完全に消失して、過飽和になった溶液の中に落された核心の様に、私は自分の周囲に大きな結晶体を作り始めた。もう意味も価値も必要でなくなった。そして又、比較する事も区別する事もなくなった。自分自身である事に、別に理由をつけようとも思わなかった。唯、私は一つの行為に身を沈める丈だった。それは停止した時間の中で、各瞬間を創造して行く事だった。云い代えれば、観察し、名付け、愛する主体である存在そのものに身をひそめ潜入する、行為若《も》しくは在り方を全うする努力と意志とでも言えはしまいか。

唯一つ、誤解されたくない事は、これが決して掘り下げようとかあばこうとか変更しようとか云う試みの世界ではないと云う点だ。又総《すべ》てのものに無関心になったと云うのでもない。人々の悲しみや悦びや嘆きや、又は趣味や思想に関しても、私は判断や意味付を試みようとは思わない。何故なら人々と云う事と、人々の悲しみと云う事と、悲しむ人々と云う事と、更にこれ等三つが一緒になって意味するものとは、自《おの》ずと異った個々の実存だ。私の心の向う方は、私の行為の向う方は、それ等個々の単位を越えて、それ等が一つのものに結ぼれるその在り方なのだ。

こうして私の、失われた生活、失われた運命、失われた郷愁、そして長い間忘れていい、これからも後何時使われるか分らぬ鋳型《いがた》の様な、潜入の刹那《せつな》が始った訳なのだ。私を巡る様々な日常的現存は、美しい自分自身の反照であり、身振であり、私はそれを心愉《たの》しく、絵本に見入る様な、小鳥のさえずりに聞き入る様な気持でいた。

私はもう会社に出掛る事も止《よ》した。と云うよりは、そんな事はもう星の言葉よりも意味の無い、空言に等しかった。此の日からの私の生活を、客観的な態度で描写表現する事は一寸不可能だろう。普通の意味での生活と云うものはもう無くなって了ったのだから。私は宇宙を呼んだ。そして宇宙に呼び返えされて、全存在そのものだった。

二三日経った時、会社の同僚がやって来て呉《く》れた。彼はへだてない、若手の中堅らしい気さくな態度で、どっかと腰を下ろし重々しく体をゆすぶり乍ら、微笑ましい好意に満ちた口調で斯う言った。〃どうしたんだい。病気かと思って心配していたがそうでも無さそうだね。だが顔色が馬鹿に蒼《あお》い。注意しなきゃね。だから何時も言うんだよ、早く奥さんをもらい給えって。一人でいるのは良くないよ。所で明日位は出て来るかい。皆心配しているぜ……〃。私は返事をしようとして、自分がすっかり変って了っているのに気付いてびっくりした。何時もの様な皮肉も、冗談もまるで出て来ない。彼の言葉をまるで夢の様に遠く聞き乍ら、私の心は唯限りなく静かな丈だった。私は笑った。そして答えた。〃有難う。一寸風邪を引いたらしいが大した事はないらしい。心配する程の事

〔1947.12／1.4／1.8／?〕

＊この小説は後半部分が失われている。

白い蛾《が》

或《あ》る時私は急な用事が出来て、白蛾丸という小さな一〇〇〇トンばかりの船で旅行しなければならないことになりました。一寸《ちょっと》変った名前の船なので、きっと何かいわれがあるに違いないと思い、途中船長さんにたずねて見ますと、マストのそばにある白い美しい部屋に「まあどうぞ」と言って私をさそい、机の上にあるガラスの箱を笑い乍《なが》ら見せて呉れました。底は黒いビロードで張ってあって、その中央に大きな白い蛾がピンで止めてありました。

「白蛾丸と言うのは此《こ》の蛾から取った名前なのですよ。よく見てごらんなさい。なかなか美しいものですよ。唯《ただ》白いばかりじゃなくて、緑色や、淡い赤や、黄色などが虹の様に融《と》けているじゃありませんか……」

「本当にそうですね。でも、唯美しいばかりではないのでしょう。業々《わざわざ》船の名前にしたのは何か特別の理由があったのではありませんか。是非そのお話を伺わせて戴《いただ》きたいものですね」

すると船長さんは一寸首を傾《かし》げて又笑った。

「そうですね。でも一寸も特別な話なんかないのですよ。つまらない話です。人が聞いたら何んだ、そんな事かと言って笑って了《しま》うかも知れませんよ」

「でも船長さん、あなた御自身には一寸もつまらなくはないのでしょう。あなたにとってはやはり特別な事だったのではありませんか？」

「それはそうです」

「では結構、それで充分です。是非話して下さい」

すると船長さんは私に椅子《いす》をすすめ、自分も坐《すわ》りながら、時々蛾を止めてある箱を見詰めたり、指の先でガラスの蓋《ふた》をそっとなでたりしながら、次の様な話をしてくれました。

×　　×　　×

「そう……もう十年程にもなるでしょうか。私がやっと此の船の船長になったばかりの事でした。年も若いし、野心家だった私は、此のちっぽけな船がどうしても気に入らなかったのです。気に入らぬとなると、何から何までが悪く見えました。格好も悪ければ、速度も遅い。エンジンも旧式だし、造りももろい。そうなると仕事も面白くなく、不平ばかりが口に出て、他の船員とも上手《うま》く行かず、船会社からも良くは思われなくなりました。結局私はやけになって、随分我儘《わがまま》な無茶をやったものです。恐ろしい程ひどいしけに、人の止めるのも聞かず船を出してそうなんしかけたり、良い商買になる荷主と口論してふいにして終《しま》ったり、つまらない事で腹を立てて船員を止《や》めさせたり、そんな具合でした。人には憎まれ、恐れられ、いつも独りぽっちで、そのくせその淋《さび》しさを隠すために人前では余計にごうまんになるのでした。そうかと言って、生れつき船乗り気質の私は船を止めては他に生《いき》がいもなく、不愉快な毎日を押し流されて生きて行くより他に仕様がありませんでした。

×　　×　　×

或る日の事です。明日は愈々《いよいよ》出発と言う前の晩でした。沢山な仕事に余計いらいらして、私は事務室から機関室、機関室から事務室と飛び歩きながら、まるでけんかでもしている様な調子でどなり廻って居りました。そのあげく、自分で自分の我儘に興奮して了った私は、ひょっとした事で下級船員に腹を立て、終いにはなぐりつけようとさえしたのです。たまたま其処《そこ》を一等航海手が通り掛って、たけり狂った私をなだめようとしました。唯それだけの事で、今度は別に罪も無い一等航海手に喰って掛ったものです。でも一等航海手は本当に温厚なやさしい心の持主でした。私にもそれは良く分って居《お》りました。それだけに無茶な私を咎《とが》めもせず頭を低くして謝罪された時には、何んとなく苦い気持ではありましたが、黙って引下るより他はありませんでした。その事に負目を感じたのか、その日一日何んとなく沈んだ気持から抜け切る事が出来ませんでした。

×　×　×

その故だったと思います。夕食を摂《と》ろうと暗くなってから部屋に帰り、食卓の上に大きな白い蛾——つまり、此の蛾が止っているのを見付けて、普段なら考えもせずぴしゃんと叩《たた》き殺して了う所を、一寸爪先ではじき飛ばした丈《だけ》ですましてやったものです。きっと私の気が弱くなっていたのでしょうね。さすがの私も、あの大人しい一等航海手にあんな荒い口をきいた事は良心に咎めて居りましたから……。

さて、その蛾ですが、はじき飛ばされてあわや床に落ちると言う所で姿勢を取り戻し、素早い動作で燈《あか》りの方へ飛び上り、電燈の囲《まわ》りを二三度まわって居りましたが、やがてあそこにさしてあった白バラの切花に止りました」

そう言って船長さんが指差した所を見ると、見事な白ユリの鉢が美しく、頭を重そうに傾けてほのかに香って居りました。

「成程、でもあれは切花のバラではありませんね」

と私が申しますと船長さんは、

「そうです。此のユリは球根がついて居りますので、少くも航海中に枯れて了う心配はありません。私はバラの花が好きなのですけれど、切花はすぐ枯れて了いますし、植木のバラですと年中花を見る訳にも参らず、又手入も面倒なので、此のユリの花に代えたのです。まあお聞き下さい。それも此の白い蛾の話に関係して来る事なのですから」

両手を膝《ひざ》の上に組んで、額の皺《しわ》を益々《ますます》深くよせながら、しばらく何かじっと考え込んでいる様でしたが、急に深い息をほっとつき、又元の笑顔に戻って、例のガラス箱を覗《のぞ》きながら話を続けました。

×　　×　　×

「私は、目の前にある仕事は完全にし上げなければ、どうしても途中で休むと言う事の出来ないたちだったものですから、その時も一日の予定を完全にし了《お》えていました。で、食事を畢《お》えると所在なさに、タバコに火をつけた儘ぼんやり考え込んで居りました。すると、是《これ》は何時《いつ》もの事なのですが、又しても今日一日の回想が悲しく重苦しく、苦い汁の様に胸一杯に滲《し》み渡って参りました。それと言うのも、私は自分の悪い性質を熟知して、而《しか》もその衝動を制し切れないのを、はっきり自覚していたからなのでしょう。

外は、出港を明日にひかえて色々準備の仕事に甲板を駆けまわる音や、呼び合う声等が、元気よくはずんで居りました。だが、私の部屋に声を掛けようとする者も這入《はい》って来ようとする者も一人もありません。かたくなな私の心は、そんな事を考えている内に又しても訳の分らぬ憤《いきどお》りにふるえて来る様でした。本当に佗《わび》しいみにくさです。たかぶった、そのくせ弱々しい憶病な誇りです。

たまらない気持で、やり場の無くなった視線をあちこち走らせる内に、ふとさき程の蛾が目に止り、私は何気なく立上って側《そば》に近づきました。蛾はさっきと同じ様にじっと止っている様でしたが、良く見ると絶えず小刻みにぶるぶるふるえ、蛇の舌の様に微妙な複雑さで触角をゆり動かしています。そんな事を見ている内に、何時の間にかその蛾に興味を感じて、勿論《もちろん》子供っぽい好奇心に過ぎなかったのでしょうけれど、殆《ほとん》ど熱中したと言って良い位に我を忘れて居りました。こんな事は私としては珍らしい事でした。その蛾には何か特別に私の心を動かし、引つけるものがあった様に思うのです。若《も》しそれが他のものだったら、例えば大紋あげはや姫あげはであったにしても、あの衝動的な苦悩を忘れる程迄《まで》に熱中する事など到底なかっただろうと思うのです」

×　　×　　×

　船長さんはふと話を途切らすと、急に椅子の背にぐったりとより掛り、額をとんとんと摑《こぶ》しで叩き乍ら、顔中を笑いの皺で埋めて了ったので、一寸その表状の意味がのみ込めない程でした。

「いや、どうも、退屈、と言うよりは呆《あき》れられたでしょうね。こんな荒くれ男が、つまらない蛾の事なんかを真顔になって話すなんて……全く大人気ない事です。あなたの誘い方が上手いものだから、つい釣られて了った」

「冗談じゃない。それは船長さんの考え異《ちが》いですよ。つまらないだとか、大人気ないだとか……物事のそう言う様な区別の仕方には不賛成ですね。普通つまらないとか大人気ないとか言われている事が、案外目に見えない所で人生の大きな役割を占め、時には主題にさえなっているものです。目に見えているものは、その奥に在る大きな塊りの様々な性質を、ばらばらに示している仮の宿で、影の様なものだと言うのが私の意見です」

　すると船長さんは、今度は真剣な顔つきになって、椅子の上にしっかりと坐り直おすと、毛深い太い指の関節をぽきぽき鳴しながら、前よりは幾分低い声で話し続けました。

「そうですか、あなたもそうお考えなのですね。安心しました。では先を話しましょう。ええと、何処《どこ》まで話しましたっけ。そうそう、蛾を見て感心したと言う所まででしたね。

×　×　×

本当に、見れば見る程、不思議と言って良い位美しい細やかなものですよ。私はびっくりして了いました。真白な粉をふいた様な全身に、所々すばらしく輝く所がある。ガラスの様に細いうぶ毛なのですね。蝶等と異ってしっかりした部厚な感じは、何か強烈な現実的な美しさです。

見ている内にふと、片方の翅《はね》の先が何かに喰いちぎられた様にほころびているのに気がつきました。更に注意して見ると左右の翅の開き方も少し異う様です。六本の肢《あし》でしっかりと、すべすべした古い想出《おもいで》の様なバラの花弁にしがみついている所は、本当に似つかわしく、ふさわしい調和でした。

ふと頭の中では、すばらしい速度で此の蛾の運命に関する童話が組立てられていました。若し私に子供があったら是非話してやりたいと思ったので印象深く、今でも判然《はっき》り憶《おぼ》えて居ります。ついでにお話ししましょうか。どっちみちこれと言う筋もない、私の心の中だけに終始する想出話のよりみちなのですから……

×　　×　　×

それはこんな話なのです。

或る海岸につき出た岬の、丘のふもとにある虫の世界の出来事です。私は先《ま》ず其処で、蝶《ちょう》や、蜂《はち》や小鳥等の、昼の光に包まれた華やかな情景を描き出したいと考えます。そして、その後で、その裡面《りめん》に小さく閉じ込められた蛾の一族について説明するのです。蛾は生れつき憶病者でした。と言うのは、蝶の様に上手に飛ぶ事も出来ず、キリギリスの様に歌う事も出来ず、唯やたら大きな体は人から物笑いの種にして呉れと言わんばかりにみにくく目立つのでした……。

そんな具合に説明した後で、突然生れて来た不幸な白い蛾の話に入るのです。前に言った様な反目と軽蔑《けいべつ》の中に在って、而も尚《な》お生き続けて来れたのは、幸い保護色と言う便利な形態を身につけ得たからであって、此のような目立つ白い色をして生れて来た蛾が、激しい反感と憎悪《ぞうお》で迎えられた事は言う迄もありません。

そして或る時、ふとしたきっかけから、虫全体の嫉《ねた》みと敵意を買い、遂《つ》いにその隠れ場を小鳥に密告され、命からがら逃げ出さねばならぬ羽目におち入るのです。所が色が特別目立つ〝白〟と来ているのだから具合が悪い。とにかく、木の枝から枝、葉陰から葉陰と逃げ歩いて居る内に遂々森のはずれに迄追いつめられて了う。いよいよ最後と言う所で、あきらめ、絶望的な気持でふと遠く向うの方を見ると、港に停泊している船の中で一そう目立って白い船が在る。つまり私の、此の船なのです。白い蛾はふと水にうつった自分の姿を想い出して、あそこに行けば上手く隠れて小鳥から逃げおおせるかも知れないと考える。そして何度も、あやうく鋭い嘴《くちばし》の一げきで命を失いそうになりながら、それでも運よくかろうじて船の一隅にたどりつく。そして自分と同色の船に守られてやっと虎口《ここう》を脱《のが》れる、と言う様な段取りなのです。

それから先は私が目撃したありの儘の事実に繫《つなが》るのです。つまり、そうこうする内に夜も近づいて来るが、小鳥や他の虫達の事を考えると森に帰る気もしない。その内到々日が暮れる。方々でちらちら灯が輝き出す。ふと気付くとすぐ自分の頭の上の所に窓があって、明々《あかあか》と灯がともっている。何気なく一寸中を覗き込むと、その中は今迄の世界の様に緑一色ではなくて、正に自分の色である白一色に染められてあるので、急にたまらない懐《なつか》しさを感じる。そして、船員が食事を搬《はこ》んで来た隙《すき》に乗じて部屋の中に潜《しの》び込む。と言った様な訳なのです。

しかし、切角《せっかく》〝白〟に守られてうつらうつら、一日の疲れをいやしている所を、ぱちんと何者かの手ではじかれて飛び立った蛾は、更に急を救う為《ため》より白いものを求めた。あげくの果に止ったのが此の部屋でも最も白かったバラの花弁と言う訳なのだろうと思うのです。

×　×　×

さて後は簡単に、説明抜きで、私の見た事だけをお話ししましょう。あなたにならば十分解《わか》って戴けると思いますから。

翌朝、愈々《いよいよ》出港だと言うので、蛾の事なぞすっかり忘れて終い、早くから連絡の為に上陸しましたが、運悪く色々の支障を来たして、船に帰ったのはもうそろそろ暗くなろうと言う頃でした。いらいらしながら出港の命令を出し、私は規則通り操舵《そうだ》室に居りましたが、ふと用事を想出して部屋に帰って見ると、何《ど》うしたはずみか今迄忘れていたあの蛾の事をちらと想出したのです。見ると相も変らず同じ所に止っているじゃありませんか。私にも似合ず、急にその蛾が可哀《かわい》そうに思われて、「船が出て了ったらもう家には帰えれなくなるぞ。さあ、今の内に帰らなくては……」と言い聞かせながら、そっと握《つか》んで窓の外に離してやりました。

さて私は又操舵室に戻り、港を出る迄の間緊張して仕事をして居りました。何んと言っても此の仕事と入港の際が一番重要な骨の折れるものなのです。その時だけは船長自ら出馬せねばならない事になっているのです。沖に出て了えば一等航海手、二等航海手等と交代に見張るのですけれど……。

×　×　×

星が空一面に輝き出し、燈台の灯も見えなくなってから、一等航海手と交代した私は空腹を抱えながら部屋に帰って参りました。そして驚ろいたのです。何んと、さっき逃してやった筈《はず》の例の蛾が、ちゃんと、何時の間にか舞い戻って来て、而も前の通りにあの白バラの花弁に止っているじゃありませんか。私は何故《なぜ》か胸がどきっとしました。こんなつまらぬ、ささいな事に、それ程思いつめたものを感じたと言うのも、何かしらその行為に、私に対して訴えるものがあったからだろうと思います。

それから何日か経《た》ちましたが依然として蛾は元の儘の姿勢で止り続けて居ります。死んだのではないかと近づいて見ればやはり生きて居て、元気よく赤味がかった淡《あわ》まだらの触角をゆり動かしているのです。

やがて或る港についた時、バラも大分萎《な》えたので、新しい花を買って来させましたが、それを生け代える時、念の為、或る事を想像して、バラを捨てずに部屋の反対側の片隅に置いておいたのです。それからその蛾をそっと新しい花の上に置いてやりました。すると……まあその日半日位はその儘じっとして居りましたが、案の定何時の間にか枯れかけた白バラの方に飛び移っているのです。仕方ないので、どうせ早晩《そうばん》枯れ落ちるとは分って居りましたが、コップに水を入れてその白バラを活《い》けてやりました。

×　×　×

一日一日とそのバラの花弁は散って行きました。それにつれて蛾も見る見るやせおとろえて行く様でした。可哀そうに思いましたが何うする訳にも行かず放って置く内、何日位経ったでしょうか、或る朝の事です。到々花弁が最後の一枚になって終いました。それももう白と言うよりは灰色の、かろうじて花弁と言える程のものでした。見れば蛾もすっかり弱り切って、目立ってぶるぶるふるえて居ます。唯でさえ散りそうな花弁に、大きな蛾が止っているのですから見るのも危げな様子です。それでもしっかりとしがみついている蛾の思いつめた仕草は、何だかひどく憐《あわ》れで、私までが妙に腹立たしく、そわそわして来る程でした。

私が部屋を出るか、又は誰かが入って来るかして戸を開ければ、その風の為に間違いなく此の最後の花弁も散るに違いないと思うと、せめて一刻でも助けてやりたいと言う気持から、私は部屋を出ずに誰かが来るのをじっと待って居りました。而し、蛾の運命もさ程長くはありませんでした。やがて程なく一等航海手が夜の見張を畢えて、めったにそんな事はしないのに何う言う訳かふと私の部屋に立《たち》よる気を起したのです。ゆっくりした足音が、エンジンと波の単調なひびきの中から浮び上る様に近づいて、私の部屋の前でぴったりと停りました。ノックに返事をするのと同時に、緊張の余り私は思わず立上って了いました。戸が開きました。そして朝霧にしめった強い風がさっと吹き込むと同時に、想像通り最后《さいご》の花弁は蛾もろとも枝を離れて、しかし事もなく静かに散って行きました。

×　×　×

私の異様な眼差にたじたじとなって、一等航海手はしばらく戸の所で声もなくぼんやり立って居りましたが……とにかく日頃の烈《はげ》しい、と言うよりは病的にいら立たしい私を知っているものですから、それも無理もない事なのです。きっと具合の悪い時やって来たものだとでも考えて居たのでしょう、一寸目礼するとその儘《まま》引下って帰って行こうとしました。私ははっと我に帰って、急いで呼び止めると、床の上を指して見せました。一等航海手は呆れた様に床と私とを見較《みくら》べて居りましたが、分らないと言う様に一寸首を傾げました。無理も無い事です。そこに在ったのはよれよれになった花弁と、それにしがみついている蛾の死がいだったのですから。

私が、「まあ坐り給《たま》え、話して上げるから」と言うと、彼は一寸妙な表状をすると共に、さっと顔色が変りました。恐らく私が発狂したとでも思ったのでしょう。だが、事の次第を私が話して行くにつれて、情深い性質の彼は次第に安心すると共に心を打たれたらしく、じっと考え込みました。話し終ると一等航海手はその蛾を拾い上げ、手のひらで二三度ころころころばして見ながら、「本当に何かの教訓になりそうですね。人間の友情もこんなであってほしいと思います。一つ此の蛾を水葬にしてとむらいましょうか」と言って微笑《ほほえ》みました。だが私は、想出の為に取って置きたいからと言って返えしてもらい、御覧の通りに標本にこしらえてもらったのです。

さあ、これで終りです。唯最後につけ加えて置きたい事は、私にはあの一等航海手の様に、それが愛や友情の手本だとしては受け取れなかったと言う事なのです。彼の様に美しい心情の人間にはそう考えられるのでしょう。けれど私には、此の蛾の運命が、私共人間の背後にひそむ悲しい運命に通《かよ》っている様な気がしてならなかったのです。これも要するに、私の心があく迄もゆがみ曲げられていたからだとは思いますが……。

でもその後、自惚《うぬぼれ》かも知れませんが、私の性格もすっかり変った様に思うのです。」

×　　×　　×

話し了《おわ》ったと言うしるしに、船長さんは例の蛾の入った箱をかたんと音をたてて机の上に置きました。その安心した様な微笑みは、落着いて物静かで、話の様にいら立った所もなく荒々しい所も一寸見あたりませんでした。性格が変ったと言うのは恐らく船長さんの自惚ではないのでしょう。

目的地に上陸した翌朝、港に近い旅館から見て見ますと、白蛾丸が丁度港を出て沖合に掛った所でした。真青な海の上にぽつんと浮んでいる真白な船腹は、まるで船長さんの話にあった古巣から逃げ出して行く白い蛾の丸い胴体そっくりだと思いました。私は思わず考え込んで、白蛾丸が見えなくなる迄じっと立って見送りました。

〔1947.5.5〕

悪魔ドゥベモオ

1

文部技官・加地伸……そう書いた名刺を口にくわえると、左手で腹立たしそうに幾つにも引き裂いた。というのは、彼の右手は肩の下で吸い込まれるように無くなっているのだ。それから窓を開け、ひっきりなしに降っている雨の中にまきちらす。しめっぽい空気はその破片を吸いよせるように集め、階下の窓のひさしに貼《は》りつけてしまう。びっしょり濡《ぬ》れたそのとたんの緩かな傾斜に、白い幾片かが生物のようにぴくぴく動いている。彼は何故《なぜ》かがっかりして窓を閉めると、腰の浅い旧式な肘掛椅子《ひじかけいす》に不安定に坐《すわ》り、重心を保つために机により掛った。そうすると彼の顎《あご》にも、懶《なま》けもの特有のえぐり取ったような弱々しい影が目立って来る。彼はひどく物悲しかった。それは単に天気に敏感だったせいばかりではない。やがて彼に決定的な運命を負わせる筈《はず》の訪問者が数時間後にはやって来る筈なのだ。

落着かぬ気持をまぎらそうと机の中を整理しているうちに、ふと眼にとまった、そして今破り捨てた名刺のことを、彼は臆病《おくびょう》な用心深かさで考え始めた。それは三年前まで、彼の何よりも明瞭《めいりょう》な社会的輪廓として、時には彼の代理さえしてくれた、そして右手を失った今では苦々しい想出《おもいで》である名刺だったのだ。どんな場合にでも適当な低頭とその名刺で疑いもなく彼自身であり得たあの時代のことを想うと、思わず胸をしめつけられ、歯ぎしりをするほど嫌悪《けんお》せざるを得なかった。人間が問題にするのは本当に自分自身なのか、それとも自分の名刺なのか。彼はもし自分の右手が失われるという機会が無かったにしても、きっと名刺を捨て去っていたに違いないと考えて見た。しかしそんなことを考えながら、もう幾度も見極めつくした白くニスのはげかかった疵跡《きずあと》を変に卑屈な気持でじっと見詰めている自分に気がつくと、彼ははっとして身を起こし、真直ぐ前の壁を見た。其処《そこ》、その壁を斜めに走っている一条の割目の中には、彼が此《こ》の部屋に越して以来の友、人間の王であり神の手であるという悪魔が住んでいるのだ。彼は小声で呼び掛けてみる。

——若《も》し居るなら出て来てくれないか。僕はいささか参っているんだ。

するとその声に応じて割目の間にきらっと輝くものがあった。そして元気よく一匹の悪魔が跳ね出して来た。少し猫背で、体中に黒い毛が輝いて居《お》り、手足の爪《つめ》は鋼鉄のようなつやを持っている。しかし以前と較《くら》べれば、彼には悪魔がすっかり元気を失くしているのが良く分った。今まで浮き出るように純白だった眼が幾らか濁り黄色くなっているし、唇の色も悪るくなっている。ふさふさした肩の毛並も心持乱れているようだ。けれど勝気な悪魔は胸を張って彼の横に腰掛けた。

——参っているって？　やっぱり巧《うま》く行かないのかい。

——それもあるんだ。しかし例の、妻のことが変に気に掛ってね。君は何《ど》う思う。来るだろうか？

——下らない。馬鹿なことは言わないでくれ。軽蔑《けいべつ》するぜ。そんなことが俺達の問題になるのかね。俺は君のそんな私的生活なんかに興味はないよ。それよりも仕事の方は何うなっているんだ。

そう言って悪魔は彼の方をじろっと見る。彼はほっと深い溜息《ためいき》をつくと、首を振りながら呟《つぶや》いた。

——そんな虚勢はお互いに止めようじゃないか。もう分っている事だ。仕事は何んとかノートだけはまとめて見ている。けれどやはり何か足りないものがあるんだ。何か、ほんの一寸《ちょっと》したことなんだな。それさえ見つかれば良いんだよ。

——ふん、それで何んな具合にやるつもりなんだい。

——僕の考えではねえ、一匹の悪魔の生涯という形式でやろうと思っているんだ。

つまり第一章に君の生い立ちを書く、それから君が人間の運命であることを書く、それから神の左手のことを書く、そして、つまりそれからが問題なのさ。

——じゃあそれまでは出来たのかい？

——一応はね。

——じゃすぐに出来た分だけでも発表したまえよ。

——するよ。だから妻が来るのを待ってるんじゃないか。

——それは良いさ。しかし君の奥さんが来るというのでそわそわしているのだとすると、君も全く呆《あき》れた男だと言わざるを得ないね。

——もう三年以上も遇《あ》っていないんだ。

——分っているよ。つまり君には自分の仕事の意味が未《ま》だ良く分っていないのだ。

——そして君には……。

——俺には何んでも分っているさ。しかしそんな下らない泣言を聞かせには呼んだりしないでくれよ。十二時までは寝なければならないのだからね。それまでに少しでも仕事をするのが君の努めじゃないか。じゃ失敬。十二時になったらまた出て来るよ。

悪魔はそう言い捨てるとさっと身をひるがえして壁の割目に吸い込まれて行った。

彼はそっと眼を閉じる。すると雨の音が彼の心の中で鳴る悲しみの声のように思われる。そして雨はその人間の未分化な感受性を嘲笑《あざわら》う権利を自覚しているように、あらゆる瞬間にしかも唯《ただ》一回きりのリズムを窓に打ちつけて、弱い人間を無理矢理疲労の中に引ずり込もうとしているようだった。雨の音からは何んな形容詞も生れて来ない。彼は不安からのがれようと切角《せっかく》耳をよせた雨の音からさえ冷くつき放されて、深く吐息をついた。そして眼のすぐ前でちらついた微《かす》かな白い息から、ふと煙草《たばこ》を連想する。彼はあきらめて苦い味のするパイプをくわえ、弱々しく雨と一緒に自分を嘲笑った。何、一寸した茶番さ。ゆるみ勝ちな交感神経を時折ちくりとやるのも適当な健康増進法じゃないか。そして机のわきの本棚から、悪魔の生涯と題したノートを取出すと机の上に音をたてて投げ出した。少しでも先を書き続けようと思ったのだ。と、突然、さっき自分の名刺を引裂いた時のような激しい憤《いきどお》りの発作がこみ上げて来た。そして身をおどらせるとそのノートを左手で力まかせに押しつけ、歯をきりきり言わせながら噛《か》みついたのだ。余程きばっていると見えて、忽《たちま》ち耳のあたりが燃えるように紅潮し、眼は充血してまぶしそうにうるむ。しかし破りはしなかった。その発作の本態は、引裂こうという一方的な意志ではなく、むしろその反抗に対する本能的な抑制の衝動、いわば軽いヒステリー発作だったのだから。全く、何んのためにそんなにまでして書かねばならないのだろうか。彼は獣のようにうめいた。そしてがっかりしたように手をゆるめ、きゅうくつな椅子に落ち込んだが、唇にはまだ白く歯の跡が残っている。彼は左手で一寸眼をこすった。

雨がひとしきり強くなる。風が出始めたのだろうか。遠くの方で老いた獣の号泣が聞えて来る。まだ五時だというのに馬鹿に暗い。彼は電燈のスイッチをひねった。するとその黄色光に収斂《しゅうれん》し部屋が急に狭くなったように思われる。壁が落ち掛って来るような錯覚に彼はつい気を奪われて、思わず喫《す》い過ぎたパイプの苦いやにがじゅっと音をたてて口の中へ流れ込む。彼は急いでまた窓を開け、首を突き出すとたて続けに唾《つば》をはく。雨樋《あまどい》から流れ出して池のようになったアスファルトの窪《くぼ》みに、白い泡の塊りが幾つも前後してくるくるまわり始める。彼はそれを見ながらぼんやり吸い込まれるように立ちつくした。此処《ここ》には何か、どうしても言わなければならぬものがあるようだ。何んだろう。それが解《わか》ればあのノートも書いてしまえるような気がする。最後の言葉。そうすれば一切が終るのだ。僕も悪魔の腫物《はれもの》のような中途半端な存在を止《や》めることが出来るかも知れないのだ。名刺を捨てることで既に手の中にうずくまっていた断裂を耐え得たとしても、悪魔の腫物であることは到底耐えられぬことだ。人間であることを止めた方がまだましではなかろうか。ああ、何か一つ、そのために欠けているものが解ったら……と、突如一陣の風がアパートの角を曲って吹き起り、雨脚を叩《たた》いて彼の顔に叩きつける。窓はあおられて蝶番《ちょうつがい》の釘《くぎ》が折れそうになる。彼は急いで窓を閉め、手の甲で額をぬぐった。畜生、もう十秒考えさせてくれたら思いついていたかも知れないのに。そして椅子の方に戻りながら大きく腕を振って時計を見た。五時十五分。彼は待っているのだ。六時になると、別居して以来一度も顔を合せたことが無かった妻が来る筈になっている。ではやはりその事が彼の心を常になく騒がせている原因なのだろうか。彼は坐りかけていた椅子から離れると、色あせた更紗《サラサ》のカーテンで仕切ってある寝台の上に仰向《あおむけ》にころがった。そして心を占めている深い悲しみに似た不安をじっと追い始める。我々もしばらく彼の想いを辿《たど》って見よう。

彼は先《ま》ず妻に出した手紙のことを、殆《ほとん》ど生理的と言っても良い痛みと共に想い出している。あれは全く、俺自身と同じように矛盾に矛盾を重ねていた。本当のことが書けなかったのは、心理的な理由があったのではなく、俺から真実が失われてしまった為《ため》だったのだろう。俺は先ず第一に妻を愛していると書いてやった。それは本当なのだ。しかし何故あんな具合に書く必要があっただろう。如何《いか》にも弁解がましく、その打算が俺の強味ででもあるかのようにひけらかして。その後でこれ見よがしに出版のことなどを書く必要など全く無かった筈だ。妻の兄弟が出版業をしていることを利用させてほしいと素直に言えばそれで良かったのではなかろうか。しかも俺はそれを自分の犠牲であるかのように書いてやった。それればかりではない。その出版依頼にかこつけて再び妻と子供達を引取って一緒に暮したいと、まるで彼等を許してやろうと言わんばかりの調子で言ったものだ。寛容だとか、孤独の鍛錬だとか、矛盾への同意だとか、しかもその後でまだ感情の問題については書くべきでない等と書き足した。勿《もち》論《ろん》それも本当だろう。しかし何んの為にそんな事を書かなければならなかったのか。おまけに子供達の教育に対してまで馬鹿気た調子で書きそえたりした。如何にも真剣に子供達を愛しての考えであるように、子供達にこそ先ず絶望と虚無思想とを与えるべきだとか、教育は正確な計算の上に築かねばならぬものであるし、もう現代は破壊の時代ではなく根本的に建設の時代なのだから、先ず一番重く且《か》つ硬いつまずきの石を与え、懐疑を至上命令として神話的に悪魔的に、此の乾燥の時代を耐えさせねばならぬとか……それだって嘘《うそ》ではなかったかも知れぬ。だがそんな具合に言う必要はみじんも無かった筈ではないか。妻があの手紙をそのままそっくり送り返えし、そして子供達のために出版のことについてだけ相談に伺うと言って来たのも当然なことだったかも知れない。ああ、俺にはもう自分が判《わか》らなくなって来た。

その時、カーテンがさっと動いて、悪魔が鋭どく覗《のぞ》き込む。そして苦々しい笑いを浮べながら、敏捷《びんしょう》な動作で寝台の端に腰を下ろし彼に話し掛ける。

――ちえっ、一寸も眠れやしない。君も余程どうかしているね。あまり俺の気を散らさないようにしてくれよ。人間は化石を尊重し過ぎるのだ。しかし俺はそれ程化石を尊重する気にはなれない。或いは俺自身十二分に化石であり過ぎるからかもしれないがね。しかし本当に変らないものは……比喩《ひゆ》的な言い方だが……それは化石よりもむしろ既に消えてしまった肉の部分なんだ。君にはそれが分っている筈だよ。君がくよくよする訳がさっぱり分らない。万事君の計画通りになっているんじゃないか。

――それじゃ君は斯《こ》うなることを予期して僕があの手紙を書いたと言うのかい？

――無論だとも。強いて言えば今君が考えているような馬鹿気た不安をちゃんと予想して、それを手に入れるための意識的なやり口だったのさ。しかし君の個人的感情には干渉しないという始めからの約束だから、そんなことで君を咎《とが》め立《だ》てしようとは思わないが、ともかく俺はいささかがっかりした。君がそんな懶けものだとは思わなかったよ。若しかすると君は単なる懶けものに過ぎないのかも知れない。近頃俺はそれで心配になって来たんだ。観念と実践が別々に在るなんて、全く懶けものの病気だよ。全く許し難い疾患だ。

――そうだ。僕は単なる懶けものだったのかも知れない。

――君が奥さんと別れたことだって、言ってしまえば懶けものの自己弁護だったのかも知れないぜ。

――何んとでも言いたまえ。僕は君の言いなりだよ。僕は君に魅了されているんだ。君は美しい。そして高貴だ。僕はとうてい君から脱れられはしないのだから。

――そうと分っていながら何が苦しいというのだ。君も後一歩で転身出来るのじゃないか。俺は総《すべ》ての素材を与えた。それでも未だ何かが不足だというのかい。君の中で俺が神と結ばれたら、……いや、それとも君は未だ俺の言うことが良く分っていないのじゃないかな。一度読んで見てくれないか、今日君の奥さんに渡す分だけで良い。何んだか不安になって来た。

――第一章だけだよ。後はまだ書いていない。

――良いよ。一度目を通して置くのも悪くないからな。

そう言って悪魔は自分から立つと机の方へ歩いて行った。彼もゆっくり起上るとその後について行く。外では、風は幾分おさまったようだったが、雨は相変らず彼等の心の中にまで滲《し》み透《とお》るように降りつづけている。悪魔は骨ばった固い脚を組合わせ、肩の毛を爪ですきながら小首を傾け聞く用意をした。彼はノートを、さっき机の上に投げ出し、思い切り嚙みついた大判のノートを重《お》もそうな手つきで開くと、慌《あわ》ただしく低い声で読み始めた。

2

〈悪魔の声〉……人間よ。愛《いと》しい人間よ。私の声を聞くがよい。私は人間の王だ。人間の運命だ。そして私の運命として定められた一万年はもう真近にせまって来た。今年は悪魔暦九千九百四十八年だ。後五十二年で私も亡《ほろ》びるだろう。神々も死ぬだろう。そして人間も亡びるのだ。聞くがよい。父なる神、母なる我、同胞なる神々にかけて、その死滅が新たなる転身の日であることを汝等《なんじら》に告げんとするものである。私は先ず私の生い立ちについて語ることにしよう。

〈悪魔の生い立ち〉……それはまだ神々の時代であった。そして私は神の右手であった。ああ、何んという誇らかな、偉大な時代であったことか。神々は私と神との創造を頌《ほ》め歌った。神々は悦《よろこ》びも悲しみも知らなかった。一切が部分であり、同時に全体であった神の時代……その頃私は神の意志として物を創《つく》り、そして名前を与える右手であり、左手はそれを支え、私の仕事を手伝ってくれていた。私の誇りは神の誇りであり、神の誇りは私の誇りだった。むろんその頃私などというものは一つの錯覚に過ぎなかった。私は存在するために必要な一器官にしかすぎなかったのだ。言ってしまえば単に官能の累積《るいせき》であり、私と言って自分自身を指すよりも、私がその一官能として繋《つな》がる総体、つまり神を意味することの方が多かった。私ばかりではない。神々は総てそうであっただろう。手は個としての限界を持ち得るものではない。手には個体と全体も、一と多も、主体と客体も、汝等が考える如《ごと》くには区別され得ぬものだ。私はその神話的な営みの中で、恥らいに満ちた突起物として空間を占めていた。言葉の腫物、生殖器……だが神の意識を離れた時、私は果して無であっただろうか。非存在であり得ただろうか。人間よ、汝等の手に想いをはせて見るがいい。汝等の手の忠誠を信じ得る者がどれだけ居るだろう。ああ、あの神々の誇らかな幻想の中で、私は己れの不実を悲しくも想い起こす。愛しい人間よ、聞くがよい。これから私がどうして私になったか、悪魔が如何にして生れたかを物語ろう。

　或る日神は私に語られた。一つわしに似たものを創って見よう。私はお答え申し上げた。既に神々が存在するではありませんか。神は更に言葉をつがれた。いや、神々は歌い頌めることが出来るが創り出すことが出来ぬ。わしは己れの創造に似せて創りたいのじゃ。創るものを創りたい。私はそこで神の言いつけ通りに仕事をした。そして出来たのが汝等人間の祖先であった。神は申された。これこそは存在するものの王者である。愛すべき美しき力であると……人間よ、聞くがよい。汝等の祖先はそのように、美しく、また誇らかであった。神々の中でも強い歌い手であった。それは創造し得るものであったからだ。しかし、私は人間を好まなかった。それは汝等の祖先が余りにも高慢であり過ぎたからだ。私は神に申し上げた。アダムは貴方《あなた》を忘れ去ろうとして居ります。神は問われた。アダムとは何者じゃ。私はお答え申上げた。貴方の創られた創るものでございます。御許しはありませんでしたが、貴方の手をのがれる危険がありましたので、名前を与えてしまったので御ざいます。神は黙って横を向かれた。これが私の第一の失敗であった。しかし私には神がそのように被造物に創造者の力を与えようとする気持が理解出来なかったのだ。私には人間がやがて反逆者になるだろう事が判然《はっき》り分り、同時に不安でならなかった。私は更に神に申上げた。神よ、人間に貴方に対する怖《おそ》れを知らすべきではないでしょうか。さもないとアダムは宇宙を半分に割ってしまうでしょう。神はやはり返事をなさらなかった。これが私の第二の失敗だった。というのは私は神の許しも待たず、アダムに物質の重さを与え、水の冷たさと火の熱《あ》つさを与えてしまっていたからだ。私には創造する力が無かったが、既に在ったものを壊し、または組立てる力に於《おい》ては較べるもの無き王者であった。しかも、それから間もなく私はその力にまかせて第三の失敗をやったものだ。私は神にへつらうつもりで、人間にも愛と生命を与えるためにイヴをこしらえてしまったのだ。或る時神が申された。今日はお前のアダムに生命を創る力を与えたいと思う。私は得々として申上げた。私は既にイヴを与えました。神は悲しそうに一言申された。それは創る力ではなかった。そして又横を向いてしまわれた。それから以後神は黙って私をあまりお使いにならなくなった。私は退屈していた。そしてついに最後の失敗をしてしまったのだ。つまり、智恵の実のなる枝を一本折って、それを蛇に変えるという下らぬいたずらをした訳だ。私はそれが何《ど》んなことであるのかは知らなかった。けれど、神はそれを知ると私に向って強く申された。行くがいい。人間と共に、人間の中へ、人間の運命となって。そして左手に命ぜられて私を肩から無残にも切り落してしまわれたのだ。人間よ、斯うして私が生れたのだ。私はその日から悪魔になった。そして人間の中へ、人間と共に落ちて行ったのだ。それ以来、右手を失った神が新しいものを創り給わず、唯《ただ》左手でものを支えるだけであったことは、汝等も承知の如くである。ああ、人間よ、斯《か》くして我等の悲しき運命の歴史は始ったのである。

人間よ、聞くがよい。私は始め神に対して汝等を妬《ねた》んでいた。私には創造の力の意味が、汝等を創られた神の気持が判らなかったのだ。しかし、神から捨てられ、悪魔になった時、私には判然り愛すべきものが何んであったかを知ったのだ。それは正《まさ》しく汝等であった。汝等の中に結ばれている己れの姿であった。創造とは正しく己れを創ることとであったのだ。ああ、愛しき人間よ。それ以来私は汝等を己れの罪から救うために全力を捧《ささ》げて来た。私は汝等に様々なものを与えて来た。しかし汝等は私の真意を解そうとはしなかった。汝等の中でも、私と神との間に於けるが如き反逆が常に繰返えされているのを見るにつけても、また別れてから知った忠実な恋人である左手との悲しい無理解が繰返えされているのに気付くにつけても、私は自分の不幸をしみじみと感じるのだった。私があらゆる力を込めて汝等に教えた職業も科学も詩も社会も国家も、更には個人さえも汝等の中の矛盾を益々《ますます》つのらせるばかりではなかったか。しかも神を離れた霊の生命である一万年も早や近づいた。私は人間の中で創造者とその手が結ばれるのを見ずに亡びてしまわねばならぬのだろうか。愛しい人間よ。汝等の中でその二つが結ばれる時、私も亦《また》許されて神の手となるであろうし、汝等にも再び神々の王たる歌が捧げられるのだ。聞くが良い。そのことについて今から汝等に初めにして最後の言葉を告げよう。幸いにも神に似て右手を失った汝等の同胞が私を理解してくれた。その詩人が私に代って語って呉《く》れることになっている。汝等の言葉を以《も》って汝等に与えねばならぬ。此処数千年の間私は幾多の神に似た聖者に私の心を伝えようとして努力した。しかし彼等には手を己れの創造と結びつける力が無かったらしい。私は穢《けが》らわしい誘惑者という名で拒まれるばかりであった。しかし私はまだ希望を捨てはしない。我は我であり、手は手である。人間よ、汝等の手の信頼に価《あた》いするものたれ、そして汝等の手を信頼すべきものにせよ。

〈悪魔が人間の運命であること〉……人間の運命とは何んであるのか。聞くがよい。それは非在に在ることである。在る如く在ることである。火が燃えるものであり、燃やすものであり、燃えたものであり、燃やされたものであることである。あらゆるものが了解されたものであり、了解されるものであることである。そしてそのように、不安と悦びが告げるものである。即《すなわ》ち私のことである。

愛しい人間よ。汝等が手を持つように運命を持っていることを忘れてはならぬ。運命が運命なのだ。他のものが運命なのではない。先ず為《な》さねばならぬことは何が運命であるかを問うことではなく、運命の意味を知り、それを愛することである。汝等の手を愛し、私を知ることである。愛に対しては何故と問うてはならぬ。それは究極概念に憑《つ》かれた賤民《せんみん》の病気に過ぎない。手の重さに創造を忘れたものに過ぎぬ。私の暗号を読み得ぬ弱者に過ぎぬ。今こそ運命愛は快癒《かいゆ》すべきである。心せよ、愛とは音楽の法悦ではない。その法悦を忽ちとりとめもない悲しみに移し変えぬほどの力である。

また快癒への意志とは、病いを捨てることではなく病いを生きる強さである。手の力を借りずに、または手のみでこしらえる発明家が、二言目には自己の健全性を主張する醜悪な姿を想出すが良い。彼等に取って行為とは、運命が愛によって受胎した創造物を、悔いの涙の中に嬰児《えいじ》殺しすることなのだ。運命愛が単なる偶然であるならば、それも頌むべきことではなかろうか。社会が人間と生産によって意味を与えられるように、人間が悪魔と創造によって意味を与えられるということが誰を悲しませるというのか？　たまたま偶然が誤って激しい流れの中に落ち込むと、忽ち見事に洗い流されて、後に残るのが獣的なエゴイズムに過ぎぬ創造であったとしても、そして彼等が互いに相手を取残したと思い込み、勝利が万を数える賤民の頭上に輝いたとしても、人間よ、やはり運命が愛すべきものであることを想出さねばならぬ。その永劫回帰《えいごうかいき》の遠心力に強く引きしめられてこそ、汝の運命も、また偶然でさえも若々しく輝く肌を保つことが出来るのではないか。嘲笑《ちょうしょう》には嘲笑を以って答えよ。憎しみには憎しみを以て答えよ。しかして沈黙せるものには愛を以って答えよ。潔癖なるもののみが私の如く高貴なる運命を知るであろう。理由もなく憎むのも良いだろう。理由もなく歌うのも良いだろう。また放棄消失に憧《あこが》れるのも、自己承認の餌食《えじき》になるのも良いだろう。総ては偉大なる手の言葉であり、永遠なる創造の乾燥である。

そして人間よ、如何に在るべきかを問う前に、まことには運命を愛し得なかった、神と私を結び得なかった汝等の一切の行為の結果である言葉を想い浮べよ。何故に斯くいいいい在るのかと。そして存在が存在する意味を問え。その為に血を流せ。その時にこそ創造者に似せて創られた汝等の運命が私であったことを知るであろう。

人間よ、愛しい人間よ、今こそ聞くがよい。此処で私は創造者の秘密を語ろうと思うのだ。手の秘密を語ろうと思うのだ。存在が斯く在る暗号の意味を解こうと思うのだ。高貴なるものに神々への途《みち》を告げようと思うのだ。汝等の中に神と悪魔が手を結ぶとは如何なることであるのか。如何にすればそれが果たされるのか。高貴なるものは私に就《つ》け。賤《いや》しきものは神に就け。今私のしようとすることは、高貴なるもののために運命の意味を語ろうとすることである。〈創造者＝神に残された左手の話〉……そのためには先ずあの左手の事を書かねばなるまい。数々の英雄に、人神に、天才に現れた左手の言葉を書かねばなるまい。或る日、或る場所で、私は愛する神の左手に出遇ったことがある。その時左手はそっと私を……。

と、其処《そこ》まで読んだ時、悪魔は彼を制して大きな耳をそばだてた。

——しっ、来たようだぞ。足音がする。まだ大分あるようだね。が、もう良い。大体上手《うま》く出来ているようだ。ちょいちょい直《な》おしたい所もあったのだが……まあ仕方ない。とにかく巧くやってくれ。後の方は信用して置くよ。
成程微かな足音が、階段を昇ってこちらの方へ近づいて来る。悪魔は彼をおどすように指を立て、宝石のように輝く歯を見せて笑うとさっと身を翻《ひるがえ》した。と悪魔は目も鮮かに消え失せて、壁の割目にきらっと光るとそのまま吸い込まれて行った。

3

彼はノートを閉じると、隠し切れぬ懊悩《おうのう》に深く刻まれた影を顔一杯にして、静かに戸の方へ身をまげた。すると今までは判然《はっき》り聞えた筈の足音が何時《いつ》の間にか聞えなくなっているのに気づく。その期待が何か決定的なものであっただけに、彼は足をさらわれて感情だけが前へとび出して行ったような不快感を味《あじわ》った。錯覚だったのだろうか。若しかすると雨だれの音だったのかもしれない。彼は圧《おさ》えられぬ苛立《いらだ》ちに思わず立上って窓の方へ行こうとした。と、戸のすぐ向うでぐしゃっと何か踏みつぶしたような音がする。彼はびくっとして振向いた。が音はそれっ切りで、耳を澄ましていると遠くの雨だれや窓の鳴る音がそんな錯覚を起させたに違いないという気がし始める。

気持のやり場が無くなった彼は乱暴にノートの余白を引き裂くとこよりによってパイプの掃除をしながら、悪魔によって自己のみならず他者の限界までも失いかけている自分の不安をしみじみと想って見た。今までも幾度も、彼はあの悪魔の実在を疑って見たことがあった。単に幻覚に過ぎないのだろうと自分に想いこませようとして見たこともあった。しかし面と向って見るとそんな疑いこそ架空なものだという気がするのだった。勿論後になって、悪魔が現存しない時には、手に余る程の否定理由が次から次へと湧出《わきで》て来る。例えば悪魔に関する一切の事柄がすべて彼の心の中で想出のように響くこと（悪魔はそれを自己の非創造性に帰する）、口にこそ出さないが悪魔の一切の行為が総て彼の心を見抜いての行為になっていること（悪魔はそれを自分の推理能力に帰する）、まるで逃げ歩いている恋人同志のような感情的な駈引《かけひき》、始めの頃の威嚇《いかく》的な態度から近頃の消極的な受動的な態度への変化（完全に悪魔に魅了せられている彼にとってこれが何よりの苦痛だった。しかし悪魔はそれを彼の向上の故だと言う）、そう言った悪魔の性質こそ考えようによっては彼の心理的な産物である証拠になりはしまいか。しかしいくらそんな臆測をして見ても、彼の心に滲み込んでいる思慕の念はどうにもならないものだった。彼は悪魔の美しさに理性を失っていた。房のような肩の毛、曲った弾力のある細い腰、黒い鋼鉄のような蹄《ひづめ》、そして何よりも不思議な暗号に満ちた運命。彼は自分の中で、全人類の中で悪魔が神の左手と、そして神と結ばれた宇宙調和の刹那《せつな》、神々の中に已れが消滅して転身が創造と合致する刹那を想い浮べる時、幸福の余り身体が慄《ふる》え出すのだった。しかし、同時に存在が存在であるという実存は不吉な予感の風を受ける小旗のようにはためく。創造と手の分裂という呪《のろ》うべき在り方は、しかし呪われればこそ確実な自己の証明でもあるように思われて来る。自分に反逆する自分が無くなったら、自分のものは愚か自分自身さえ無くなってしまうに相違ない。彼はふとパイプにこよりを通そうとして努力している自分の手を見やった。手は正確にパイプを支えていた。しかしよく見るとパイプばかりでなく或る大きな暗い影を、そして更に限りない空間を、涯《はて》しない歴史を支えているように思われた。指はその上で昆虫の触角のようにふるえている。それは一見如何にも彼の意志に従っているように見えたが、これも気をつけて見るとその手の中だけで或る別な存在が閉じこもっているように思われる。彼が眼をやったから良かったようなものの、その姿勢から見るとそのままにして置けば気付かぬうちに手だけで何か図方《とほう》もないことを仕出かしそうに見える。殊《こと》によると手だけで勝手に他所《よそ》へ行ってしまいそうだった。彼はその得体の知れぬ手の意味に、ふと手の誠実を疑いたくなって来たのだ。人間はそう年中手のことばかり気にしている訳には行かぬ。そうすれば自分の知らぬ間に手だけで何をもくろみ、何をしているのか知れたものではない。手の私的生活は全く隠されているのだ。じっと見ていると白々しい偽善者のように思われて来るではないか。実際それ等の行為の総てがお人好しの主人に対する媚《こび》のように思われる。彼が思わず身をふるわすと、手も人ごとのように驚いて痙攣《けいれん》した。そしてその手は始めて自分が何かに支えられていることに気付いたとでも言うように、そしてそれを判然り確めようとでもするらしく、二三度ものうげに揺れて見る。彼はそれが、主人の中に人間を見た奴隷《どれい》の侮蔑《ぶべつ》のように思われ、悲しかった。自分自身の上にしか落ちて行けない地球のような、石と粘土の廃墟《はいきょ》をさまようパンの神のような哀愁だった。と例の壁の割目の間から低いしのび笑いが聞えて来るように思った。彼ははっとして顔を赧《あか》らめ、何かを思いつめて永いこと走っていた子供のように息苦しそうに顎をそらし、その行為の結果を原因にまで引上げるためにやっきになっていたらしいが、ふとおびえたように肩をすくめ、手を膝《ひざ》の間におし隠くそうとした。彼には無い右手が見えたような気がしたのだ。

丁度その時、今度は極く判然りと、疑う余地の無い明瞭さでさっきの変な水っぽい音が聞えた。しかもそれに続いて鼻をすする音がする。余りにも急な現実の襲撃に彼は全身の血管が縮み上ったような思いで立上った。とそのはずみにパイプの中に半分残ったままこよりがふっつり切れてしまったのだ。彼はいまいましそうにそれを床に叩きつけると、そっと足音をしのばせて戸に近づいた。彼はちらっと時計を見ながら考える。もう妻が来る時間なのだが、それにしても妙だ。彼女がこんな具合に忍んで来る筈はない。そしてその推理の中に妻の快活な姿を想い浮べながら、暗い苛々した憤りが隠されていることに彼自身も気付かざるを得なかった。彼は悪魔の笑いを想い出した。そして無理に自分を笑った。何、この苛立ちはパイプの故なのだ、こよりが切れた故なのだと。勿論、悪魔の背後を覗こうなどとするのは悪魔自身にも僭越《せんえつ》きわまることなのだが……彼は把手《とって》に手を掛け、とっさの場合を思って（彼にもそれが何んな場合か見当つかなかったのだが）幾分体を斜にそらし、きつく問いかけてみる。

——誰？　どなた？……

ところが返事の代りに聞えて来たのは汗を流している犬のような、ぜいぜいいう荒い呼吸だった。彼の判断はすっかり方向を失い混乱して来る。何んという事だ、若しやすると……いや、まさかそんなことは。そしてふと詰まったパイプのことや悪魔の笑いなどを想出すや、忽ち狂暴な、発作的な気分に打負かされ、これという予測もなしに妙に心を躍らせる無我の衝動にぶっつかって行った。丁度ノートを破ろうとした時の得も言えぬ慄《おのの》きや、名刺を引き裂いた時の濃厚な圧出の戦慄《せんりつ》に似通った悦びがあるのを、彼自身抗《あらが》い難い悔悟の傍《かたわ》らに深く意識しながら……。

——誰だ、一体！

そう叫ぶと同時に二三歩とび退《の》いて、力まかせに戸を押し開いた。が、彼もしばらくは呆然《ぼうぜん》と、表情さえまとまらずにあやふやな眼差で暗い廊下を見詰めている。無理もない、その淡い光に照らし出され、緑色の合羽《かっぱ》に頭からすっぽり埋り、破れた長靴をぐじゅぐじゅいわせ、顔中ゆがんで皺《しわ》だらけになって立っている貧相な小人は、なんと今年十二になる彼の長男の達夫だったのだ。

気を抜かれた彼は意味もなく首を振り、中途半端な口調で呟いて見る。しかしあくまでも一つの試みとしてだ。実存の復讐《ふくしゅう》の恐ろしさだけは骨身にしみている。

——なんだ。達夫じゃないか。一体何《ど》うしたの？　びっくりするじゃないか。

達夫の顔は合羽の頭巾《ずきん》の中でいよいよ小さくなり、いよいよゆがんで来る。それを見ると彼の困惑はいよいよやり場の無いものになって来た。そして急に父親らしいエゴイズムで慌てだし、息子の肩を摑《つか》むと靴のまま部屋の中に引きずり込んだ。

——え？　どうしたのさ。びしょ濡れじゃないか。いや、無論雨が降っているのだから仕方がない。さあ、入りなさい。一体どうしたの。お母さんは？　え？　さあ、入って戸を閉めなきゃ……。

そんな具合に意味もなく、唯時間《ただ》を埋めるためにやっきになって喋《しゃべ》っているのに、達夫の方は相変らず、胸一杯で切迫した呼吸を続け、黙ったまま何かを待ち続けている様子だった。彼は不快になって来た。これじゃまるで俺が悪党かなんぞのようだ。そしてちらっと走らせた視線にふと、さっき腹立ちまぎれに投げ捨てたパイプが止まる。彼はいささか愚弄《ぐろう》されたような気持で、いかにも気が無さそうに拾い上げると、一寸《ちょっと》考えた後、そ知らぬ顔で息子に背を向け、椅子に掛けてしまった。何に対してという訳でもなかったがどうしても復讐の必要を感じ、意地悪く無関心を装《よそお》って見ることにしたのだ。それが益々自分を愚弄する行為になるだろうということは彼にも良く分っていた。しかしいずれにせよ彼の前に立ちふさがっている壁の抵抗をのがれる訳には行かないのだ。良い行為も悪い行為もなく、唯無意味な行為があるばかりだ。彼は苦々しい気持で黙ってパイプを通すことに専念している振《ふり》をする。これが通ったら話し掛けてやることにしようと考えながら。しかしすぐにやり切れなくなって来た。いや、恐ろしくなって来た。こんな具合にして経《た》つ時間の愚劣なほどの充実に、人間が時計を発明した動機が理解出来るように思った。そこで顔を真赤にしてパイプに空気を吹き込みながら、横を向いたままはずんだ声でまた話し掛ける。

——え？　どうしたの？　何故黙っているんだい。可笑《おか》しいね。

さすが達夫にもそれまでの沈黙がこたえたらしく、その声に想出したように、馬鹿のようにおびえた仕草ではあったが、もじもじポケットを探ぐるような動作を始めた。

――何？　手紙？

すると返事の代りに口一杯になった唾を飲みこむ大きな音がした。その水の切れたポンプのような音を耳にすると、彼は歯が浮くような痛烈な戦慄を受け、慌ててまた机の方を向いてしまう。そしてその追いつめられた、今にも叫び出しそうな気持の底から、ほんの一瞬間だけであったがふと或る稲妻のような幻覚に打たれて眼を閉じた。

其処は強く陽の輝いている広場だった。それは幼い頃の遠い遠い印象に似ていた。広場のまわりには組合わさるように沢山の家が立ちならび、無数の群集のけはいがするのに生きている人間は一人も見えないのだ。そして広場の中央には唯一人他人の罪を背負おうとして差出された大きな肩がうずくまっている。そして彼はその肩に向って、宿命のように刃を振上げ進んで行く自分の手をじっと見詰めている。表現を絶した幸福に歯をがちがち鳴らしながら……と幻覚は醒《さ》めたがその強烈な光だけはまだ体の何処《どこ》かでゆらゆら揺れ残っているようだった。彼はじっとその輝きを噛みしめて見る。そして徐々にその光が現実に持っている意味を感得すると、彼は突き放されたようによろめいて眼を開いた。一体何がそんなに素晴らしいというのだ。その肩がどうしたと言うのだ。たかが下らぬ小児病ではないか。素晴らしいのはキリストの虐殺《ぎゃくさつ》ではない。その前で俺が偉大な罪人だということなのだ。今や彼には達夫の苦悩が手に取るように分った。そして自分をそのような罪人にした達夫の方を苦々しい気持で振り向こうとした時、達夫がわくわく慄えながら読本《とくほん》を読むような口調で喋り始めたのだ。

——お父さん、僕は……お母さんは……僕が代りに……そして用事がありますので……代りに来ました。代りに……原稿が……原稿を、悪魔の原稿を……戴《いただ》きに来ました……僕達は元気ですって……そう言って……。

言い終るとその声は急に泣きじゃくりに変って行った。彼の不可解な苛立ちは極点に達した。そして思わずこう叫びながら振向いた。

——俺じゃない、悪いのは俺じゃない。

そう言ってしまうと、他人に、まして達夫に判る言葉ではなかったが、それでも幾分気が落ちついたようだった。しかし、えも言えぬ疲労感と哀しさが湧き起って来る。驚いて泣き止み、子供にしてはふくらみの無い蒼白《あおじろ》い手を合羽の割目に組み合わせ、まるで祈るようにして慄え始めた達夫をじっと見ているうちに、自分を本当に理解して呉《く》れるのは此の瞬間の達夫だけかも知れないという奇妙な確信が、両刃《もろば》の剃刀《かみそり》の刃のように残酷に内臓の中を動いて行くのだった。自分を構成する未分化な感受性が次々と意味のない二つの有機物に切断されて行く。耐えられなくなった彼は、唯自分に対する自分の関係を日常的なものに引き下ろしたい気持一杯で、訳もなくこんな事を言って見た。

——達夫、床が濡れるじゃないか。合羽を脱ぎなさい。

達夫は躍上《おどりあが》った。そしてびりびりと合羽を引きむしる。ボタンが二つ三つはね飛んだ。もて余した彼は力なく首を振って見る。

——お母さんは毎日家に居るの?

今はもう唯和解が望ましかった。いずれにしてもこれ以上の屈辱感を味うことはないだろう。それ位のことは父親の権利ではなかろうか。しかしやはり返事はない。

——何処かへ行っているの? 会社へでも出ているの?

達夫はやはり黙ったまま、学校の先生に叱《しか》られているように益々うなだれ、ずぼんの端をつまんだり捩《ねじ》ったりしながら、またもや心細そうに鼻をすり上げ始める。多分母親から口止めされて来ているのだろう。その震えている貧弱な肩を見ている内に、彼は完全に気抜けがしてしまった。そして頭の中が不潔感で一杯になる。急いでノートを手許《てもと》に引きよせ、表紙に〈悪魔＝我が運命〉と題を書き入れ、古新聞でぎこちなく包んだ。

——さあ、原稿だ。濡らさないようにね。

ノートを受取ろうと慌《あわ》てて合羽の袖《そで》からのびて来た嘘のように小さな蒼白い手を見たとき、そして体のやり場もないようにうろたえている達夫の呼吸が自分の手に触れたように思った時、彼はふと悪魔の言葉を想出していた。手は光だ。創造は夜だ。それ等が結ばれぬ間夜は光の愛を愛してはならぬ。人間は手で手を愛してはならないのだ……突然彼は名刺を引き裂いた時のような病的な苛立ちを感じた。ほの暗く焼けた鉄のような麻痺感《まひかん》がじりじり五感をただらして行く。彼は虚偽の色分けに汲々《きゅうきゅう》としていそしむ人間に対する憎しみに我を忘れた。それはかたくなな達夫の眼の背後にひそむ〈手〉の群に対する憎しみでもあった。結局自分の愛に耐え得るものはあの悪魔の誇らかな運命だけなのだと殆ど捨鉢な気持で、極端に愚劣なことだとは知りながら、もうこれだけで充分に世界の意味を変えてしまうだろうと思われる程の重荷を背負って慄いている達夫に、自分でも信じられぬほど冷い平静な語調で、一句々々を嚙みしめるように判然りこんなことを言ってしまったのだ。

——さあ、用事が終ったのなら早く帰りなさい。いくら待っても駄目だよ。何もあげるものは無いのだから。呉れと言っても駄目さ……。

言ってしまって驚いたのはむしろ彼の方だった。達夫はまるでその言葉を予期していたように一寸首をすくめただけだった。そして黙ったまま、おびえた眼で彼の方を覗《うかが》いながらぎこちなく後すざりして戸を開け、そのまま暗い廊下の中に走りこんで行った。

彼はぼんやりと、開け放しになった戸が風にあおられて静かに閉じるのを解かねばならぬ謎《なぞ》のようにじっと見詰めたまま、そして心にもなくしてやったりと言った気持で唇をゆがめ、薄笑いを浮べたつもりだった。しかしそれはあくまでも気持であり、つもりに過ぎなかった。此の悪魔に見込まれた善良な意識家はそのことに気付くと、それ以上想いを巡らす裕《ゆと》りもなくいきなり息子の跡を追って闇《やみ》の中に駈け出したのだ。頭の中では二三の悪魔の言葉が脈絡もなく解《ほど》けたりもつれたりするばかりだった。〈そんな具合に絶望と小児病を混同させるべきではない〉……〈ある種子は砂地にしか育たぬ〉……〈真に強い魂は嘲笑を武器とはしない〉……。

細いびしょびしょの小路を抜け、堀割にそって電車道を走り、橋を越え、次の電車通りで彼はやっと息子の憐《あわ》れな合羽と長靴を見つけた。彼は一瞬非常に幸福な信頼を感じ、一切を解決する鍵《かぎ》——一切はおろか解決すべき何ものも持っていないのに——を手にする直前に居るような悦びを感じながら、道行く人々のけげんな視線など目もくれずに大声をあげて息子の名を呼んだ。

——達夫、お待ち、達夫！

達夫は一寸足を止めて振向いた。彼は心の中に叫んだ。人間は未だ美しい行為に酔うことが出来る。ところが何うしたというのだ。達夫は振向いたと思った瞬間、自分でも驚いただろうと思われるほどの調子外れした叫び声をあげ、重い長靴に足をからませてよろめくように駈け出したのだ。追いつこうと思ったら追いつけたかも知れない。しかし彼は呆然とその場に立止ってしまった。と突然これも亦《また》不様な調子外れの笑声がすぐ後ろで聞えた。驚いて振向くと二十二三の薄ぎたない青年が雨具もなくびっしょり頭から濡れ、唇に消えてしまった煙草をくわえたまま面白そうに笑っているのだ。恐らく一切を見ていたのだろう。そして振向いた彼の眼に出遇うと、慌てて横を向き煙草を吐き出し、ずぼんのポケットに手を入れると小さく口笛を吹きながらさっさと向う側の歩道に渡って行った。彼も今来た道をのろのろと引返えし始める。彼は完全に放心していた。しかし途中で新しいパイプを買うことだけは忘れなかった。

4

その晩彼は部屋に戻るとすぐベッドに入ってしまった。悪魔はその横に腰を下した。そしておそくまで話し合ったのだ。と言っても多く話したのは悪魔の方だった。彼はベッドの中で仰向になって、新しいパイプをくゆらせながら聞いていた。雨はいつの間にか小降りになって、雨だれだけが間断なくうるさいように響いて来る。その間を縫って、カーテンの端をつまぐりながら話す悪魔のしわがれた声は、何処か遠い彼の故郷へまで流れて行くようだった。彼には悪魔の声がそれほど哀《かな》しくまた強く思われたのだ。

——君が愛をそんな具合に、そんな所で考えるなんて……勿論始めの約束通り俺は君の私生活には触れないつもりさ。俺も昔は人間をそんな場所で捉《とら》えようとした事がある。魔法というやつでね。それは一見創造に似ているんだ。しかし今ではもう役に立たぬ代物《しろもの》さ。人間も変って来た。俺の考えも変って来た。俺は最後に弁証法という魔法のランプを与えて見たが、やはり人間共は俺の気持を理解出来ずにそれを転身の堕落にしか使うことをしなかった。俺が望むのは、人間の言葉を借りて言えば俺が人間を誘惑するのは、何も人間が俺に似てもらいたいからじゃないのだ。其処《そこ》で俺はすっかり戦法を変えた。君には分っている筈だな。

——分っている筈だ。と彼はパイプの間から答えた。そしてその後を言う為に頭を支えていた左手をあげてパイプを口から離そうとした時、悪魔はもう先をつづけていた。

——しかし君のように俺の存在を感情的に捉えようとされると少し心配になって来るんだ。今日渡した分のノートはまあ序論めいたものだからそんな心配はないと思うが、うん、君に読んでもらったところではまあ上出来だったよ。しかし、これから後だな、問題は。君がそんな気分的な状態に在って果して創造と手を巧く結び合せるかどうか……

——君は気分だとか感情だとか言って片づけてしまうけれど……

——片づけるとも。俺にはすっかり分っているんだ。俺は君よりも良く君を知っている。智恵や言葉は全部俺のものだ。俺に出来ないことは創造だけなんだ。しかもその説明になれば俺しか出来ないのだぜ。俺には君の危険もちゃんと分っているんだ。しかしそれには手を触れたくない。俺は君にロゴスの一切を与えることも出来るし、また君を悪魔にしてしまうことだって出来る……。

彼は一寸体を起こし、哀願するように叫んだ。

——じゃ悪魔にしてくれ給《たま》え。僕はこんな中途半端な状態はもう厭《いや》になったんだ。僕は病気にしか過ぎないじゃないか。いや、僕が病気に患《かか》っていると言うのじゃない。病気そのものだと言うのさ。君が神の手なら、僕はその間を隔てている病気なんだ。神の手に出来た腫瘍《しゅよう》なんだ。悪魔になれるのならなってしまった方がどれだけましか知れたものじゃない……。

悪魔は鋭くさえぎった。

——つまりそんな具合だ。君は俺を気分でしか捉えていないのだ。何度も言ったじゃないか、あらゆる言葉が存在し意味を持ち、存在が存在し、意味が意味を持つ実存の了解がどんなに大きな人間の保証であるか……俺のことは俺にとっても無なんだ。俺には矛盾というものが無い。存在の抵抗も無い。君の言い分によれば人間を一番愛しているのは蛔虫《かいちゅう》だの絛虫《じょうちゅう》だのいう寄生虫だということになるじゃないか。奴等は生命に掛けて人間を愛しようとする。そして人間を合理的・合法的に改善しようとする。老いぼれた瀕死《ひんし》の実在論だ。懶《なま》けものの倫理だ。俺は君にそんなことを話しはしなかった筈だ。そうじゃないか。俺はどうにか斯《こ》うにか現代の人間を夜の中に追い込んだが、人間が斯うまで懶けもので臆病だとは考えていなかった。創造と手を自分の中で絵具のようにまぜ合わせるのだな。懶け者の世界は、だからいつも灰色なんだ。しかし君までがそんなじゃ……勿論君は灰色でない世界を知っている。だからこそ君に頼っているんだ。存在が存在である意味が始めて人間を創造者にするんだ。何故君は悪魔になりたいと願う在り方の意味を了解しようとしないのだ。

——全くだ。

とパイプを詰め替えながら彼は幾分元気を取戻して答えた。

——全く君の云《い》う通りだよ。僕だって君に何故選ばれたかぐらいはちゃんと心得ているつもりだ。究極概念や他愛もないパトスに逃げ込んで泣いたり笑ったりするようなことをしないだけでも……僕には悲劇でない哀しみを理解出来るんだ。僕は本質的に明るい人間だし、悲しみもそれを生きようと欲することで無害な健康を取戻すものだ。僕ぐらい感傷から無縁な人間も珍らしいだろうよ。さっぱり理解出来ないと言っても良い位《くら》いだ。しかしそれで感情が不足だという訳ではない。むしろ幾らかワゴトニーの気味があるので僕の胃袋は恐ろしいほどの生活力を持っている。いよいよ食物が無くなると、そいつは自分を消化し始める始末さ。ところが本当に強い感情は羞恥《しゅうち》も激しい。自分の健康以上のことには言及しないものだ。君は誤解しているんだ。

——いや、誤解なぞとはとんでもない話だ。俺には分り過ぎるほど分っている。そんなことを言う君の言葉の裏まで分っているんだ。俺の魂は君が考えるよりももっと高貴だよ。尤《もっと》もその魂は君が与えたものだがね。だから君はその魂を自分にも与えなければいけないのだ。つまり仕事を続けることさ。

悪魔は白い歯を浮き立たせて笑った。彼はちらっと妻の取った苦々しい態度と達夫の哀し気な眼を想い出したが、すぐに忘れてしまうのだった。そしてさき程の苦悩が何んであったかもすっかり分らなくなっていた。自分が完全に悪魔の囚《とりこ》になり、完全に支配されてしまったことを意識しながら、それでも彼は幸福だった。

――分ったよ。今日僕は少し変になったがあれは雨の故なんだ。気圧が下るとワゴトニーがひどくなるんだよ。それはそうと君は創造の説明が出来ると言ったね。今度書く処《ところ》には是非必要なんだ。話して見てくれないか。

悪魔は微かにうなずくと、つやの良い黒い毛が密生した長い指でベットの端を打ちながら益々しぶい声になる。

――創造、大きな問題だな。良いとも……俺は丁度それを話そうと思っていたところなんだ。創造と手を結ぶことも大事だが、それを区別することも必要だからな。さもないとまた例の灰色だ。ところで俺が生れて以来、真の創造は手を失っている訳だ。つまり人間共に言わせれば〈神は死んだ〉のだ。その意味は君にも判っている筈だな。そこで問題は手を失った神、つまり創造力自体を如何にして永遠に繰返えされる現存在の中に投入れるか、または投入れることが出来るかだ。先ずその為に時間ということを想出してもらおう。未来が、やがて、そして今すぐに自分の手に入るものとして現在であり既在であるという意味に於て、時間の中で在るものは総て永遠に繰返すものだ。それが手の世界だ。では創造は……言うまでもなく其処に無いものさ。手は創造を意志出来ぬ。創造を実践することは出来ないのだ。創造を触れることは出来ぬ。ただ、或る瞬間、偶然創造そのものが時間の中で触れ得るものになる。永遠に繰返えし得るものになる。その時になって創造が始めて行為であったことに気付くのだ。まだ使い古されていない、新しい名前が人間の心を慄かす。群集がそれを受取る。そしてその名が貨幣に刻み込まれた時、その結果を人は芸術という名で時間の中に留《とど》めようとするのだ。真の創造はだから芸術的なものではなく、芸術を附加えるものなのだ。創造は芸術を創る。しかし芸術そのものは全く非創造的なものなのだ。それは改造だ。手だけでも出来ることだ。今人間が神は死んだと言わなければならぬことだけから考えて見ても、創造そのものは非存在なのだ。人間は創造を意図することは出来ない。しかし創造を意志することは出来る。ただ己れの中の神と悪魔を結びつけることによって……勿論その神は死んでしまった神だが……。

彼は勢いよく起き上り悪魔の言葉をさえぎった。

——分った。その通りだ。だから僕達は創造物に対して驚くことが出来るのだ。その人間の中でそれまで無だったものが、ある瞬間突然永遠に繰返えし得るものとなって現れる。その初めての体験なんだ……よし、今夜はそれを書こう。

悪魔はしなやかに体を起こし、鋭く歯を見せて笑った。雨はまた本降りになっている。彼も悪魔に対する信頼と、素直おな悦びとで声をあげて笑った。

［1948.3.25 以降］

憎悪

……魔術は正にそのクライマックスに達していた。小さな袋の中に、それ一つだけでも一杯になりそうな石を次から次へと入れて、すぐまた取出して見せるような手品が終った所で、人々は疑わしい顔付もなくぼんやりと見とれている。短い刹那《せつな》的な気候の故か様々な色《しき》さいがとりわけ美しく輝いて見えた。と座長格の赤い帽子をかぶった年寄が奇声をあげながらひざにだいていた猿を下ろし、見事にとんぼがえりを打つと広場の中央に置いてある径一尺余の水を満々とたたえた鉢の所に歩みよった。そして両手を広げ、じっと観集を眺めまわしていたが、突然その鉢を抱えるような格好をし、体をたんと弾《はじ》くといかにも力をこめてその鉢を中空に投上げるようなまねをした。人々は相変らず無感動につっ立っている。と、老人が何やら訳の分らぬ呪文《じゅもん》をとなえながら空を指差す。何事かと見ると、ずっと高く、とんびが舞っているあたりに、例の鉢とそっくりな鉢がゆらゆらしながら浮いているではないか。しかし群集は身じろぎもしない。この魔術が一行の奥の手だったらしく、それがすむと若い男が五寸釘《くぎ》ほどの針を数十本体のいたる所につきさして、いかにも苦しそうな顔付で金だらいを持って群集のまわりを廻った。しかし金を投入れる者は一人も居ない。すると今度は別な男が二尺ほどの短剣をつかの所まで飲み込んで白眼を剝《む》きながらその金だらいをもってまわって歩く。しかし群集は困惑の表状さえなく、中にはのびをしながらそのまま立去って行こうとする者さえあった。丁度その時だ。群集の後ろの方でけたたましい声を出して笑い始めた男が居た。あんな魔術にさえ動じなかった群集が何故《なぜ》か急にざわついた。そしてその笑いに侮《あなど》りを感じた一座のものの憤《ふん》げきに合わせて観集がその男めがけて一気に押よせたのだ。群集がようやく散ってから行って見ると、その男はかなりちゃんと服そうをした異国者だった。血だらけになった服をはぎ取ろうとよって来た浮浪人の手荒いあつかいに、うめき声も立てぬ所を見たら死んでしまっていたのかも知れない。そうだ僕も、斯《こ》ういう具合に君を殺したいと想ったのだ。

君は僕の観念や素性《すじょう》を笑ったことがあるね。構わないとも、君こそその笑う人間に相応《ふさわ》しいのだから。つまり、僕は孤独だけれども、君は孤独にもなれない仲間外れなのだ。その仲間外れのよせ集めが君達の云う同胞なのだ。殺されるのがどちらか良く考えて見給《みたま》え。殺されるのを厭《いと》い恐れるものが結局殺されるものなのだ。君にはまだ自由人の憎しみと云うものが良く分っていないようだね。いいとも、その内教えて上げよう。

僕は君の、そして君達の愛だの行為だの創造だの絶望だの云う身振《みぶり》たっぷりの仕草を見ていると肉体的な厭悪《えんお》に身ぶるいしてしまうのだ。まして社会だの民衆だの……君などに行動すべき何があるというのか。太陽が黒点の数を一つ増すだけで忽《たちま》ち焼け亡《ほろ》びてしまうタブーを胃袋や心臓にかくしているからというのか。僕に云わせれば君が唇を持っているということさえ化物以上の気味悪さだのに。君に在るのは不健全な、というよりは健康を問題にしなければならぬような後向《うしろむき》の眼があるだけだ。僕が君を憎むのは君が憎まれる資格があるからという訳ではない。僕が過剰であるにすぎないのだ。

確かに、僕の育ったあの国では他人などというものは存在しなかった。其処《そこ》には人間も、自然さえも存在しなかった。それでもあんなに沢山の笑いと死があったじゃないか。言いかえると君がねたみ憎まねばならぬほど其処には解かれてしまった、或いは解く必用がなくなった問題が満ちあふれていたのだ。よせ木細工にすぎない君が僕の観念を憎む故は余りにも子供じみている。君は僕を憎みながら僕の真似《まね》をしようとばかりしているではないか。君は〈斯《か》く在る〉と呼ばれるにも値しない。すべてですべてを語らなければならぬと考えている君は、いつでも存在の後に〈斯く〉という言葉をつけ加えなければ唇を閉じることが出来ないのだ。笑うが良い、そして死ぬが良い。

さて、更《あらた》めて言うが僕が憎んだように僕は君から憎まれた。そのことについて君は何時《いつ》だったか理屈は抜きにして実証してくれと言ったっけね。君は僕が正しさを争っているとでも想《おも》ったのだろうか。笑うべきことだ。その後で何故君は笑わなかったのだ？　おかげで僕が笑いそうになった。君は実に恥知らずだ。君は僕を憎みながらしかも僕の真似をしつづけている。僕は君の憎しみ自体が既に僕の真似ではなかろうかとさえ思うのだ。何より心配なのは、君が僕の真似をして君の生れ故郷を引合に出したりするのではないかと……いや、君ならきっとそうするに決っている。君は存在以前の代物《しろもの》だ。うらやましいことに君は未《ま》だ無いと知っている目的に、それも目的に進むような具合に進もうとする融合したばかりの多核原形質に過ぎないのだ。その君が僕を同じ名前で呼ぼうとするのだから。……実際こうなると僕は何んの為《ため》にこんなことを書き出したのか分らなくなってしまう。僕は発狂したのかもしれない。何故あの焼けつくした白いほこりの町がこんなに懐《なつか》しくなるのだろう。ああ、笑いと死と……そして憎しみと。

だが誤解しないでもらいたい。それだけだというのではないのだ。それ以外はいわずもがなということなのだ。勿論《もちろん》君に理解してもらっても始まらぬことかも知れぬが。そうだとも。その誤解を解いたところで君は僕を負の世界に住んでいると警辞を投げるのを忘れないだろうし、多分永久に僕と君とは無縁なのだ。君は君の大地と称する所に住みたまえ、いいとも。僕は負の世界で結構だ。なんなら抽象空間でもかまわない。僕は前々から抽象空間に関心を持っていたのだ。僕は抽象空間の小説を書こうと思っていた。さあ笑いたまえ。恐がる必要はない。君の説では僕の手が君の所まで届く筈《はず》はないのだから。

そうだ、思い切って笑わしてやろうか。僕がどんな小説を考えているか……それは極く現実的な物語りで、さっき書いたあの町の出来ごとに過ぎないのだが……言ってしまえば実際僕が見聞した体験そのままなのだ。そういうと君は目を細めるかも知れない。けれどおあいにく様だ。僕の体験は君の考えているようなものではなかった。僕が育った町の事情を考えれば分る筈なのだが、それが君には分らないのだから……もっと明瞭《めいりょう》に言ってしまうと、あの町の役場で、僕は君の戸籍を見つけたのだ。そんな顔をしなくても良い。勿論僕は秘密にして置くつもりだよ。けれど、あの煤燼《ばいじん》が雪のように降り、黒々と染って、笑いそうして死んで行く人々と君が血縁だったなんて、随分たのしい出来事じゃないか。その戸籍には斯う書いてあった。

X……一九◎◎年三月七日、死亡……。

僕はすっかり愉快になって、君が死んだという家を見に行って見たのだ。白状すると、僕は君が死んだとは知らなかったのだ。君は生へのしゅうちゃくの為にあの町を逃げ出したのだってね。あの町の市民にしては珍らしいことだと評判だったよ。だから、つまり、僕は君を訳なく殺せるのだということも分っただろう。君は既に死人として立派な戸籍を持っているのだから。

まあ良い。僕の小説のことを書いてしまおう。つまり君の死んだ家での出来事なのだ。だが待ってくれ、君は小説といえばその理由と目的を聞かないと納得出来ない方だったね。先《ま》ずそれから書いて見ようか。僕の小説の目的は、つまりその理由と合致するのだが、要するに君と君の仲間に対する憎しみなのだ。笑うのは、何度も繰返えすようだが君の御随意だ。しかし注意したまえ、僕の憎しみがどんな程度のものかそろそろ分りかけて来ただろうから。そうだとも、僕は君を殺さずには置かない。必らず殺して見せる。そして、君の説をくつがえして、僕の手が如何《いか》に良く君の所まで届くか見せて上げるよ。

そうだ、君の家は、全く昔のままらしかった。というのは、玄関にそのままXと名札が掛っていたからだ。あの日は丁度春先で、太陽は黄土に覆《おお》われて血のように染っていた。風は強かったが黄土は焼けていて暑《あ》つかった。しかし日陰ではまだ黒い油煙が固く凍りついていた。君の家の屋根は赤い光に一そう気色《けしき》ばんでいた。その屋根の瓦《かわら》は赤いのだ。こんな説明をするのも、君がもう忘れてしまっただろうと思うからだ。君は、いや君のみならず君の仲間達はもう生前のことをすっかり忘れてしまっているらしいから、先ずそれから説明して行く方が納得行くだろう。さて、その赤い屋根の下は一面灰色のコンクリートで塗り込められた壁だった。申すまでもなく窓はあったが、全部固く閉ざされて、内側からよろい戸を下《おろ》してあった。勿論こんな黄土の降る日は、どこの家でもそうするのだが。僕は高い壁の前を二三度うろついたが、結局他に方法もないので人気のない所を見はからって、その壁をのりこえて入って行ったのだ。庭はぼうぼうに荒れ果てて、短い草がところきらわずみじめにあせた色合でいじけた悪ふざけをしていた。だが何故あんなに広い庭を作ったのだ。枯れたバラの木が二三本あったが、あれは君が植えたのだろうか。今更そんなことを言っても君には憶《おぼ》えのないことだから致し方ないが、生前の君には此《こ》の土地ではどんな花も育たぬことを知っていた筈なのだ。僕はあくことなき君のものほうへきを憎みながら、こんな所でも僕の憎しみをかわねばならぬ君をいささか憐《あわ》れに思いさえして、玄関の戸をしらべ始めた。

さて、僕の小説は此処《ここ》から始まるのだ。僕は勿論主義なんか度外視して書くつもりだ。先ず中扉のうしろに、君に対する献辞を書く。そこで僕は考えたのだが、とにかく本文の中に憎しみという言葉を使わないためには、そこに充分これを書かしめた憎しみを表現した方が良いと思うのだ。ところで君の死をもう一度繰返えすことを強調したいのだが何か良い言葉がないだろうか。つまり復活に対する言葉だ。再死などというのはあまりにも非文学的だ。君にも通用する言葉でこの文学的内容を持った意味を表現するのは本質的に不可能なのだろうか。僕は実際考えた。しかし甚《はなは》だ腹が立つことには、君達一派は見事にそのあたりから言葉を焼き払ってしまっているではないか。止《や》むを得ない。僕は単純にX君への憎しみのためにと書くことにした。ところで僕はあくまでも君が眼をそらしてしまわないために、君の小説論をそのまま解しゃくしてやろうと思ったのだ。僕にはどうでも良いことなのだが、君に小説であると認めさせるためにはいたし方ないことだろう。つまり、場所、時間、人物、等々の実在性だ。そこで僕は思い切ってリアリズムに則するために戯曲のようにそれ等を抽出して置こうと思った訳だ。先ず場所は抽象空間、時は時計の針の中、人物は究極概念……いくら君でもこのリアリズムを拒否する訳には行かぬだろう。文学的教養中に一切を含ませる君のことだから、定めし数学的教養も高いことだろうと思うのだが、まさか君が生れそして死ぬまで育った所が抽象空間以外の空間だった等とは言えまい。そして時間は、君の仲間による発明品だ。人物は、言うまでもなく君の友人達だ。

どうだろう。此処まで云えばもう想出《おもいだ》しただろうか。しかし、相手は他ならぬ君だ。それ程信用する訳にも行くまい。やっぱり書き始めた以上全部書いて終うのが賢策かも知れぬ。君にはほのめかす位では分りっこないのだから。

さて、その戸は恐ろしくがんじょうだった。というのは僕は君を憎んではいたものの、それまではしかし高く評価しすぎていたらしいのだ。僕は君がまさか公理主義者だとは思わなかったのだ。その扉の構造をよくしらべる内に、その本質が公理主義に他ならぬことをつき止めると、僕は忽ち扉が音をたてて自然に開くのに気付いた訳だ。まあそれで君も運のつきだったのさ。僕はすぐに中に入って、手当り次第君の遺品をかきまわして見た。友人からの手紙、日記帳、蔵書目録、作品。……そして机の上に見るからこった大きな箱があった。僕はそれを開けようとした。と驚いたことに、僕は忽ち亡者《もうじゃ》の群に取かこまれたのだ。その大将は勿論君だった。亡者達は異口同音に叫んだ。

「何んの為に俺達の想出を呼覚まさす必要があるのだ！」

僕はすぐに君達の一切の秘密がその箱の中に在ると気づいたので、すぐに開けようと思ったが、まあ此の亡者達の言い分も聞いてみるのも面白かろうと考えたので、一寸《ちょっと》からかって見ることにしたのだ。そこで僕は業《わざ》と白っぱくれて聞いてやった。

「一体君達は何者なのだ」

すると亡者達は呆《あき》れたように顔を見合わせる。

「え、何んだって、俺達を知らないとでも云うつもりかい？」

そしてずらりと大きな顔を僕の前に並べたものだ。僕はとっさに君が僕を笑わせようとたくらんでいるのではなかろうかとさえ考えた。実際此処で笑うのは致命傷だからね。で、僕は言ってやった。

「一体君達は存在するのかしないのか？」

彼等は又ふん然と顔を見合わせる。無理もない。君達を閉《とざ》し、君達の故郷である白い死の町で無理やり仕切をつけていたのはつまり公理主義に他ならないのだから。更に僕は問い詰めてやった。

「何故外に出ないのだい、何故こんなによろい戸を下して置くんだ」

勿論僕だって彼等が何故太陽をさけていたか位よく知っているのだが……と、中でも大きな顔をした「生々しい現実」氏が一同を押分けて顔をつき出した。

「うるさいな、黙っていてくれ。お前のお喋《しゃべ》りで此の現実がどうにかなるとでも云うのかい」

僕は思わず尋ねた。

「え？　どの現実？」

するとどうだ、「生々しい現実」氏は我意《わが》を得たりといわんばかりに仲間の顔をずらりと眺めまわして大きくうなずいた。今度は入替って「世界観」氏が首を出す。

「お前も小説家なら何故あの死んで行く人々のこと書かないのだ。彼等に世界観を与えて死から救い出すのが小説家の行動だ」

それに合わせて「集団主義」氏がどら声をはり上げる。

「全く、お前がそうやっているのも集団の自愛の上で始めて成立しているんだぞ」

と、僕が口をきく暇もなく「弁証法」氏が黄色い声を出して叫ぶ。

「いや、そう簡単には行くまい……」

と忽ち究極概念の亡者達は幾組にも分れて激しく口論し始めた。はてはつかみ合いを始めたのだ。ここぞと思って僕は手をのばし、例の箱を取上げ大急ぎで開けて見た。するとどうだ、中には黄色くなった紙片が一枚入っているだけ。そしてこんなことが書いてあった。

「喋っても何んにもならぬと喋べること、……」

とこつ然として亡者達は消え失せたのだ。僕は気づいた、玉手箱の秘密は開けないということだけだったのだ。

もうそろそろ君も想出しただろう。その箱の封印は生々しい朱肉でXと判を押してあった。その日附は、他でもない君の死んだ一九××年、三月七日だった。さあ、これで僕の小説は終りなんだが、いくら君でも想出さぬ訳には行くまい。早く今の内に君の仲間の究極概念氏達に相談を練って置くべきだ。此の次会った時、僕は必らず君を殺して見せる。今でも大事に取ってあるその箱に見事君を閉じ込めて見せるよ。僕はどうしても君を抹消《まっしょう》してしまうのだ。さもないと僕はあの死と笑いの町を恋いこがれる此の錯乱から逃れられそうもないからだ。ああ、僕は君を憎む、君の欠乏を憎むのだ。

〔1948.3 頃〕

＊この小説は前半六頁分が失われている。

タブー

四・二五

さて、また日曜日が来た。早いものだ。此《こ》の日曜日ごとの記録を書き始めるかどうかはさておき、ともかく僕を捉《とら》えている此の訳の分らぬ状態についてだけは説明を与えてしまいたかった。斯《こ》ういった期限つきの未来は、なかなか来ないようでいて、そのくせ突然とび掛るように襲い、あっと思った瞬間にはもう過ぎ去っている。

少くも僕はこんなことにまどわされる人間ではないつもりでいた。嘘《うそ》をつくことを商売にしている内に、いつの間にかその嘘を自分でも本当だと思い込んでしまう小説家でもなければ、催眠術だとか呪《じゅ》そだとか云った類《たぐ》いらしいこんな呪縛を考えることさえ出来ないというのが僕の主張だったのに……弁解は止《よ》そう。とにかく僕は隣の老人の馬鹿気た言葉から逃げ出せずに、云《い》われた通り今週の出来事をノートし始めているではないか。もうその事のせんさくは止そう。此の妙な気分から脱《のが》れるためには、却《かえ》って自ら進んでノートしてみる方が良いような気もする。暗示から逃れる為《ため》には、それを恐れずに自分の意志に転化してしまうことだ。それに徒《いたず》らな逃亡は却って悪夢の追跡を作り出すものだろう。

実に此の一週間は追跡の一週間だった。得体の知れぬ恐怖に追われて僕は目茶々々になってしまった。夜は殆《ほとん》ど眠られず、昼はくたくたに疲れ、胃腸はすっかりいためつけられ、噯気《おくび》で喉《のど》の奥が焼けただれ、唾液《だえき》が酸性になったとみえて歯がキシキシ音をたてる。持病の偏頭痛が左眼の奥でセン光を放ちながら何かを攣縮《れんしゅく》させる。食欲《しょくよく》がないくせにむやみやたらと何かが食べたくなり、友人が編集している雑誌社に取ってもらったカットの代金で買ったナマコと濁酒《にごりざけ》が余計に悪るかったらしい。それは他でもない昨日のことだ。積りつもった苦しみに此のナマコと濁酒が最後の仕上げをしたらしい。勿論《もちろん》、考えて見るとあの友人――K――が一切の責任を負うべきかもしれないのだ。ああ、考えてもぞっとする。百円札十枚で僕はすっかり気を良くし、つい奴に口をすべらしてしまった。〝一体我々に一番大事なものは何［原稿破損］〟その時の奴の笑いようといったら……いや、駄目だ。僕は今も音楽茶房なるトラジックに行って牧神の午後を聞いたのだが、僕はすっかり動揺してしまった。何んという正確さだろう。あんな具合じゃなければいけないのだ。音楽は細《こまか》く考えられぬが、僕の仕事にして見てもやはり同じことが言える。セザンヌ、ヴラマンク、ルオー、ピカソ、ダリ、良し悪《あ》しはともかく比類のない正確さだ。面の階調、灰色のリズム、だが小説はマルテの手記を除けばどれもこれも偶然と見せ掛けの混乱に過ぎない。此の僕のノートとどれ程も違わない有様だ。小説はそれで済むのかもしれぬが、絵画はそうは行かぬ。音楽と同じく正確でなければならぬのだ。しかるに……僕は生れつき不正確なのだろうか、そう斯《か》くの如《ごと》く……一週間のノート、全く何処《どこ》から手をつけ始めてよいものか見当もつかない。そう思うと余計いらいらして来るのだ。此のノートを書かないにしても、いずれ絵筆を持つことも出来そうもないのだから、もっと落着いて纏《まと》めるべきなのだが。

いや、纏めるといっても、これはあながち僕だけの故《せい》ではあるまい。日記とは違うのだ。それに、一日々々がこんなに標外れな要点のないものだとは考えもしなかった。全く何んという混乱だろう。その中に居ればもて余すほどの凹凸《おうとつ》なのだが、振返えって見るととりつくしまもない程特徴がないのだ。

タム、タム、タム、タム……畜生、又始めやがった、隣の老人だ。やっぱりあのことから書き始めなければならないのだろうか。事の始まりといえばやはりなんと云ってもそのことらしい。実際あの呟《つぶや》きにどれ程悩まされたことか……僕はたまらなくなって管理人に部屋替えを申込んだ。しかし、絵を書くにはやはり此の部屋の向きが一番なのだ。代ってもらえるという部屋を実際見るに及んで、僕はその薄暗い部屋とタム、タムの間にはさまれ生血をしぼられるような思いだった。タム、タム、タム、タム……僕は業《わざ》と音をたてて椅子《いす》をひっくり返えしたり、絵筆を投出したり、油壺を隣の壁に投げつけたりしてみる。尤《もっと》も時折老人が外出したらしくその呟きが止《や》むと、今度はそのタム、タムが再び始まるまで椅子に掛けることさえ出来ぬ程落着を失ってしまうのだった。皇帝ジョウンズの太鼓の音のように、朝から晩までひっきりなしに続くタム、タムを気が狂いそうなほど恐れ憎みながらも、僕はその苛立《いらだ》ちが僕の平均的存在になってしまっていたらしい。しかし或る日、何時《いつ》もの如く音楽茶房トラジックに行って一時間程聴くと、その帰りにしたたか焼酒《しょうちゅう》をきこしめしてしまったのだ。突如僕は行詰っていた自画像のバックに新しい光を発見し、二重の酔いによろめきながら飛ぶように部屋に帰って来た。急いで筆を入れないと日が暮れ、色が出せなくなる怖《おそ》れがあったのだ。ところが、気の故か例のタム、タムが創《つく》り出す色を次から次へと濁らしてしまうではないか。僕は逆上して管理人の所へとび込んで行った。

「何んとかしてくれなきゃ僕は気が狂ってしまう」

「さあ、一向に。私は部屋を貸しているだけでね」

「誰なんだい、何者なんだい?」

「彫刻家でさ、あなたの御同類でしょう」

「なんだって!」

僕は足元がぐらっと揺らいだように思った。急いで洗面所に行って顔を洗い、二合程も水を飲むと、決心してその隣の戸をノックした訳だ。それがつまり先週の日曜日だった。タム、タムが止んでしばらくすると、椅子のきしる音がし、それから静かな声がする。

「どうぞ……」

さて、あの馬鹿気た老人のことを何んと書いたら良いものだろう。老人は右手に大きなノミ、左手に奇怪な、見るからに醜悪な木彫をにぎりしめ、両手を宙に浮かせるような不安定な格好で上半身をこちらの方に捩《ね》じまげている。ああ、こいつだったのか。それにしても何故《なぜ》今まで気付かなかったのだろう。此の老人なら外食券食堂や銭湯で幾度も見掛けた。ミイラのようにやせこけて、不調和なほど大きな関節を不必要に大きく動かしながら、ガクガク舞《おど》るようにして歩いていた。しかし、周囲とのつり合いのせいか、その時は外で見たほど憐《あわ》れでも弱々しくもなかった。部屋は僕の所と同じだったが、いや、同じ筈《はず》だったが、全く、一つの部屋がこんなに変り得るなどと誰が想像出来よう。僕の所とは異《ちが》って恐ろしいほどきちんと整とんしてあったが、そのくせ何んとも言えぬ薄ぎたなさなのだ。所きらわず並べてある大小の木偶《でく》の群。未《ま》だ外は明るい陽差しが水々しい木の葉につやつやと輝いているのに、此処《ここ》では真夜中のような妖気《ようき》がただよっている始末だ。勿論馬鹿々々しい老人だったが、僕はその眼《がん》窩《か》の恐ろしい窪《くぼ》みようと木偶の数には胆《きも》をつぶし、呆気《あっけ》にとられ目的も忘れて入口の所にぼんやり立ちつくしてしまった。そうかといって此の儘《まま》後戻りする訳にも行かぬ。すっかり後悔しながら、未ださめ切らぬ酔いをたのみに、老人のすすめるまま靴を脱いだ。

「はて、どなたでしたっけ？」と老人は彫りかけの一尺余りもある木偶を机の上に据えながら、今までの立ひざを止して、あぐらになった。

僕は座ぶとんを少し後ろに引っぱって坐《すわ》った。別に遠りょした訳ではない。老人の近くに居るのが不気味だったからだ。

「何、隣のものですよ。一寸《ちょっと》……その……」さすがに言いしぶっていると老人ははっとしたようだった。

「ははあ、成程お隣りの……それは珍らしい、で何か？」

「いや、つまりですね」……それから、ええ、ままよと云った気持で言ってしまった。

「つまりあのタム、タム、タム、タムは一体……」

老人はさっと両手をつき出し、何かを受けとめるような仕草《しぐ》さをした。

「ああ、タム、タム、良いですとも、良いですとも」そして僕の訪問を何んと取ったのかいとも快活な口調で老人らしくくどくど話し出す。「つまりそのことで、そうなんですね。やっぱりそうだったのだ。いえ、何、こんなことがあるに違いないと、私も前々から期待していました。期待というよりは勘というやつで。ねえ、お隣りの方、老人の勘というものは……」

そしてその話の内容はざっとこんなものだった。

老人は或る裕福な家庭に生れ、父親からは放じゅうと侮べつ、母親からは美貌《びぼう》と深い思慮を受けた。長ずるにつれて彼の血は深い罪と悩みによごれ、虚無的な世間知らずになり了《おお》せた。一体何んのために生きているのか？　そして問いと同時に当然与えられている解答の素材をしつように拒みながら、彼は誘惑という激しい刹那《せつな》の中に身を亡《ほろ》ぼして行った。あらゆる女を試みにかけ、女が振向くと同時に女を捨てるのだ。彼はその女が振向いた瞬間にだけ総《すべ》てを忘れることが出来た。しかし、振向いてしまえばもう何んの感興も湧《わ》かなかった。そして女が呆気に取られる内にさっと姿をかくしてしまうのだった。ところが或る時、彼の如何《いか》なる誘いに対しても全く無反応な女が現れたのだ。彼は始めて動揺した。そしてその女の眼の色を追いながら、彼は次第に縛られて行った。或る時、この信じられない女に業《ごう》をにやし、思いきり恥をかかしてやろうものといきなり一緒に寝ようとさそい掛けたのだ。彼は、殆ど信じられないことだったが、その時まで本当に女を知らなかった。その故か女が冷い無表状さでうなずいた時、彼は息が止りそうな恐怖にかられ、自分の言葉をてっかいすることも忘れ、暗示に掛ったようにその晩女と寝てしまったのだ。翌朝、彼はやっと自分を取戻し、二度とその女に遇《あ》わないため他所《よそ》の町にかくれてしまった。そして事実二度と会わなかったのだが、後で聞いた噂《うわさ》では、その女はやがて男の子を生むと、すぐに首をくくって死んでしまったと云うのだ。しかしそんなことも彼の生活を変えることは出来なかった。彼はやはり以前通りの生活を続けていた。とは云え、その女の死は彼の心の中で或る決定的な役割を果したらしいのだ。彼は次第にケン悪《お》な人間になって行った。しようとすればどんなことでも出来るという今までの考えは完全に打ち破られ、何か目に見えないものに絶えずおびやかされるようになって行った。そして、ずっと後になって気付いたのだが、彼はその死んでしまった女が自分にどれほど大事な、かけがえの無い存在だったか気付いたのだった。いわば彼はその女を愛し始めていた。何んという悲しいことだったろう。彼はその息子を女の代りに取戻そうと、又以前住んでいた町に出掛けて来た。しかし息子は見つからず、彼はますます放じゅうな生活に拍しゃをかけることになったのだ。それと同時に深い悔いが次第に重くのしかかって来る。そしてついにその悔いの重さが誘惑者たるミ力と相殺《そうさい》する日が来た。彼はその時になって自分が生れたばっかりのような気がしたそうだ。恐れ驚きながら始めて自分を振返えり、そむき続けていた人間と宇宙が無表情に、丁度あの女のように彼の傍につっ立っているのに気づき、更にもう何十年も昔からそのまま彼によりそっていたのだということを思い出した。「そこでです……」と、後は彼の話をそのまま書くことにしよう。「私は誰より自分自身であるつもりで居ながら、その実まったく自分にそむいていたのだということに気付きました。悲しみとか苦しみとかいうものは、つまらぬ口実かさもなければ痛みや発熱と変らぬ病気に過ぎないのです。つまりですね、自分自身というものは、普通考えられているように孤独なものではないのですよ。本当に自己に忠実であるためには、やはり何かしら一番大事なものを信じなければならないのですが、考えてごらんなさい、一体一番大事なものなんていうものが此の世に在り得るでしょうか。在ると思うのはいつも小っぽけな妄想に過ぎませんよ。要するに人間は一番大事なものの存在を信じなければならぬといった具合に地上に縛られている、唯《ただ》それだけの話なんです。私はそれから長い間、何年もの間そのことを考え続けました。結局到達したのは、人間がそう云った不安にさらされているのは、つまり人間がそのように在るからだという役にも立たぬ考えだったのです。意志だとか情念だとかいうごうまんな堕落に身を支えねばならぬのもそうした人間の在り方が止むなくさせることなのでしょうね。そして、私はそれ以来、自分を病気だと思わせる自分の在り方を追いつめるのにやっきになり始め、その一つの方法として一週間毎《ごと》に自分自身をノートすることに決めたのです。私のような人間には必要なことでした。日記と違って、何かしら目を眩《くら》ませるものから一歩しりぞいて眺めることが出来るのですよ。そうする内に、私は、自分の病気がその一番大切なものを持つ手がなく、それを見る目が欠けている点に在ることに気づいたのです。そうです、これは良いことです。私は苦しみを持つ人には是非おすすめしたいと思うのですよ。例えば日曜日毎にノートしてみることをね。そうすればきっと私と類似の欠かんを持っていることに気づく人が案外多いのではないかと思う。例えば私の息子等に、若《も》し息子が生きていて、何かのきっかけで遇うようなことでもあれば、是非やらして見るつもりです。私の息子は、あの女の血から何か別なものを受けているのならともかく、私から受けているのはやはりそういった類いの欠かんに違いありません。それに、あの女から受けたとすれば、唐木という姓と、それに……いや、実を云うと、私には分らないのですよ。

私は息子が、母親から何かしらもっと違ったものを受けついでいるようにと祈っているのですが。しかしともあれ、私は万一の場合を考えて、私のようにやっと墓に片足をつっ込んでからようやく自分でも眺め触れることの出来た大事なものを手に入れたりするような悲劇を与えたくないばっかりに、そら、こうやって次から次へと神秘の力をこしらえているのです。これ等の内のどれか一つがきっと息子のかけがえのないタブーになってくれるに違いないと思うのですよ。タブーだなんて軽蔑《けいべつ》するのは誤ちです。性殖器を軽べつするのと同じようにこっけいな誤《あやま》ちです。いや、何、笑っても軽べつしても構いません。私は或るコットウ屋で買ったポリネシア人のタブーが私の生命になってくれたのです。しかしこれは全く偶然だったのです。こんな偶然はめったにあるものではないのですよ。タブーというものは、個人の自覚が出来て以来世界に二つとないものを必要とするようになりました。しかもそれを他人の目に触れないように押しかくす為、自分自身で作ったタブーでなければ気が済まぬのです。しかし、私は一切の秘密を守ります。しかも、これ等の木偶の一つ一つが、それぞれ唯一《ゆいいつ》無二のものであることを断言します。私はタブーの研究に殆ど十年をついやしたのですから。そして勿論、私の息子以外でも、お望みとあらば差上げるつもりです。それは私の使命ですからね。そして、私のタム、タム、タムは木偶を刻む時の呪文なんですよ。

あれは皇帝ジョウンズの太鼓です。いや何、もっともヨーロッパでは太鼓の音を何んでもタム、タムと書くらしいですがね。まあそんな訳で……」

僕は実際気を失い掛けた。そして「僕は孤児で、しかも唐木というのですがね」と云うのがやっとだった。勿論老人も驚いた。僕以上に驚いたらしかった。僕は黙って立上ると、同時に立上って僕を引止めようとする老人を強く押のけ、そのまま外に飛出した。

その晩からだ、隣のタム、タムは一そう激しく、神ケイ質になって来た。僕は殆ど眠られなくなった。それればかりかてんで絵筆を持つことが出来なくなったのだ。逃れよう、忘れようとしながら結局いつも僕の考えはその一番大事なものに帰って来るようになった。一番大事なもの……勿論以前には問題なく絵画だったのだが、訳の分らぬ不安が僕を絵画から引はなし始める。絵画とは一体何んだろう。

僕は殆ど半日をトラジックで過ごすようになった。しかし、音楽はいつの間にか、タム、タム、タム、タム……と嘲《あざけ》り始め、僕は絶望に我を忘れるのだった。電車の音も、人の足音も、さては真夜中の静寂さえタム、タム、と聞え始める。僕はブローム剤を飲み、すっかり胃を悪くした。

さて、こんな具合なのだが、一体何から書き始めたものだろう。此の一週間、時間がまともな順序で経過したとはとても考えられない。ある瞬間と別な瞬間と、そのいずれが先であるのか、現在に於《お》いてさえ区別できない。

［1948.4.25］

虚妄

彼女が笑うのは見たことがない。まるで笑うために必要な筋肉がどれか不足しているようなのだ。しかし聞き分けることはあった。ごくまれに喉《のど》の奥でくつくつと断続する微《かす》かな息の乱れを聞くことがある。しかしそれが笑いなどと言えるだろうか。そっとして置けば充分美しいのに、顔を支えていたものがいちどきに崩れ去り流れ去る。そのマスクのような顔は黒い服によく似合っていた。その黒い服は胸のロケットによく似合っていた。ロケットは金の台に七宝のモザイックで唐草をからませてあり、彼女はそれをビザンチン風だと言っていた。ロケットはまた彼女の荒れた小さな手にもよく似合っていた。始終そのロケットを指先でまさぐりながらぼんやりと目に見えぬものを眺めているといった風だった。誰かの顔を見ているときでさえ、焦点はその顔をつき抜けて背後の無限点で出合っているようなのだ。とにかく彼女は自分をとり囲む一切に相応《ふさわ》しくも似合っていた。

時折そのロケットがマッチの軸を折るような音をたててかちっと開くことがあった。するとその中には決って男の写真が入っていた。しかもその写真は、少くも僕が彼女を見知ってから三回は変ったのだ。その変りかたがまたどんなに彼女に似つかわしかったか。僕には断言することさえ出来る。恐らくロケットの写真が何時《いつ》入れかわったのか彼女自身では決して想出《おもいだ》せないだろう。だからこそ彼女は非難の集積の中に生きてきたのだ。彼女を捨てて罪を感じたものが一人も居なかったのだ。彼女は囚人のようにゆっくりと、変らぬ足取りで多くの時間を歩み抜けた。己れに触れる総《すべ》てのものから進んで侮蔑《ぶべつ》と罪を受け取り、マスクの下へ幾重にもたたみ込みながら、誇りの代価をありったけ惜しげもなく相手に投げ与えるのだった。ただ一歩々々と確実に落ちて行くその不易の足取のために、様々な現世の確実さを却《かえ》って失おうとしているようだった。彼女は自分の名前さえも既に失っていたのではなかったか。仮にKと呼んで置こう。今はもう死んでしまった彼女だ。この名前が誰かの想出を掻《か》き乱すことはよもやあるまい。

まったく彼女がどんな罪を犯したというのだろう。ただ歩いただけではなかったのか。能《あた》うる限り従順に存在したというだけではなかったのか。にもかかわらず彼女は罪を引受けねばならなかった。意味も分らずその言葉を暗誦《あんしょう》せねばならなかった。これは一体どういう訳なのだ。不当な要求を正当なものにして返してやることが何故《なぜ》罪になるのだ。すんでのことで僕までが心の中を通り過ぎた彼女の足跡をけがらわしい思いで踏みにじろうとしていたではないか。けれど僕の場合、幸いなるかな彼女の死という特別な最後的な事件によって、その誇りはずたずたに、却って踏みにじられてしまったのだ。しかし、正直に言ってしまおう、それで自分を逆に不当だとか罪人だとか感じたのでは決してない。当然感じるはずだと自分に言い聞かせながらも、決って一つの理窟《りくつ》におちつくだけだった。死によって彼女は初めて似つかわしくないものを残したのだと。むろん罪がなかったのではない。罪はあった。しかし夢のような虚構に組立てられ、非人格的な僕等の歩みの状態を、しかも触媒のように無表情に支えるだけであった。

あれは一口に言って恐怖であったと言ってもよい。それが他人のことであっても完全に取り残されたと感ずるのは恐ろしいことではなかろうか。しかも完全が純粋と置き替えられるときそれは憎悪《ぞうお》になる。僕だって彼女が存在したなどと言いたくない。出来得れば一切を否定してしまいたい。彼女に関する一切が佯《いつわ》りであり作り話しであると断言してしまったらどんなに素晴らしいだろう。じっと考えていると、事実すべてが嘘《うそ》のように思われぬこともない。もしかすると僕はそれを空想であると信じているのかもしれないのだ。だがそんな思わせぶりが如何《いか》に卑劣なことであるかもよく分っている。しかもその卑劣感の中で彼女を偽《に》せの存在であると信じつづけるだろうことも肯定できぬことはない。いたしかたのないことだ。せめて此《こ》の佯りの印象が単調な灰色に消えてしまわぬうちに、愛しながら、それを拒む正当な理由が一つもないのに、しかも拒まねばならぬ恐怖が実際にあったのだという、僕のやりきれぬ拙《つたな》さを書きとめておくよりほか仕方ないのではあるまいか。

それはまた儚《はかな》い言葉だけの美しさのようでもあった。彼女の単調なしかも確実な足取りは、あまりに純粋なためほとんど役に立たぬようだった。野獣のようなということが軽卒の意味を持っているなら、そう言っても良いかもしれぬ。家畜なら確かに笑うことがあるはずだ。もしかすると彼女は野獣だけの冷い曠野《こうや》に情熱的なほど従順であったのかもしれないのだ。今さら何んといっても及ばぬことだが、佯って佯りきれるものなら佯ってしまえばよい。書きつづけよう……彼女は決して笑わなかった。

むろん笑おうとすることはあった。ロケットの中の男がいつも最後に試みるのはその笑いでなかっただろうか。彼女は男のために荒れはてた手でいっそう落着きなくロケットを撫《な》でまわす。ふとロケットが音をたてて開らく。男はその中に自分の顔が映ったような錯覚をおこす。男は勝ち誇って、たった独りで閉ざされた部屋に居るような横柄《おうへい》な我儘《わがまま》な気持になる。彼女は男を通り越して遥《はる》かな虚空《こくう》を見詰めているのだが、それでも男の額に油ぎった苛立《いらだ》ちが現れるのを見のがしはしない。これで終ったのだ。彼女は初めてのことではないあの絶望的な努力を試みる。顔が崩れる。そして相応しくも男の反照が流れ落ちる。彼女は再び別な男へ向って歩き始めなければならぬのだ。

僕が最初に彼女を見知ったのは、当時そのロケットに入れてあった写真の男の友人Mの家でだった。Mは僕の学友で神経質なくせに行動的な風采《ふうさい》のよい大柄な男だった。ひと口に現代風とでも言おうか。終戦後外地から引揚げてきて、彼女の主人が仕事をしている会社で働いていたのだ。それから間もなくのことである。あまり深いつき合いでなかったMが夜ふけになって突然やって来た。そして困惑しながら一晩泊めてくれというのだ。事情を聞けばこんな次第だった。Mの友人であり上役でもある課長の奥さん、つまり彼女が家出をしてMを尋ねて来たのだが、下宿住いのこと故《ゆえ》泊らせる部屋もなく、とりあえず寝床をゆずって僕のところへ逃げて来たという訳だ。僕は内心侮蔑を感じ、その現代風な頼みかた自身に自尊心を傷つけられたので、本心から言えば断ってしまいたかったのだが、却って実際には進んで引受ける形になってしまったのだ。恥ずべきことだが僕は彼女の身の上話を聞かされたとき、忽《たちま》ちけがらわしい不安、男のエゴイズムとでも言うべき獣的な嫉妬《しっと》で彼女が家出の先をMのところに選んだということに不安を感じ始めていたらしい。それが厭々《いやいや》ながらも積極的にMを泊めることにした理由だったのかもしれない。確かにその同意は一切に対する嫌悪に根を持っていたようだ。そしてそのKの身の上話というのがこれまた恐るべくもいまわしい話だったのだ。Mは簡単にしか言わなかったが、僕もそれ以上つっ込んで聞こうとは思わなかった。それだけでもう充分といった気持だった。業々《わざわざ》手を上げて耳を塞《ふさ》いだなどと思われるのが癪《しゃく》で黙って聞き流したと考えるのがせめてもの言い訳だと思われるほどだった。それに、愚劣なものはそれが愚劣であればあるほどそれに手を触れたことに対する言い訳がつき易《やす》いという、いっそういまわしい俗物根性が僕の頭を混乱させていなかったとは言えない。罪ある人間を同情を以《もっ》て踏みにじり、それを利用することはこの上なく安価ななぐさめであろう。

とにかくKの主人というのは……彼の友人である故そう悪くは言いたくないと前置きいりの説明であるが……恐るべき獣的なエゴイストだったそうである。既に結婚し、社会的にも相当の地位にありながら、やっと女学校を出たばかりのまるで世間知らずな子供にすぎぬ彼女に分別を失い、親子ほども違う年齢も忘れてくどき落とし、前の妻を捨てて上海《シャンハイ》に渡ったが終戦になって一人の男の子までつくって引揚げて来た。それが帰って来るなり前の妻ともと通りの関係に入ってしまったというのである。これが家出の直接の動機だというのだが、聞いて見ると原因は殆《ほと》んど最初の日にまでさかのぼり辿《たど》って行けるらしい。Mは更に彼女の主人のエゴイズムについて、子供の泣くのがうるさいといって赤んぼうの頭からふとんをかぶせ窒息させかかったとか、若い男の顔を見すぎたといって石を投げつけたとか、最後には結局彼女が笑わないというので殺してしまうとまで言い出したとか、いわば月並なエピソードを二三聞かせてくれたあげく、何んとか彼女を救わねばならぬと繰返えし力説した。「こんなことは皆当然すぎることだよ。考えても見たまえ、十七だったんだぜ。十七の娘に何が分るって言うんだ。ブランクだよ、白紙だよ。一寸《ちょっと》したことで疵《きず》がつく、年と共に次第に大きく目立ってくる。誰が悪いっていうんだ。逃げ出すのが当然じゃないか……」

彼女に引合わせてもらったのはその翌日だった。彼女は下宿屋の炊事場でぼんやり皿を洗っていた。僕を見るとおびえたように一寸頭を下げ、急いで外に出て行った。今年二十になるという割にはふけて二十四五には見えた。メランコリックな、如何にも愚かしいMの話に似つかわしい顔をしているのが、僕に激しい心痛を与えたようだ。もしこの女が本当に同情に値いするものだったら何《ど》うだろう。しかしこんな考えからして第一馬鹿気たものに相違あるまい。紫色のリボンだとか牧草のなんとやらだとかしか頭に入らぬ、しかもそれで一杯になってしまう感傷の化物が此の世にはうようよしているのだ。僕は彼女が天使の仮面を被《かぶ》った猫の子に過ぎないのだと強く自分に言い聞かせ、妄想をふり落とすために激しく頭をゆすぶって見た。しかるに怪しげなその妄想は己《おの》が心痛に心引かれるように、外に落ちるかわりに体の内側を伝って胃の中に落ち込んでしまったのだ。Mの家を出る時僕は恐るべき消化不良と絶望的な胸やけに油汗をにじませていた。

案の定……というのは、僕はMを知り過ぎるほど知っていた……Mは次の一晩きりでもう泊りに来なくなってしまったのだ。一週間ほどして尋ねて行って見ると、Mは極《きま》り悪げに愛だの幸福だのとくどくど話し始めた。彼女は部屋の隅で壁にはりつく影のようにゆるゆると動いていた。ああ、何も彼《か》も台詞《せりふ》通りであり過ぎる。僕は総てに対して眼の中まで赤くなるほど恥じ入り、嫌悪の余りほとんど口もきかず逃げるように帰って来た。むろん僕だってこんなことは単に気分的な判断に過ぎぬと一蹴《いっしゅう》するぐらいの自尊心は持ち合わせていた。如何にもこんなあり余るほど月並なことは、ほんの一寸触れても予想外な深い傷を負わせせられるかわりに、そっとしておく限りでは問題にもならぬ。ほどなく僕は忘れるべくして忘れ去った。

ところがそれから三月ほどして、Mがまた尋ねて来たのだ。今度は僕も幾らか好意を以って迎えざるを得なかった。彼の疲れた見るからに平凡極る表情が僕に何んとなく小気味よい満足を与えたらしい。彼のくどくど並べる不平や哀訴はまことに侮蔑に値いするものだった。しかし聞いているうちに、その侮蔑が二倍になって僕の方にはね返えって来ることも認めざるを得なくなってきた。確かに情婦のぐちの聞手に選ばれるなど余り名誉なことではあるまい。僕がそういった憂《う》さ晴らしに適した人間だとでもいうのだろうか。Mの話はざっと次のようなものだった。

「Qの……KはMのところへ来てからこんな名前に変えられていた……前の夫のことばかり咎《とが》めることは出来ないねえ。実際なんだ。僕もさんざんな目に遇《あ》ってしまった。全く訳が分らない。Qと一緒にいると確かに変になってくるよ。愛だ恋だなんて一体まともな人間のすることだろうか。もっともらしい話だが人間なんていうものがまったく信じられなくなってきたんだ。要するに愚弄《ぐろう》されたのさ。愚劣だ、それっきりさ。あれは一口に言って精巧なロボットだよ。信じられるかい、感情もない、知性もない、本能さえない。化物じゃないか。それで動くだけは動くんだ。恐ろしい……一寸した身振《みぶり》でも、動くということが恐ろしいんだ。特にあのロケットをいじりまわす手つきときたら、ああ、やりきれない、僕は確かに変になってきたよ。むろん永遠なんてものを求めている訳じゃない。一瞬の享楽《きょうらく》で沢山さ。しかし代価が高すぎる。ねえ、分るかい……つまりさ、あれは笑えないんだよ。あり得ることだろうか。しかしそれが実際にあるのだからやりきれない。まったく笑えない女なんて……」

僕は思わず反撥《はんぱつ》した。

「一体君には何が必要だというのさ」

「必要だって？　冗談じゃないよ。考えても見たまえ、僕は彼女のためにすっかり仕事を棒にふってしまったんだぜ。おかげで今じゃ怪しげなブローカー商売じゃないか。これが何んでもないことだとでも言うつもりかい？」

「分らないね、君の言っていることはさっぱり分らない。少し都合がよすぎるよ」

「良いとも、都合なんかどうでもいいよ。君はQを知らないいんだ。何んにも知らないからそんなことを言い出すんだよ。僕だって分っているさ。愛は奪うばかりでは成立しないというんだろう。ところが駄目さ。Qときたら奪われるものはこれっぽっちも持っていないばかりか、受取るすべも知らないんだ。いいかい、あれはロボットなんだよ、化物なんだよ。それに、まったく恥ずべきことだが、あれと寝るとねえ、なんだか自瀆《じとく》行為をしているような気持になって来るんだよ。気持悪いじゃないか。あり得べからざることだよ。まったくたまらないなあ……」

「そうか、幾分わかったような気がしないでもないね。もしかすると君の言っていることは事実とまったくあべこべなのかもしれないぜ。つまり君には彼女の意味が飲込めていないんだ」

　僕だってむろんそんなことを本当に考えていたかどうかは分らない。しかしともかくそんな具合にMに反撥するのはひどく心持よかった。Mの裏をかいてやりたいという馬鹿気た衝動がこみ上げてくるのだ。それでMがきっぱりと、恥ずべき僕の役割を想出させるように「なに、君は知らないのさ」と冷く言い放ったのにも、まるで頼まれたように熱中してまくし立てたものだ。

「そうだ、如何にも僕は知らない。しかし君だって知っているとは言えないぜ。一体知るっていうのは何《ど》んなことなんだ。案外君が愚弄されているんじゃないかな。彼女の方では何も彼も知っているのに、君だけが盲目のように空転してじたばたしているのだとしたらどんなものだろう。あり得ることだね。そうだとしたらまったく見物じゃないか。滑稽《こっけい》なだけだよ。確か彼女は二十だと言っていたね。そんな年頃には、君のように生活にすり減らされた人間には及びもつかぬものが包み隠されていることがあるとは思えないかなあ。あり得ることなんだよ。要するに君は彼女が自分の理解を絶しているといって腹を立てているんだと考えられないこともない。そうだろう。いや、きっとそうなんだ。第一自分の女がロボットでなさすぎるといって非難するなら話も分るが、君はロボットだといって腹を立てているんだろう。おかしいよ。詩人ならともかく君の柄じゃない。それとも案外君は詩人だったのかな。ふん、そうだろうよ、恐ろしいぐらい独りよがりのあたり、問いもせずに答えないといって怒るあたり、理窟を絶した詩人だと考えられぬ節がないでもない。君にはまったく理窟が通らないんだ。君の話だけじゃ切角《せっかく》の同情も裏返えってしまいそうだよ……」

しかしMは益々《ますます》冷くかたくなに言い張るだけだった。

「なに、君は知らないのさ」

或いはMのいうことが本当だったのかもしれない。事実彼女を知らなかったのだから何を言っても始まらぬことだった。しかし今になって見れば、僕も知らぬとはいえぬのだからもっと適切な言葉が見つけ出せるに違いない。そうだろうか。果してそうなっただろうか。一体彼女に何を問うたと言い得るだろう？　何を答えたと言い得るだろう？　今になって見ればそのMの言葉もあながち人事《ひとごと》ではないように思われる。彼女が生きていたということだけでも恐ろしいぐらい不思議なのだ。生きていたのは彼女でなくて男達のみじめな呪《のろ》いだったのではあるまいか。ただ単に理解を絶していたというのならそれほどの不思議もない。一体この世に真に理解し得るものが存在するだろうか。僕等は自分の指を恐ろしいと思ったり、物が上から下に落ちるというので蒼《あお》くなったりすることはない。ただそれが僕等に新しい理解を強要するものであることに気付いたとき恐れ蒼ざめるのだ。では彼女が僕に何かを強要したのだろうか？

好い顔をしてみても始まらぬ。正直に言ってしまおう。当時の僕は確かに彼女を軽蔑し踏みつけただけであった。そのためだ、あれから半年ほど経《た》ってMから彼女がまた家出したと聞かされた直後、偶然省線《しょうせん》の駅で見掛けた彼女に臆面《おくめん》もなくあんな態度がとれたのだ。僕はいきなり彼女の肩を叩《たた》いて話しかけた。どきっとしたらしく彼女は急いで身を引いたが、僕のひどく善良そうな……実際僕はいくらきばっても善良以上の顔は出来なかったらしい……顔つきに安心したらしく哀《かな》しげにうなずくと、もう何も言わないでくれ、分っているとでも言いたげに例のロケットをまさぐりながら、僕の背後を見すかすように眼を上げ見開いた。確かに僕も見すかされるだけのものを意識せざるを得なかった。それに善良らしさの弁解がましい気どりも混って、業々愚劣な薄笑いを浮べまでして彼女を近くのカフェーにさそったものだ。ああ、僕は勝ち誇っていた。何故そんなことが考えられたのか、愚にもつかぬ寛大さに酔っていた。Kよ、許しておくれ。僕は決して本当のことを知ろうと努力したことがないのだ。自分の眼で見るよりも他人の眼で見ることのほうが偉大なことのように思っていた。正しいことも愚劣なことも、総て経験以上に出ないという考えが良識として通用する下劣な世界を、僕等は何よりも確実なものだと教えられ、そして信じてきた。何んたることだ！　きっと君は当然なだけ純潔であったに過ぎないのだ。僕等はその当然なものにさえ蒼くならなければならなかった。そして、そうだ、いや……いや、そうではない。そうではない。僕は別段とがめられる覚えがない。そんなことはないはずだ。こんな考えが自体すでにとほうもなく愚劣であるに違いないのだ。一体何ういうわけで僕が愚劣でなければならぬのだろう。裁くものこそ裁かれるものだ。問うものこそ答えるものだ。そうではないだろうか。むしろ僕の方に真実もあるはずだ。彼女こそ偉りの存在だったのだ。そうであっても、そうでなくても……。

窓の小さなその店では奇妙なレコードが汗を流すような音をたてていた。針が逆にまわっているようなのだ。僕等はもうそんな音に効果を示すほど愚劣なものになじんでしまったのだろうか。要するに汗を流せばよいのだ。何も彼も一切が愚劣さに追い立てられ、すでに愚劣であり、誰も今さら自分の愚劣さを感じる必要はないのだと力づけてくれるような恐るべき音だった。僕等も多分安心して、一番奥のボックスに並んで腰かけ、まがいもののアイスクリームをなめながら話をし始めた。いや、そうではない。確か話したのは僕だけだった。彼女のほうは恐ろしいほど従順にアイスクリームをなめただけだった。それでもよい。その度を過ぎた従順さこそまさに問題ではなかろうか。僕は興奮し苛立っていた。Mが言ったロボットという言葉がブイのように強い抵抗をもって浮ぼう浮ぼうとしはじめるのに逆らうことが出来なかった。僕は夢中になって、卑屈さを勝誇ってみたり、善良さを嘲笑《あざわら》ってみたり、ぐったりするまで喋《しゃべ》り続けるだけだった。例えばこう言った文句……。

「男は満足というものを知らない。ふん！　知ろうとする意味さえ知らないんだ。まったく誰かも言っていましたね。嘗《かつ》て女を語り得た男がいたためしがないって。いやになるぐらい当っているじゃありませんか。本当ですよ。Mなんかどうだろう。もってこいだ。ついせんだって、貴女《あなた》が家出したというのでさんざん泣言を聞かされましたがねえ、まったく恥ずべきですよ。ちょっ、道化だ、破廉恥《はれんち》だ！　くどくど貴女のことを上げたり下げたりするんだが、その実これっぽっちも貴女のことには触れていない。自分が上ったり下ったりするだけなんだ。こんなことを言って気にさわりますか？　なに、さわるもんか。愚劣なだけですよ。愛は盲目だなんて、下らない。ねえ、そうでしょう。笑うべきだ。男女同権の前に、お互いがお互いのレベルまで上るべきなんだ。特に男が女の……」

彼女はじっと僕の背後を見据えた。僕はたじたじとなって思わずあらぬことを口走る。

「つまり男は肉欲の意味さえ知らないんで、それで女によって自瀆することになってしまう……」

彼女はさすがに苦しげに眼を伏せた。僕はいたけだかになって言葉をついだ。

「そうですよ、男は結局女を道具にしてしまう。そして道具になったといって女を責める。だから女のほうでももう一寸工夫しなければ駄目ですよ。一寸したごまかしで良いんだがなあ。つまり嘘でもなんでもよい、嘘のほうがよいかもしれない、とにかく相手が自分を理解したように思い込ませる。特に自分の一番醜悪な部分をちらっと覗《のぞ》かせてやる。こいつは効果がありますよ。愛されること受合いだ。むろん貴女の場合はその点完全に駄目だとは言いませんよ。現に貴女は成功したんだ。二人の男が夢中になってしまった。いやどうして、なかなか相当なもんですよ。僕も貴女には時々ぎくっとさせられることがある。並々ならぬショックなんですねえ。だから結局貴女が悪いのではない。貴女のぶっつかった男がどれもこれも度外れて下等だったんだ。なに、きっと貴女は成功しますよ……」

ああ、そして、それからが決定的な瞬間だった。僕は彼女がちらっと嘲《あざけ》りを浮べたように思ったのだ。むろんそんなことがある筈《はず》はない。思い違いに決っている。僕は自分の言ったこととの愚劣な意味を一つ一つなめるように感じていたし、此処にこうしているということ自体じつにたまらないことだったのだ。しかしそれだけに、彼女を憎まざるを得なかった。いきなり机を叩きつけるとか、コップをぶち割るとかして、真向から彼女を裁いてやりたさにうずうずしていたのだ。しかしそんなことをすれば結局裁かれるのが自分であるということはもっとよく飲込めた。胸が悪くなってきた。そして、ああ、それだけであったろうか。どうせ亡んで行くもの、落ちて行くものなら自分の手を下してやりたいと思うのが俗物の心理ではなかったか。自分に責任のかからぬものが見事凋落《ちょうらく》するのに胸をときめかすのが賤民《せんみん》の侮蔑ではなかったか。ああ、あまりにも暗い。野卑な言葉で言ってしまえば、僕は彼女をものにしようと決心したのだ。

「貴女はこれからどうするつもりです？」と僕はじりじり迫って行った。「断言しますよ。貴女にはもう二つの道しかない。神か死……むろん僕はそんなことに構っていられはしませんよ。現代はそんな間抜が生きる場処じゃない。恩にきてもらったって始まらない。ただ、判然《はっきり》言ってしまえば、人を踏みにじる快感が斯《こ》うもた易く路《みち》ばたに落ちているということが苦痛なんだ。分りますか。愚劣というより、貴女には思いやりがあり過ぎる。それは絶対的な不徳ということです。もう僕には我慢出来ないんだ。恐ろしくなる。いいですか、そのうち神も死も貴女を見放してしまったら、ねえ分りますか、全く行場がなくなったら……」

　ここで言い淀《よど》んだのは無理もないことだった。それこそ僕の偽らざる言葉ではなかったのか。真実は言葉で結ばれない。事実僕は彼女をどん底にまで踏みにじる機会を与えられうる人間に対してうずくような嫉妬を感じていたのだ。浅ましい情慾に呼吸さえ乱れていた。でなかったらどうしてあんなことが言えただろう。臆面もなくその権利を強要するようなことを。

「こんなことをしていても限りがない。とにかく今夜は家にいらっしゃいよ。そしてじっくり考えましょう。貴女にはまず復讐《ふくしゅう》が必要なんだ。協力しますよ。どうです、そうしませんか……」

　ああ、何んということだ。とても信じられない。そんなことなら僕はもっと別なことを言っていた筈だ。少くも相当の抵抗を予期していた。というよりは奮然としてはねつけられるものと思っていた。しかるに彼女は一言も言わずに、まるでアイスクリームをなめるように静かにうなずいただけだったのだ。僕は慄然《りつぜん》として身の毛がよだつのを感じた。比喩《ひゆ》ではない。一つの謎《なぞ》は解けたがその後に現れた謎はまさに生理的な恐ろしさだった。此の女は一体何者なのだとろうばいし自問しながら、僕はすっかり打ちのめされ力なく立上った。そして後は無言のまま、僕等は僕のみじめな部屋への道を辿ったのだった。

彼女はすぐにも細々《こまごま》とした女らしい仕事に手をつけた。机の上を整理したり、床をふいたり、食器の場所をあらためたり、要するに引越しのあとのような慌《あわただ》しさだった。その正確な、もう何年も僕の印象に住んでいたような手馴《てな》れた仕草……何も隠しておく必要はない、余りにも日常的なため殆ど忘れ去っていたそういった仕事が、見る見る僕の手から奪われて行くのはなんと言っても感動的な驚きである。僕はその単純な現実に、もう何年も彼女と一緒にいるような錯覚に捉《とらわ》れ、さっきまでのあくどい醜悪な心象もいつかものうい心持良さに変っていくのを感じていた。彼女のメランコリックな面長の顔も、今ではただ白痴的な無力さにすぎないように思われた。それればかりか愚かしくも誇らかに、彼女がもっと不作法でもっと懶《なま》けものであったら更に沢山の男を永く引きつけておけただろうなどということを平然と考えるほどになっていた。しかし僕には勇気がなかった。そのまま放っておくに耐えられぬ臆病さから、単にその臆病さから、休んでくれるように頼まざるを得なかったのだ。むろん彼女はすぐに手を休めた。そして入口に近く掛けると、まことに影うすく、物哀しい表情になるのだった。ふと初めてMのところで見掛けた折のことを想出しながら、僕はまた急に苦々しい憤《いきどお》りがこみ上げてくるのを制することが出来なかった。考えてみると、彼女の従順さはかえって僕の臆病さを発《あば》き出す結果になったようだ。もっと別な従順、例えば僕の虚栄心を満足させ、女中のように従うことを望んでいたのかもしれぬ。僕は白けた意地悪い気持になっていた。

「君はむろん転出証明を持って来てはいないんだろう」

彼女は平然と唯一《ゆいいつ》の持物である手さげから新しい転出証を取出して見せる。僕は顔が赤くなるのを感じた。恥じらいからだけではない、深く傷つけられた愚かしい自尊心、やりきれない自尊心から……。

そう、書いてしまったら、なにもかも書いてしまったら。むろんその愚劣さを打消すことも出来ないが、これ以上愚劣になることもあり得ないのだから。僕は彼女を白痴だと決めてしまった。白痴ではないにしても……ちゃんと転出証を用意して家出するくらい……それに似た獣であると考えていた。まったく無責任な気持、意識した夢の中でのように捨鉢な気持。夜がくると僕はすっかり分りきったことのように身を委《まか》せることを要求してみた。いや要求ではなく、そのように仕向けたのだ。彼女はまるで僕のなすがままだった。その眼の奥のえもいえぬ深い恐怖の色だけが、彼女を天性の淫売婦《いんばいふ》から区別するばかり。さすがその眼は気になった。ひどく気になった。しかしもう半分身を委せたようなとき、その衝動を拒むほどのものが存在しうるだろうか。

ああ、なんということだろう。それが事実存在したのだ。ふとMの言葉を想出す、まるで自瀆行為をしているような……耳元でがちがちと音をたてる彼女の歯の中で、突然僕の心臓が嚙《か》み砕かれる。腰椎《ようつい》のあたりからどす黒い麻痺感《まひかん》が頭蓋《ずがい》の中へ噴出する。僕はたまらない不快感に襲われて思わず身を引いた。ベットからすべり落ち、いそいで窓によりかかった。喉の奥にからまるねばねばしたものと、冷い外気とを入れかえるためにせわしく息をしてみたが、ああ、なんというやりきれぬいまわしさ。物が存在するというだけでも耐え難く、月の光に重く光るどろ柳の葉すら肯定し難かった。おびえた手つきで身づくろいしながら、彼女も急いでベットの上に起き上り、すくめた肩の上で不安定に僕を見詰めはじめた。それこそ耐え難いではないか、こんな気持がどうやって人の眼を支えられよう。僕は全身をはいずりまわる悪感に合わせて声をふるわし、せめてその眼をそらそうと試みた。

「君は随分だんまり屋だねえ、何か話してごらん、そうだ、ここへ来てからまだ一言も話していないじゃないか、おかしいなあ」

いや、そんなことを言う必要はなかったのだ。彼女は最初から僕をなど見てはいなかったのではあるまいか。暗闇《くらやみ》だって彼女の眼をさえぎることはないだろう。それに僕だって答えをなど予期していた訳ではない。だから彼女が例の恐ろしい従順さで、それも僕の背後の、丁度その視線が合するあたりの遥かさに話し掛けるように虚《うつ》ろな声で答えたとき、沼の底からあふれ出る気泡のようにとりとめもなくいきり立ったのも当然なことではなかったか。いや、虚ろなどという表現こそ出まかせにすぎない。むしろ明く現実的な充実感に満ちていた。

「何をお話ししましょうか？」

「何だって！　いくらでも、どんなことでもあるじゃないか。君のこと、君がしたことやされたことさ。聞かなくたって分るじゃないか……」

「お話ししなくても、すっかりお解《わか》りのことと思いましたから」

「解るためばっかりに聞くんじゃないよ」

「私が此処《ここ》にいること、それ以上は私にも分りませんわ」

ふと彼女が幻覚なのではないかという儚さを感じた。そして自分の言葉を意志しなおしているのではないかという気さえした。彼女の一言々々が自分勝手な心象だけの世界へ吸い込んでいくようだった。

「君はMを愛していたの？」

「愛していましたわ」

「じゃ、どうして捨てたのさ」

「手の中にないものをどうやって捨てることが出来るでしょう？」

彼女は例の如《ごと》く胸のロケットをいじろうとして手を上げた。しかしロケットは着がえのとき取って机の上に置いたままだった。彼女の手が空を摑《つか》んで驚いたようにすくんだとき、僕はふと意地悪いいたずらを思いついた。

「こうすればいいのさ」

そう言いながら机の上のロケットを取上げると、Mの写真を引きはがして窓からぱっと投げ捨てたのだ。暗闇の中に一瞬ガラスの破片のように輝き、そのまま融《と》け消える。その代りには、偶然ではあったがまるでおあつらえ向きな僕の写真があったのを想出し、絶え入るような苦い気持でそれにはめこんで見せる。と彼女は低く、うめくように言った。

「Mさんも、そうなさいましたわ」

あまりの重さに押しゆがめられ、そのゆがみに耐えられず、ひび割れるような卑劣感で僕は立ちすくんだ。出来るなら一言やさしい言葉を、言ってしまえば僕の本心を打明け、許しを乞《こ》いたいほど切ない気持になっていた。そうすればこんなことが皆馬鹿々々しい笑い話しになって、彼女も僕を許してくれるに決っている。僕はよろめきながらベットに近づいた。と彼女の顔を激しい恐怖と哀訴がさっと走る。我にかえった僕はいきなりベットから毛布をつかみ取ると床にひろげ、それを頭から被って眼を閉じた。むろんなかなか寝つけなかった。ああなんということだろう、そんな時になっても僕はまだじりじりしながら何事かを待ち受けている始末だったのだ。何事かが起る、こんなにまで明瞭《めいりょう》な愚劣さを、まだ他のものに押しつけ、他のもので置きかえようとするなんて、まことに恥ずべきことだった。

翌朝の目覚めがどんなに物哀しいものであったか。彼女は既に食事の用意を終り、なにくれとなく取りかたづけていた。及ばぬ悔いではあったが、僕は彼女がいじらしく、せめて一言でも力づけてやりたかった。しかし疲れは更に激しかった。せめてもう一握の元気が残されていたら、健康が返えっていたら、僕もきっと彼女を悦《よろこ》ばすことが出来たに違いないと、沈黙をただ気分の故にしてしまうよりほかなかった。暗い気持で面を伏せ、神経質な空想の痛みに恐迫され、重い食器をやっと支えるだけであった。笑うべきではないか、僕は自分のねぼけた善良な顔を見られるのが厭《いや》だったのだ。それにもっといけないことは、例え如何《いか》なる好条件のもとに於《お》いても、彼女をなぐさめる言葉など存在しうべくもないことを、それ等一切の言いのがれにも増して強く意識してたことだ。人ごとではない、僕が一体彼女について何を知っていたというのか。彼女自身については知ろうともしないくせに、一体なにを与えようというつもりだったのか。結局彼女に近づこうという口実で、彼女を僕の足元に引きずり下ろそうということではなかったのか。しかもそれすら果し得ず、役にも立たぬ弁解を自分に押しつけようと二重の卑劣を重ねたにすぎない。僕はやっとMの言葉の意味を理解していた。「なに、君は知らないのさ……」

しかし愚劣の究極にこそ、快楽の結晶もひそむのではないだろうか。その言葉が現代の行動人たるMから出たものであるということは確かに小気味よい快感を伴っている。と同時にMの限界にはばまれた耐えがたい不快感が迫ってくる。何んとか事情を飲み込もうと思わず背後を振向くと、眼に映ったのはただ彼女の眼の訳も分らぬ遥かな焦点だけであった。泣き出したい気持で部屋の中を見まわしてみる。戸棚の隅に斜になっている未完成の絵、椅子《いす》の上にたたんである疲れたズボン、読みさしの本からはみ出しているしおり、モデルに使ったまま一月も放っておいたバラの枯枝、ペン皿の中のペン、灰皿の中の灰、つまり一切が当然そうあるように在るだけだった。ただ一つ、えぐり抜いたような異質な空間に閉じこもっている彼女を除けば。黒いスカートの下に並んでいるふくらはぎの生々しい曲線や、ロケットをまさぐっている仕事に荒れた手の実感や、すべてを飲み込もうとするようにしめられる上唇の動きなどまでが、まるで行場を失ってただひたすら目立たぬ習慣的なものの中に消えて行こうと焦《あせ》っているように見えるではないか。と突然、全く突然に僕は彼女を限りなく愛《いと》しく、またいじらしく思った。そのとう突な心情の衝撃におびえながらも、僕は興奮して立上った。頭の中には次のような言葉がまざまざと浮び上っていた。「不幸なのは君ばかりじゃない。僕だって同じなんだよ。お互いに理解しようと努めなければ、永久に相手から新しいものを汲《く》み取ろうとする善意と意志がなければ……それが出来ればきっと理解し合えるんだ」そうだ。それは正しい見解であった。それだけなら僕は誇ってもよかっただろう。けれど次の瞬間彼女の答えを想像するや、僕は忽ち恩きせがましい俗物の意識、賤民の舌なめずりを始めていたではないか。しかしその変化はほんの数秒間の出来ごとだったので、その愚劣な下心を反省するひまもなく最初の確信をそのまま口に出そうとした。

「君は一体……」

だがそれだけで沢山だった。一体何時になったら気づくというのだ。彼女の哀訴や眼差を待つまでもないことではなかったか。彼女の破れるほど見開いた瞼《まぶた》は忽ち冷い卑屈さになって僕の内臓に滲《し》み込んでいった。僕は彼女のすぐ前まで行ったものの、まるで予定の行動のようにその側《そば》をすり抜けて窓ぎわにより掛った。彼女は跳ねかえるように茶の用意をし始めた。情けなかった。判断とは一体より掛るべきものなのか、それともより掛られるべきものなのか？　彼女の場合、総てが理解しつくされもう問うべき何ものもないのか、或いは逆になに一つ問われず、問うすべさえ見当らぬ未知の世界であるのか、その区別さえ僕には失われていた。彼女が在るということ、それだけですでに一切の問いの根元になっているらしかった。

しかしそんなことより、僕の問いに対していきなり茶の用意に立上ったことの意味に気づくべきではなかったか。あの時すぐに気づいていれば、なにもこんなにこじらしてしまう必要はなかったに違いない。なんという明瞭な答えだったろう、僕こそすり切れた歯車だったのだ。それどころか軸を失った車だったのだ。結局最後まで僕は彼女の身を以って示す答えに何一つ気づかずにしまったではないか。

秋の美術展に出そうと画き始めていた二十五号のカンバスの覆《おお》いを除《の》け、数週間つづけたデッサンで飲込んだ細部のニュアンスと想い較《くら》べながら画面を追っている間、彼女は茶を注《つ》ぎながら僕の背後にじっと立っていた。

「君は絵が解る？」

と何気なく口に出して言うと、僕は忽ち絵を通じて僕の優越を彼女に思い知らせてやろうという妙な計画を作り上げていた。色々なことを考えて見たものの、結局腹の底では彼女に愛されることを望んでいたのかもしれないのだ。僕はきっとそんな男なのだ。彼女はすぐに答えられぬのか、じっと考え込む風だった。僕はじりじりし始めた。と驚くべき一句……正確なその一言は僕の浅ましい計画など一気に吹きとばす。

「絵よりも前に、なにより解るということの意味を解らなければなりませんわね」

「そうだ、そうだとも」

　たちまち驚嘆の念が満ちあふれる。絵かき仲間でも気づいているものがそうざらに居るとは思えない深い真理だ。僕は一瞬にして素直《すな》おな気持になっていた。

「解るという意味の理解、これは本当に大へんなことなんだよ。それに気づけばもう解ったようなものだ。その深い体験の眼で見たものが本当の判断だからね。愉快じゃないか、僕等は全く同じ意見だったんだねえ。一体今まで何をびくびくしていたんだろう。こっけいじゃないか。Mが、Mの幽霊が目かくししていたんだな。もう大丈夫だ。お互いに最上の理解者だったんだからね……ところで」と僕は自分の絵を指差した。「此の絵はどう？　秋に出そうかと思っているんだ」

　しかし彼女と絵とを見較べ答えを待ちながら、僕は再びしのび込んで来る不安の念を禁じ得なかった。彼女の眼はまるで絵が目に入らず無を探し出そうとでもするように焦点がぐらついているのだ。それも絵の面にそってではなく、垂直に奥へ奥へと入っていくようだった。結局は恥ずべき俗物の早のみこみに過ぎなかったのだろうか。

一気に問題を解決したようなつもりで、かえって自分の優越を疑おうともせず、忽ち押しつけがましい信頼を当てこむことになってしまったのではあるまいか。すぐにも友愛の証《あか》しが与えられるものと決めこんでいた。そんなきっかけさえ無いのに、愚かしくも彼女を理解したつもりになっていたのだ。やりきれぬことだった。何んという永い沈黙だったろう。その眼は次第にとりとめなく、手はなによりの困惑を示す例の仕草でロケットをいじり始める頃、そして僕の不安がようやく実体的なものに作られ始めた頃、全くとう突にあのしゃぼん玉のような言葉が真向から僕の顔にぶっつかって砕けたのだ。

「これは、風景の絵ですわ……」

おお！　僕は思わず手に持っていた絵筆を床に叩きつけた。そしてものも言わずに部屋をとび出してしまった。それ以外にどうすることが出来ただろう。勤め人が出るにはおそすぎたが、それ以外の人が出るにはまだ早すぎる時間だった。その人通りの少い町を、これという当もなくそのくせ約束のある人のような急ぎ足で、車道を横ぎり、広場を突き抜け、橋を渡り、何時の間にか電車にさえ乗っていた。そしてどういう訳だったろう、気づいた時にはMが仕事の足場にしている酒場の前で立止っていた。其処《そこ》はビルの地下室になっていて、中国人の経営している店だった。青龍荘とあまり目立たぬ小さな木札のかかっている入口から、地下室特有の湿っぽい香りがただよってくる。一寸ためらったが、ほとんど惰性的に僕は狭い階段を下りて行った。暗い物置のような感じのする土間を通り抜け、フェルトを張った重いドアを押すと、いきなりどっと溢《あふ》れ出る濁った光と人いきれに混った高笑いの物質的な圧力に、思わずぐらっと眩暈《めまい》を感じる。昼だというのに窓のない此の店では電燈が幾つも点《つ》いていた。Mはスタンドの一番奥で頭の禿《は》げた中年の男とビールを飲みながらひそひそ話し合っていたが、僕を見るといそいで此方《こちら》にやってきた。

「やあ、どうしている。一杯いこうじゃないか。ビール！　そうだろう。不景気な顔をしているなあ。仕事もいいがあまりくすぶってばかりは毒だよ。僕のようにげらげら笑って見るんだ。ビールとげらげら笑いは薬だよ……」

と僕達の眼はその笑いを中心にしてぴったりくっつき合う。そしてその言葉がレンズのようにばらばらなものを集約し僕の頭の中に焼きつけてくれる。

「そうだ、笑いって言えば……」

Mの顔は急にこわばり、その声はひきつってくる。

「遇ったの？」

僕は一寸ためらったが、結局黙って首を横に振った。

「そうか……今になって見ると、まったくおかしな女だったが、そのくせ宝物を気づかずに捨ててしまったというような気がするんだよ。文句など言えた義理じゃないんだなあ。変な女だった。そうかといってもう一度一緒に暮したいとは思わないが……」

「で、どうして出て行ったんだい？」

「出て行ってくれと言ったのさ。それだけだよ。別にこれという理由は言わなかった。考えて見るとあれが居るということ、それだけでたまらないんだね。今ごろは何処《どこ》にいるんだろうなあ。いや考えまい。どうにもならないことだ。僕にはあれと一緒に居る価値がないんだよ」

と或る霊感のようなものがちらっと脳裏をかすめた。僕はいきなり畳みこむように問いかけた。

「で、死ねといったら死ぬだろうか？」

「何んだって……」

僕達の眼はもう一度激しくぶっつかった。Mは僕の胸中を探ろうとするらしく、ビールのコップを口に当てごくごく音をたてながらも僕から眼を離さなかった。そればかりか空いたコップに注ぎ足しながらなじるように言った。

「君は一体なにしに此処《ここ》へやって来たんだ」

僕は黙っていた。一気にビールを飲みほすとそのまま立上った。と酒に焼けてぎらぎら光る彼の眼が僕の眼一杯に迫って来る。僕は嘗てなく激しい憎しみに内臓の粘膜が燃えるのを感じた。

「君には分らない」

「なんだって」

彼も立上った。そしてやっと何事かを理解し始めたらしく僕の前に立ちはだかる。僕はそれを強く押しのけると後も見ず、何やら叫び掛けるのに耳もかさずに、急いで階段を駈《か》け昇り正午に近い陽の輝く外に出た。軽く酔いがまわり始めていた。肩や腋《わき》の下にじっとり汗がにじみ出していた。酔いのためよりは憎しみのためだったかもしれぬ、急げば急ぐほど足元がぐらぐら揺れた。僕は心の中でも走りながら叫び続けた。

「畜生、偽善者め！」

それはやがてMに対する憎しみを越えて遥か彼女の存在に驀進《ばくしん》して行くのだった。価《あた》いしないとは何ごとだろう。誰にそんな判断を下す権利があるのだ。耐えられぬとは誰の意識だったろう。どの俗物がそれに気づき得るというのだ。

息を切らして部屋におどり込むと、彼女はどこから探し出したのか針を器用にはこびながら僕の破れた靴下をつくろっているところだった。机のわきには既につくろい終ったのが二足たたんで並べてあった。丁度その上には強い陽差《ひざし》が斜めに腰を据え、彼女の手許《てもと》を覗きこんでいる。開け放った窓辺にはかげろうが炎《も》えていた。彼女の後ろではガラスの花瓶が飴色《あめいろ》に輝き、初めて見る草花が一本子供っぽくかしいでいた。彼女の膝《ひざ》には読みさしの新聞が人なつっこくより掛っていた。一瞬僕の憤りは深い感動にそのまま移り変っていくように思われた。ああ、何んという正しい在りかただろう。僕は一体何を苛立っていたのか。何も彼も初めからやり直おして彼女を愛してみたらどうだろう。これ以上愚劣になることはないにしても、これ以上俗物になる必要はないではないか。俗物的に俗物を否定してもなんにもならない。越えるのだ。彼女こそ愛に耐え得る唯一の女なのではあるまいか。見ることだ。拒むよりも見出《みいだ》すことだ。彼女のいぶかしげな眼の前で、僕は重心をとりながら最後の憤りが感動と悦びに変ってしまうまで待つために踏みとどまっていた。此の明るい現実の調和を壊しうるものがあるだろうか。次の瞬間に僕は笑って見せるつもりでいた。確かに成功しそうだった。一体これ以上何が不足しているというのだ。

しかるに、ああ、何んということだったろう。もう十秒、いやもう五秒、せめて机の脚か彼女の陰になって、あの憤りが完全になくなるまで眼にとまらずにいてくれればよかったのに。ふと眼についたあの汚点、もうふき取ってはあったが未《ま》だ明瞭に見えるさっき投げつけた絵筆の跡が、ますます一点に圧縮され隙さえあれば溢れ出ようとしていたらしい憤りの薄い被膜を突き破ってしまったのだ。赤いその斑点《はんてん》はちかちかと眼の奥に合図のようにしみ渡った。急に重心が狂って心の中で何かがぐらっと揺れた。俗物がただ自分の愚劣さを見抜かれはしまいかと案ずるだけのために益々愚劣さに足を踏みすべらし落ちて行くあの心理に圧倒されて、内心では泣き出したいほど絶望的に打ちのめされていたのに、強《し》いていたけだかに、冷い勝誇った口調で喋り出したのだ。心にもない一言々々に、苦しい拒否と自問を投げつけながら。そして事実僕は機械のように言っていることの意味を殆ど理解していなかった。

「君は、そうだ、やっと分ったのだが君は要するに存在する意味のない偽物《にせもの》だったのだ。もう瞞《だま》されはしないよ。君は人のお陰でやっと君になっているんだ。馬鹿らしい話じゃないか。人間はただ存在するんじゃない。それを理解しなきゃならないんだ。それを問い、それに答えるように存在しているんだ。君には分らないだろう。愛がどんなものだか、愛は理解しようとする意志なんだ。其処でこそ愛が成り立つ。そして愛し合わなければならなくなる。しかるに君は全体何者だというんだ。無じゃないか。零じゃないか。瞞されやしないぞ。君は人間の偽物なんだ。もうごめんだよ。我慢出来ない。さあ、出て行きたまえ、出て行くんだ。いや、出て行くだけじゃ駄目だ、君は消滅する必要がある。死んでしまうんだ。さあ、これっきりだ。僕達にはもう話し合うことも始めることもない。お願いだ、さあ、出て行ってくれ、そして死んでしまうんだ！」

彼女は蒼ざめて顔を上げた。針を持った手が慄《ふる》え始めた。僕も心の中では手を握りしめ歯をくいしばり、若《も》し彼女が泣き出せば僕も一緒に膝をついて泣き出したいような切ない気持で、しかし言うことは意に反してやりきれぬほどあつかましい下劣な言葉ばかりだった。

「だが、そうだな、もし君が笑えたら……そうだ、もしこんな具合に笑えたら……」

僕は笑おうとした。しかし喉の奥でがらがらとつぶれた空かんのような音がきれぎれに聞えただけだった。

「つまり笑ったらだ……僕も全部を始めからやり直してもいいと思うよ。笑ったら……さあ、笑ってごらん」

おお、断言してもいい。その時彼女が僕の愚劣さを嘲笑おうともせずに、真剣に命がけで答えようとしていたことを僕はちゃんと知っていた。彼女は笑おうとした。必死になって笑おうとした。しかしその顔はただ崩れ、その崩れたマスクから似つかわしくも僕の最後の反照が流れ落ちるのだった。

　彼女は弱々しく眼を伏せ、つくろいものを下におろした。それから哀しげに手下げ袋を壁から外した。ああ、僕も最後の努力だった。愚劣な愚劣のしめくくりだった。何故あれが素直な言葉で言えなかったのだろう。自分の手で自分の言葉をとり戻せなかったのだろう。慄えながらあらぬ言葉で哀訴するだけだった。

「どうするのさ。何故君は謝ろうとしないんだ！」

　しかし彼女は大きく肩でふるえながらドアを押し、暗い廊下に出て行ってしまった。僕はもう一度哀訴の言葉を投げ掛けたまま、壁にもたれて眼を閉じた。

「何故謝ろうとしないんだ！」

［1948.6.22］

鴉沼

新旧両市街を隔てて一里四方にひろがる赤土の草原。湿地帯を避けて敷かれた鉄道がこんな片輪な町を拵《こしら》えてしまったという。じめじめした土に生い育ちいかめしい城壁に取り囲まれた粘土と黒煉瓦《れんが》のかびのような家並の人達が、今はもう役に立たず、また役立てる必要もなくなったかしいでいる城門から商いや働きのために、赤煉瓦とコンクリートと鉄の新しい町に絶えず蟻《あり》のように繰り出すその道も、やはり鉄道と同じく此《こ》の草原を迂廻《うかい》して三倍以上の無駄をしている。その草原の中に原生動物さながら不規則な枝を出してはりついているほそ長い沼がこのまわり道を余儀ないものにしているのだ。しかし植民地特有の膨大な重工業発展は、この隔りを直線化する必要にせまられていた。数年後には理想的な鉄の道路がこの草原を横切り、この一帯は完備した緑地帯になり、沼には白いボートさえ浮ぶはずであった。事実その歴史的な大工事は新市街の側から一部始められ、沼を囲むように波打っている丘陵近くにも二三軒の家が建てられていた。だがそれも過ぎ去った夢だ。沼は更によみがえり、更に古く朽ちねばならぬ。もう今ではお前を手の中に握り留めようとする人間は居なくなったのだから。

九月の末……鴉《からす》と呼ばれるその沼は重く土色に濁っている。水草は枯れて化石の割目のような跡をただよわしている。それが時折ゆれるのは獣の屍《しかばね》からくずれ出た気泡の静かな還元だ。その日、風も凪《な》いで空は歯をくいしばるほど青かった。太陽は自分の黄色い輝きの中に身をひそませていた。いやそうでなくてももう動くものはあるまい。やせた赤土になよなよと救いを求める柳の葉も落ちてしまったし、沼から押し上げられて奇妙にうねっている草原の波も枯れてしまった。動くものは何もない。人間さえ、ものうげに鞭《むち》を鳴らす牧人さえ姿を消した。獣よ、此処《ここ》ならば安らかに眠れるだろう。

いかにもやがて陽が傾いて、丘の向うに突然真赤な都会の屋根が炎《も》えあがり、あふれた大地の呼吸が沼の上に凍って霧となり、水草の根にからまる腐屍《ふし》も分解をやめるころ、お前たちは群れ集いこの上空を真黒に染めるために帰ってくる。鴉たち、愛らしくもなく、孤高でもなく、またさして美しくもない白眼の住人たち……狡猾《こうかつ》と憎悪《ぞうお》と残忍の色に誤って夜と昼の境い目を飛ばねばならぬ運命に復讐《ふくしゅう》をちからうのか、或いは夜の中で更に深い黒となるために身をよせ合って叫ぶのか、三度といわず此の沼の上に渦を描く。此処は憎悪のやさしい寝床なのだろうか。

だがもし悪《あ》しき夜が明けて、まだシベリヤに積った空気があふれもせず、太陽が黒い霧を破りもしないのに、お前たちの重い眠りを呼覚まし沼のおもてを掻《か》き湧《わ》かすものがやってきたら……。


一発の狼烟《のろし》が合図だった。一九四五年、あの忘れ難い九月の暮、旧市街の一角からけたたましい太鼓の音が湧き起った。笛がなりあえぐような群集の叫びが城門を打ち倒し、しっ黒の中にさながら息をこらす敗れた人間の町を目掛けてつき進んだ。不具者と病人と気狂《きちが》いとが火薬の臭《にお》いに酔った夜、モッブの夜。手榴弾が破裂し、人々の衣は石油に濡《ぬ》れ、火がついた。しかしこげた指でも太鼓は鳴る。かすれたうめきも集れば立派に叫ぶ。沼は笑い、まだ夜だというのに鴉たちも目を覚ました。妖怪《ようかい》のように美しく鳴き、沼をふるわして黒く羽ばたいた。何千という白い眼がモッブの投げた火に濡れて瞬《またた》いた。ああ、復讐の日が来たのであろうか。

翌朝……これが物語の発端である。はるかな地平線から透明な雲の帯がにじみ出し、紺青《こんじょう》の縞《しま》に数多《あまた》のものが輪廓としてよみがえる頃、すでに舞い上り不眠に興奮している一羽の鴉が融《と》けかかった沼のほとりの枯草の中に若い男が倒れ伏せっているのを目ざとく見つける。恐らく昨夜モッブに追われて逃げてきたのだろう。鼠色《ねずみいろ》のズボンは裾《すそ》がいくらかいたんでいるだけであったが、白い木綿のシャツは肩から大きくかぎ裂けがあり、ところどころ黒ずんだ血痕《けっこん》が皮膚にはりついて生々しい。何かにつまずいて倒れたままらしく、両肘《りょうひじ》は体を支えるように両側にはり出してその間に蒼白《そうはく》な顔が半分のぞいている。生きているのか死んでいるのか、うっすらと慄《おのの》いている瞼《まぶた》の間にはそれでも黒い瞳孔《どうこう》が曙光《しょこう》に輝いて見える。鴉の熱い血は復讐の開きにあっと逆流した。いきなり羽をすぼめて緻密《ちみつ》な朝の大気をつきさすように落ちかかりその眼球をついばんだ。破れた角膜から血のにじんだ半透明な粘液がもくもくと湧きあふれる。と流れた血は少かったが鴉は愛情をこめてひと声仲間を呼んだ。瞬く間もなく数千の羽ばたきが木の葉をゆらし沼を震わし、色うせながらも去りがてに枝々やもの影にうずくまっていた夜の名残の中で激しく渦まいて、たちまち男は黒い憎しみに覆《おお》われた。死んでいるのだろうか、それともただ気を失っているだけなのだろうか。がさがさと羽をすり合わす音、喙《くちばし》の肉を突き破る音、そして時折しわがれた不気味な叫び。その時沼はわずかに身を起して満足そうに呟《つぶや》いた。

「おお男よ、今その鴉どもの嘴《くちばし》をふりほどいて立上れぬなら、死によって矛盾を超えた不思議な物質に立ちかえったというのなら、男よ、栄光はお前のものだ。待つがよい、ひと雨降れば腐った内臓は流されて俺の底に、やがて美しく輝く銀の気泡となって湧くだろう。だがたとえお前が生きているにしても、限りなく存在の外に送るながし目であるにしても、男よ、俺の力を知らねばならぬ。憎しみの胞《はら》から生れた愛を拒めるものなら拒んでみるがよい……」

沼はまだ何か言いたげであったが、そのとき不意に地の底から湧き起ったようなながきうめき声にその独りごとは中断された。一羽の鴉が舞い上り、黒紫色の翼を打ち輝かしてひと声高く危険を合図した。どす黒い渦がまき立った。別段なにごとも起らぬようであったが、臆病《おくびょう》なほど疑い深い鴉たちは男が微《かす》かに身ぶるいしたのを目ざとく見つけたのだ。してみると男は生きていたのであろうか。鴉は注意深く男の上を、それから沼の周囲を二三度飛びまわってから何処《いずこ》へかに飛び去ってしまった。あたりには再び静寂が強く歯をくいしばる。陽はいつのまにか枯葉や蜘蛛《くも》の巣の朝化粧である大小の露の中でとりどりに輝いていた。

丁度そのころ、別な世界からこの鴉の叫びと黒い渦の柱を気遣《きづか》わしげに眺めているものがいた。新市街から草原を中途までのびて来ているアスファルトの道を沼の方へ歩いている一群の人に混って、広い額から眼のまわりに黒く疲れを漂わせているうら若い娘であった。しかも疲れているのは娘ばかりではない。彼等は全体が一足の重い靴のようだ。見ればその半数が跣足《はだし》のまま、ずたずたになった服を寒そうにかき合わせ、身をすりよせることで各々の動作を支えようとしているらしかった。むろん彼等の目的は沼ではない。彼等は賢明にも都市の発展を見越し選《よ》りも選って鴉沼に近く、やっと沼から続く草原と丘の波がつきるこのあたりまでのびて来た道路にそって建てられた侘《わび》しい三棟の住人なのだ。そしてまず手始めにとモップに打たれ追われてやっと生き残った十一人であった。彼等の足は重い。しかしその表情はさらに重い。実のついた秋の枝のように頸《くび》はその重さを支えかねてか低くうなだれ面《おもて》をあげようとするものもない。恐ろしい昨夜の体験の中で表情を支えるものまで忘れ失ってしまったのだろうか。それとも今彼等を待ち受けているものをその顔で受けとめる勇気がないというのだろうか。いずれにせよ無理もないことだ。彼等が帰ろうとしているそれ等の家は……いやこれはもう家とは呼べまい。単なる跡だ。一棟は完全に焼け落ちて黒く煤《すす》けた煉瓦の間にはまだ煙がくすぶって風に流されている。いま一棟は焼けてこそいないが天井の梁《はり》さえなく幾つかの壁と柱が残っているだけ。もう一棟はやっと家の原型をとどめているとはいうものの、戸や窓はおろか床板までがモップにさらわれてしまっている。では一体この十一人は此処へ何をしに帰って来たというのだろう？　いや、問うには及ぶまい。帰るということは……。

　三棟のうちでもまだましな一軒の石段に、彼等は言葉もなく申し合わせたように腰をおろす。坐《すわ》る場所のないものはその周囲にぼんやり立ちつくす。さすがに中に入って見ようというほどの気を起すものはいないらしい。恐らくじっと考えてみたいのだ。あの運の悪かった連中のこと、逃げおくれたもの、梁の下敷になったもの、棍棒《こんぼう》で打ちのめされたもの……少くとも自分を悲しませ苦しませたことに対して呪《のろい》の言葉をはかざるを得ないではないか。彼等は各々、しかし一様に昨夜の情景を悩ましく想《おも》い浮べているにちがいない。モップのゆがんだ無数の顔、ふり上げた棍棒、むき出した歯、それに酔い痴《し》れた歓喜の表情……そしてその一刻の休みもなく打ち鳴らされる太鼓と銃震からやっとのがれて、黒い郊外の下水溝に身をひそめ慄きながら口々に語り合った消息……誰もが誰かを失っていた。総《すべ》ての人が一様に誰かを失っていた。その悲しみは比較し得るものではない。最大限の喪失感は一様であるはずだった。

　しかしさきほど、鴉の渦に色を失った娘、今も道路に出て臆病そうに沼のほうを見詰めているあの娘には、もしその仕草に人知れぬ深い悩みが隠されているのだとすれば、更に深い悲しみがその眼瞼《がんけん》を黒ずませ、グラスに押しつけた唇から血の気を奪っているのだと考えるわけにはいかぬだろうか。鴉が叫んだとき娘はこんなことを思っていた。一体いまごろどうしたというのだろう。いつもなら東の空が黄色くなるころ、もう遠くへ飛び立ってしまう鴉たちなのに、そして或る不吉な予感に戦《おのの》いたのだ。

むろん今はもう奇蹟《きせき》や虫の知らせなどを信じる時代ではない。しかし次の事情を知れば娘の不安もわけのないものではなくなるだろう。娘には逢いびきの約束があったのだ。時刻は昨夜、場所は鴉沼。娘が男に出逢《であ》ったのは一昨日、駅前の中央市場の中だった。

娘は心持ち蒼《あお》ざめ、自分でも血の気が失《う》せていくのを知った。と忽《たちま》ち逆に紅潮するのを感じた。長いあいだ心に描き、あまりにも永すぎたため却《かえ》ってほとんど忘れ去っていた十年ぶりの再会ではなかったか。今では立派な男だったが、形のよい娘のような唇やとりわけ深く輝いた眼は余りにも弱くもろすぎたあの少年の姿を想い浮べるのに充分だった。娘は息をこらして男を見上げた。一瞬嵐《あらし》のような不安と期待が言葉と肉体をつなぐ部分、二人の心臓の間で音をたてた。

——此んなところで、こんな具合に会えるなんて夢にも考えなかった。何年ぶりだろう？　見違えるようになったね。けれどやっぱり君だなあ。想出す。

――私、塩と油を買いに来たところだったの。元気？　元気らしいわね。いまどちらにいらっしゃるの？

――何からどう話していいのか見当もつかないよ。話したいことがあり過ぎるのだ。何処《どこ》かでお茶でも飲まない。此処じゃ……。

――駄目なの。弟が駅前で待っているのよ。

――いいじゃないか、一緒に。

――今日は駄目なの。だってもう四時でしょう。五時からは戒厳令よ。それに私のところは遠いし、鴉沼の近くなの。淋《さび》しいところでしょう。

忽ち男の顔に深い悲しみの色があふれるのを見ると、心くじけた娘は慌《あわ》ててつけ足した。

――いいわ。だから明日、いいでしょう？

――何時《なんじ》？　どこで？

――二時すぎ、地方事務所の角。

雑踏がせわしく二人を引離し押しつける。そして何時《いつ》の間にか二人は市場の出口に立っていた。大きな戦車が三台ほこりをあげて彼等の前を走った。娘が何か言ったが男には聞き取れなかった。二人は顔を見合わせ訳もなく微笑《ほほえ》んだ。

翌日サン・ライズというレストランで二人はコーヒーを飲んでいた。何故《なぜ》か二人の顔は暗く話ははずんでいないようだった。くるみ入りの揚げ菓子をフォークの先で目的もなくつつきほぐす娘の手許《てもと》をじっと見つめながらやっと男が口を開く。

――駄目だというんだね。仕方がない。君の意志だもの。しかし僕は待っているよ。来なくても良い。僕はほかにどうすることも出来ないんだ。夜八時から夜明けまで、鴉沼の羊飼いの小舎《こや》のそばで待っている。返事はどうでもいいんだよ。それを君に告げるだけだ。ほかにどうすればいいだろう。明日が君の結婚式だなんて、昨日遇《あ》ったときにそれを聞いておけば、昨日一日をあんな具合にすごすんじゃなかった。別離で果たす愛のほうが出会で果たす愛よりもどれだけ楽なことだったか。もう十年も遇わずにいたんだもの、隊が解散して復員したとき、僕はほとんど生きる目的を失っていた筈《はず》なのに、却って今まで味ったことのない生命力を感じて驚いたりした。大連《だいれん》の阜頭《ふとう》で苦力《クーリー》をしながら、あの白く輝く直線の交錯、白い壁、白い途《みち》、一切が僕の心になって青い波を受けながら今にも訪れようとしている幸福を歌っているような気がした。或る日仕事を了《お》えてバラックに帰ろうと疲れた足を引ずっていたとき、何かのはずみに突然一切の意味を理解しているのに気づいたんだ。其処《そこ》は丁度僕達が過ごしたあの小学校の前だった。君だったのさ。それに気づくと僕は一切を投げ出し、もっとも投げ出すものはこんな具合にしてやって来る未来だけだったのだが、むろんそれも承知の上で君が来ていると噂《うわさ》に聞いていたこの町にやって来た。丁度機関区に務めていた友人が智恵を貸してくれて、上手《うま》く軍用列車の火夫《かふ》になりすませたのさ。命がけだった。しかしそんなことはどうでもよい。なんでもないことだった。こうして僕は少年時代の種子を包む厚い殻を割って見た訳だ。何が出て来ただろう。

男は何かを握り込むような格好に合わせた両手を娘の前につき出し、それをぱっと開いて見せた。二人はまたしばらく黙りこんでしまう。しばらくして娘が重い吐息と一緒にぽつんと投げ出すように言った。

——おそすぎた。おそすぎたのよ……。

その言葉尻《じり》は湿っていた。鼻のつけ根がじんと音をたてたように思った。外を武装警官の一隊ががちゃがちゃと音をたてて歩いて行く。男はテーブルの唐草を指でたんねんに辿《たど》ってみた。

——君はその人を愛しているの？　もう一度はじめっからやり直すことは出来ないものだろうか。こんなになっても世間の絆《きずな》だとか約束だとかがそんなに強く大事なものなのだろうか。いや、そんなことが問題なのじゃない。人間や世界や存在に対する信頼なんだ。悲しみや悦《よろこ》びに対する信頼なんだ。それがどんなに架空なものであってもいい。それを自分の未来像に定めること、それが自分に関係している意味を理解しようという意志……僕は愛を信じてる。

——私も信じてる……けど、やり直おすなんていうことが信じられないの。あなたのおっしゃることはむろん正しいのよ。でも、未来が確実に未来なのはそれに手を触れないでいる間だけね。おそすぎたの。やり直おしても追いつかないんだわ。

——君の言っていることだって正しい。僕等は事実が事実であることをどうすることも出来ないんだ。宇宙に対しても人間に対しても存在に対しても、お前は在ると叫ぶだけなんだ。そしてその情熱がお前に生きた肉を与えていく。仕方がない。未来が手許で崩れ去るのを拒むわけにはいかないんだよ。分ってくれる？　愛は理解しようとする意志、頭だけでなく、眼で、耳で、指で、唇で、そして全身で。反対に愛されようと慾することは自分に対する理解の意志なんだ。それは常に同時に存在する。だから人間は愛するという一方的な行為にとどまることが出来ず、初めて自と他を結びつけざるを得なくなる。自愛と他愛が両立しないとき、愛は憎しみへと移って行くんだ。おそ過ぎなどということは考えられない。事実が事実であるという理解を捨てて何処に行けるだろう。君を離れて僕は愛だけの世界なんて考えられないんだ。憎しみに変形していく愛を支えてくれるのは君だけ、今夜鴉沼で、それ以外には考えられない。待っているよ。いいんだ。返事はいらない。そうする以外には方法がないということを聞いてもらえばそれでいいんだ。怒っているの？

——ええ、何かに対して、そうかもしれないわ。答えろといわれても答えられない。あなたの思いやりが恐ろしいの。もう何もおっしゃらないで……。

二人はじっと顔を見合わせた。この瞬間がどんなに大事なものであるか二人ともよく分っていた。一刻々々と時が経《た》って行くのはほとんど耐え難く、想出のためにあらゆる瞬間を引留めようと焦《あせ》りながら、刻々森林を埋めていく氷河のような時間の威圧に慄《ふる》えていた。そしてついに柱時計が四時を打つ。娘の顔は絶望的に引きつり、あたり構わずテーブル越しに両手を差出すと激しく声をふるわした。

——行かないで！　駄目よ。お願いだから忘れてね。もう間に合わないのよ、そんなことをしたって……。

——エゴイスト！

と男の声もふるえた。しかしその語調はいたいたしいほど弱かった。

——君は一切を僕に押しつけようというのだね。君のためとはいえ、そんなにまで君を失うことは出来ないよ。いやだ。すべての君が君の自由だと思ったら大変な間違いだよ。どうしても君の自由にならない君があるんだ。僕が愛している君は、そんなことまで要求するはずがない。行くよ！　僕は行って待っている！

二人は申合わせたように立上った。外では何ヶ国もの人からなる群集が渦をまき、品物を抱《かか》えた露店商が口々にわめき、すでに傾いた太陽が建物の狭い隙間《すきま》から流れ出しては雑踏のも裾《すそ》にねばねばとからまっていた。ほこりに混って安物の油がきつく鼻をつく。肉と小麦粉の重い臭いをにんにくが激しく掻き立てる。色とりどりのまがいものの煙草《たばこ》、派手な人絹《じんけん》の波、食紅に染った揚げ饅頭《マントー》の山、秩序を失ってとろけた顔の波、二人の重い心が流れていくには好適の道だった。

さて発端にかえろう。沼のほとり、鴉の飛び立ったあと、しばらく置き忘れていた男を見てみよう。男は苦痛に身もだえている。死んではいなかったのだ。丁度いま肉体の場所を感じることが出来ぬほどの痛みに叫び声をあげて目覚めたところだった。痛いといえば、とりわけ左の眼、鴉につついばまれて破れた眼。しかし痛いなどという形容は適切なものではないのかもしれぬ。身をよじりながら続ける長い呻吟《しんぎん》、それ以外に彼を包む全感覚を表現する言葉はないにちがいない。重く、引きつるように、焼けつくように、彼につらなる眼に見えぬ巨大な物質がのしかかり全世界を押しゆがめてゆく。泳ぐように身をねじ曲げ、倖《しあわ》せにも鴉がついばみ忘れた片目から大粒の涙を流しつづけ、男は瀕死《ひんし》の獣のようにうめく。

だがやがて本能的に、全身で沼のほうに這《は》いずり始めた。恐怖と苦痛に濃縮された血が水を求めるのだ。顔をのばし、唇を差出し、と男は電気に触れたように身をすくめる。おお、何んていう冷たさ！　無理もない、もう九月の末だ。そろそろ氷もはろうという頃だ。そうだ、ついでにこの焼けつくような左眼を冷してみたら……彼は両腕で体を支え沼の上へ思いきり乗りだし、息のつづく限りすっぽりと顔をひたす。これは素晴らしい考えだった。破れた眼から流れる漿液《しょうえき》が小さな輪をつくっては次第に広がりながら沈んでいくにつれて、苦痛もその水に融け散っていくように目にみえてやわらいでくる。時折息をいれては幾度もくりかえしたあと、男は激しく身ぶるいしやっと立上った。そして衝動的にシャツの端を引裂き眼を包んだ。もう一枚こしらえて繃帯《ほうたい》にすれば申分なしだ。日当りのよい、よく乾いた窪《くぼ》みを見つけて横になろう。そうしていれば痛みももっとやわらぐにちがいない。男はそう考えながら腰の浮いた不安定な足取で五六歩よろめいた。しかしそのままがくっと折れるように膝《ひざ》をつき、うめきながら両手で眼をおさえるとまた落葉の中に俯《うつ》ぶせになってしまった。

何時間が経った。空が突然重く銅色《あかがねいろ》に光りはじめる。風になるらしい。はるか草原のつきるあたり、圧縮された町のところどころに立つ焼跡らしい煙のうねりがひとしきり強くなった。時折想出したように屋根の間にうなる自動小銃の音、壁の間を屈折するピストルの音が何処からともなく風に乗って流れてくる。その感情の統一を欠いた、ほかの場所ではただ意地の悪い老ぼれのような風も、沼の上では確実な一つの力に支配されるのだ。沼の面《おもて》は油のように重くゆれる。と不意に空気が捩《ねじ》れて歯の浮くような音をたてる。そしてあの若い男、憎しみへの侵入者も目を覚ました。異様に重い眼のあたりに手をやってみて、やっと傷のことを想出す。痛くはあったがもうそんなに激しいものではなかった。地面と鎖でつなぎ合わされているような重圧感と灼熱《しゃくねつ》感を除けば、はるかにしのぎ易《やす》かった。ああ、これくらいなら我慢も出来る。そう思って立上ると彼は足ぶみしながら周囲を見まわした。寒いのだ。九月の末は風が吹けば手足がしびれることさえある。ほっておけばゆっくりではあったが、自然に過去《すぎさ》った時間のほうへ後戻りし始める足を強いて引止めながら、男はじっと片目をすえる。彼には一切の現実が激しい挑戦のように思われるのだ。そして今なし得ることは、ただその一つ一つの意味を余すことなく完全に見返えすことだけだろう。丘が曲って沼の中に入りこんでいるところにある、夏の間だけしか人の住まぬ羊飼いの番小舎が眼の底に焼きつくように映る。点滅してやまぬ昨日交わしたあの娘との対話を歯の間にかみしめながら、矛盾の絶望さえ忘れまるでその小舎だけが目的のように、身をよじり足を引きずりよろめきながら沼にそって歩き出す。しかし何等彼の存在の証《あか》しになる行為ではない。体を支えるため全身いたるところに同じ程度の、それも予想外の注意をはらわねばならぬほどの疲れを耐えてやっと低い小舎の入口をくぐったとき、彼の心を打ったのは今更のような納得だった。結局総ては言葉の瞬き、消滅の瞬きにすぎなかったのだ。そしてじっと時間が流れていくらしい物音に耳傾ける。それは、ものが人間に対して抱く憎しみに共感した、か弱い無抵抗な世界の歌のように思われた。

しかし草原の果てるところ、丘の向うでは人はただ風の前に面を伏せるだけであった。あの壊された三軒の住人達も、いよいよ蒼ざめてうなだれる。それにぼんやりとではあったが、彼等は新しい悩み、行動の不安にかられ始めていたのだ。何かするということがこんなにも困難なことだなどと誰が想像し得ただろう。それどころか、此の十一人のうち、自分の行動を本当に体験したと言いきれるものが一人でもいただろうか。ただ行動の幻影であり可能性であり、よくてもその模倣《もほう》にとどまるものではなかったのか。自由などというものがもし彼等の考える通りのものだとしたら、何かしなければならぬという自己保存・自己承認の意志が何故彼等をそんな饒舌《じょうぜつ》だけの世界へ追いこむようなことをしてしまったのだろう。あくまでも他人の言葉を借りて己れをなぐさめ合い、他人委《まか》せの仕草で枯れ凋《しぼ》む饒舌の世界、眼がぼんやりと対象の意味も理解できずに何処か一点を凝視しているように、唇も手も全く自己意識なしに動いているだけなのだろう。痛みを耐えようとする人が、わけもなく体の一部をゆすり続けるのに似ている。沈黙や放心よりも激しい心の痛みかもしれぬ。むろんそれを咎《とが》めるべきではない。生存の無意味さを取戻すことこそ吾等《われら》の倖せではなかったか。

そうでもなかったら彼等までが、黒くよごれた指で腫《は》れぼったい眼をこすり続け、言葉もなく気兼もなく、ただ一つの可能性に魅せられて道のほうを見据えているあの娘のようになってしまっていたに違いない。彼女の耳に入り得るのはあの男の足音だけ。口が動き得るのは彼の唇に対してだけ、しかし娘の弟がそのかたわらにひ弱い腰を並べて坐り、その顔をのぞきこみながらそっと膝に手を置いてゆすぶったとき、開きすぎて今にもこぼれ落ちそうな娘の眼も始めて現実の像を想出したらしかった。

――ねえ、姉さん、気分が悪いの？　何故そんなに黙っているのさ。いやだなあ。仕方がないじゃないか。

――どうもしないわ。鴉の声を聞いていただけよ。いやな声……。

――結婚式が出来なかったからだろう。

娘は力なく首を横にふった。しかし少年が言いたかったことはそんなことではなかったのだ。もし娘が本当にその眼で少年の表情を読みとっていたなら、苛々《いらいら》した物問いたげな唇の緊張を見のがしはしなかっただろうに。注意深い切出しだったにもかかわらず、次の少年の言葉は娘を慄《ふる》い上《あが》らせてしまった。

——じゃあ、おととい市場で遇った人？

危うく叫び声をあげそうになった姉の膝をしっかり押さえながら少年は強く続ける。

——僕は見ていたんだよ。姉さんを驚かしてやろうと思ってすぐ後ろで立っていたのさ。ねえ、あの人なんだろう。分ってるよ。あの人が姉さんを苦しめているんだ。ねえ、話してよ。僕だって何かの役に立つよ。姉さんがそんなにしてるのを見ると悲しくなるんだ。それから言うまいと思っていたんだけど、あの人は本当に変だよ。昨日の晩ね、モップの中にあの人が混っていた。本当だよ。見たんだ。そして大声で怒《ど》なるのさ。鴉沼、鴉沼って。聞いた？　僕気味が悪くなって。ねえ、何んなの、あの人は。話してよ。あの人のことで何か心配ごとがあるんだろう？

娘は静かに首を振りながら少年の顔をじっと見た。そして微笑もうとしたらしかった。しかし唇の端がちらっと動いたきり、娘は崩れるようにどっと両手の中に顔を埋めた。少年はしばらく姉の激しく波打つうすい肩を悲しげに見ていたが、やがて何ごとかを理解したのかもしれぬ、そっとその傍を立去った。

一方大人たちは相変らずの凍った饒舌をつづけていた。ああ、しかし、これら夢なき人々に倖《さいわ》いあれ。彼等に必要なのは自由でも倖いでもないのだ。窓を閉めきれる一つの部屋、それがあれば永遠に生きても文句を言うまい。確かに死なぬということは生きていることだ。彼等は社会の中に一旦《いったん》できた以上決してなくならぬ或るものを信じさえする。窓の外に何も見えないのは苦痛だが、さえぎっているものが上質のガラスであればそれ以上の要求はしない。なんにも実現しないこと、しかも一切が可能的であること。ああ、何んときびしい節度ある模倣の倫理だろう。彼等こそは疑いもなく生きるだろう。現にその饒舌の中から見る見る幾つもの計画が立ち現れたではないか。死んだ人たちのために墓を掘ること、破れた窓に板を打ちつけること、水道の口を直おしかまどをつくること、それから来《きた》るべき生活のための様々な方針。そして沼の方へ薪《たきぎ》を拾いに行くために二人の青年が選ばれたとき、娘も始めて彼等の方へ顔を上げた。口にこそ出さなかったがそのことは異常な感動を与えたらしい。そのためか過剰な光線に深くえぐられ却って娘の顔は醜くやつれて見えた。しかし鏡がなかったことだけは倖せだった。さもなければ人間は永遠に怒り戦くものの叫びを忘れてしまったであろうに。

いつの間にか再び夕暮が、限りなく繰かえされた一日の終りが近づいていた。この鴉沼にも、しかし他の場所の千倍もの夕暮がせまっている。そのせいか此処の夕暮にはさした疲れの色もなく、一日の終りというよりは頂点のように思われもする。もっとも求め欲すれば時間はつねにそんなものかもしれぬ。だが此処では向うからその合図を人間に押しつけてくるようなのだ。沼は思いなしかやおら身を起こし、さび色に炎えながら憎悪の歌をうたい始める。そして鴉たちが黒い夢を翼に染めて帰って来る。

——何かが起る？　何が始まるというのだ。

そう呟いたのは、また痛みだした眼を冷しに小舎を出て、丁度流れるように舞い降りて来る沼の主たちを見ている若い男だった。

——何かが起る？　むろんそうだ、その通りだ。つねに致る処《ところ》で何かが起っているではないか。見るがいい、聞くがいい、それは世界がかく在るように確かなことだ。しかし、それだけだ……それはそれが言葉だということ、だが言葉はやはりその終末を約束するだけではないか。見るがいい、聞くがいい、振向いて、そして笑うがいい。

血迷った鼓膜が真空の中で自ら慄え内から外へ鳴りいでた聖霊の声のように妖《あや》しく

答えたのは、これまた魔王の眼のように内部から照り輝き男を飲みほそうと身構えている沼であった。男は慄然《りつぜん》と身をふるわせながら耳をそば立てた。

がさがさと大地のかさぶたを掻きむしるような音。ぴしぴしと骸骨《がいこつ》の指を折るような音。男は暗示にかられて思わず振向く。そして眼に映ったのは、丘の向うから薪を拾いに肩をすぼめ唇をつき出し非在の心を追いながら羊のように、額には汗をにじませ柳や楡《にれ》の下生《したば》えを折り枯草をかき集めているあの二人の青年であった。さすがに二人とも眼には見えぬがいきなり心臓の表面に触れてくる沼の威圧に気押《けお》されて、足の下に砕ける微かな音さえもひかえ目に注意深く、すべての仕草に二倍もの力と時間をかけているらしかった。と、ふと低い獣のうなり声が聞え、つづいて何んとも形容し難いしのび笑いがし始める。風のいたずらかとは思ったが、しかし沼の手は確実に彼等の心臓をしめ上げた。全身のうぶ毛が針のように逆立つのを感じながら二人は同時に顔を上げる。そして男の乾いた野獣のような片目にぱったり出遇ったのだ。彼等をおびやかしたのはむろん男の異様な風体《ふうてい》だけではなかっただろう。男を背後から包んでいる沼の妖気を感じたに違いない。ちらっと顔を見合わせると申合わしたように獲《え》物《もの》をかかえ急ぎ足で引返し始めた。いや逃げ始めたといったほうがよいだろう。最初の小さな丘を越えると二人は声を交わすゆとりもなく跳ねるようにして駈《か》けだしたのだ。

　風はますます強く、北を向いて立つと息苦しいほど、沼の上をかすめては無邪気な小波《さざなみ》をたてる。相変らず続けている静かな抑揚のない男の笑いを嘲笑《あざわら》うのであろうか、それとも同調して微笑むのであろうか、計り知れぬ沼のしのび笑いではある。帯のような鴉の群の一端から凄惨《せいさん》な叫びが起り忽ち黒い流れ全体に覆い広がる。がさっと男の足元に何かが落ちて来る。見ると鴉が搬《はこ》んで来たらしい鼠の死骸であった。

　男は静かに膝をつき、顔から布を取ると、今度は手で水をすくっては眼を冷してみる。そのたびに身をすくめ、そのため息をもらす。冷たいのだ。事実水温が下ったのか、それとも痛みが薄らいだせいか。枯葉が男の首すじに落ちてきた。空は不潔な色に濁り、あらゆる色彩はその重みに耐えかねて地平線まで沈んでくる。男は立上り不器用に布をまきながら不健康な唇の奥で笑いつづけた。沼は再び囁《ささや》きはじめる。

　――さあ新しい仲間、笑え、笑うんだ。今日も素晴らしい一日ではなかったか、やはり落ちるだけの重さを持って……その調子、調子を落とすな！　笑うんだ、きちがい、俺の仲間！　その怒りで全存在の抵抗を引裂いてみろ。神と獣の間の限りもない模索はもうやめようじゃないか。その模索が切れたとき、いいものがもの自体に還《かえ》るとき……生誕だ、新しい己れが生れるのだ。

その時、すでに半分は降りてしまった鴉たちの流れが突如として方向を変え、うつろな叫びとともに何処からか流れよって来た異国の鴉たちに向ってすべり始めた。たちまち数千の鴉が絡《から》み合い血を流し眼をつぶし合い、複雑な曲線は長く尾を引いてすさまじい叫びの中で幾度も交錯する。やがてその渦の中から数羽の鴉が血にまみれて落ちてくると、それが合図だったのか忽ち鴉は不思議なほど見事に二つの群に分れ、異国の鴉は空の片隅に声もなく消えていった。沼の鴉も秩序を取もどし低く林の上まで降りて来たが、何故かただ一羽だけ青黒い空の中に残って酔ったように舞い狂っている。激しい風に流されてはまた姿勢をたてなおし、眼に見えぬ何かと争っているようだった。確かにその鴉は傷ついていた。やがて草原の果て、空とのさけ目に太陽が融けてしまった最後の光を流し込んだとき、闘い疲れた鴉はすぐ下に待っている巣を想出したのか翼をゆるめて一瞬その場に静止したが、突然安定を失うとそのままキリキリ舞いながら沼の中に落ちていった。

夜だ。光を奪われた人間が始めて知る復讐の時だ。さあ歌をうたえ、口笛を吹け、俺たちの火をもそうじゃないかと、町ではまたモッブの太鼓が胸苦しいリズムを打ち始めた。その中で果しなく蒼ざめていくもの、いやそれは人間の心ではない、月の光だ。ましてモップの火は喜びではない。自動小銃のうなり、鉄の煮える音。しかし九月の夜は更に冷たかった。

光を奪われた人々……例の十一人も、モップの太鼓を耳にすると切角《せっかく》苦労してつけた焚火《たきび》をあわてて消した。沈黙は恐ろしいがもうその恐怖から逃れる気力はない。瞳孔は闇《やみ》と怖《おそ》れで二重に拡散する。考えるともなく考えに迫られて、ただ消えていく赤い火を凝視しながらその周囲に凍りつくのだった。ああ誰もがその淡い光にどんなに大きな永遠の町を連想していたか。

しかし、髪の毛は乱れ、眼はむくみ、唇は割れ、手はよごれ、それでもまだ言葉に食傷せぬ年頃、愛に打ちひしがれる裕《ゆと》りをもっているあの娘……さっき沼に薪を拾いに行った男たちの話を聞けばもう間違えない。何をためらう余地があろう。男は沼で一夜を明かしたのだ。そしてそのまま留《とど》ったのだ。気が狂ったのだろうか？　それでもいい。あの人にはその狂気で一生私を縛りつける権利があるはずだ。ああ想出、いたずら小僧に叩《たた》かれては泣いていた弱虫、私が帽子を取上げてさえすぐ泣出した彼、思い切って抓《つね》ってやったときの哀願するようなしかめっ面《つら》、杏《あんず》の木の下、小学校の校庭、放課後の白く乾いた運動場、いたる処で開いていた彼の黒い眼……そんなことを考えながら娘は消えていくその赤い火を男の呼び声のように思っていた。もし娘に夜へ傾ける耳があったら、闇を伝って沼の中から湧いてきた霧、そしてその中に滲《し》みこんでいる沼の誇らかな歌を聞くことが出来たであろうに。

――族長を生む種族、完全に死滅し化石になった言葉を消化する胃袋、人間よ、俺は気に入った。その石ころがある限り人間の前途は希望に輝く。ああ素晴しい仲間よ、一切が言葉だ、しかし言葉が一切ではない、それが俺たちの合言葉だったはず。しかし自己が一切に含まれる限り、憐《あわ》れな神で勇気づけられる地球の抵抗、人間、空想の刃で触れられても血を流すほど柔いその肌はいささかその胃袋には似合わない。せいぜい俺に小突かれて眠るがいい、この夜もさぞ仕末が悪いことだろうよ……。

いかにも火が完全にもえつきた後、彼等も腰を上げて床板のなくなった部屋の、じめじめ氷のように冷い土の上に、木端《こっぱ》や荒むしろを敷いて坐ってはみたものの、眼を閉じるが早いか夜はしつように耳を打ち、寒さは遠慮もなく全身を刺す。もっともその故があればこそ、自分で叫び出す必要もなく、互いに刺し合う必要もなかったのであろうが。

事実叫び出す場合もあるわけだ。例えば沼のほとりのあの男など。風は何時の間にか凪いで夜のざわめきに席をゆずっていた。真赤な月が沼の中に落ちた。鴉沼が王者の誇りをもって此の稀有《けう》の憎悪と愛情に慄えたのが、白く泡立つ霧となって湧き始めたのは丁度そのときであった。霧は次第に押し広がり、丘を越え、畑を越え、町々の屋根を越え、みだらに酔い狂うモップの顔までも包みこんでいく。月はかくれ、太鼓の音はにぶり、火事は輝きを失い、人々は足を取られてよろめいた。あらゆる生物は得体のしれぬ疲労に蒼ざめた。そして娘を除いた十人も、さすが支えきれずに重く絡みつく眠りへ沈んでいった。むろん胸をときめかせ闇にじっと開かれた娘の眼とて彼らの眠りとさして異質なものではないのかもしれぬ。娘に分っていることはただ一つ、その霧の厚みが刻々男との距離を埋めているのだということだけであったのだから。と遥《はる》かな叫びがその耳をつらぬいて流れる。それは男の耳に打ちよせる沼の叫びと同じく真空の中で鳴る鼓膜の音だった。あの妖しい火も炎《も》えていた。彼女は自分が単に一本の「くじ」にすぎないことを想出す。引いてしまえばただの紙片になってしまうことも。とりかえしのつかぬこと、古い過ぎさってしまった、もう役に立たなくなったその決意をもって、彼女こそあの沼の嘲笑った儚《はかな》い神の前に立つものではなかったか。

思い切って立上る。しかし下から何かに引ぱられるように重い。胸をしっかりかかき合わせ、血が出るほど唇を嚙《か》み、どうにか斯《こ》うにかその力に抗《あらが》ってみる。だがこんなことであの暗い路《みち》を行けるだろうか。路らしい路もない、枯れ果てた草原、乳糜《ちちがゆ》のような霧……激しい抵抗で水の中を歩くようにゆらめき、それでもやっと外に出てみた。かさかさと鳴る枯葉の悲しさ、人間の感情など追いつくすべもないこの悲しさ、その重さ……もし人間が恐怖に酔う能力がなかったなら、彼女もその場で立ちすくんだまま、総ての「くじ」を死の名儀に書きかえて、夜が明けるまで閉じた眼を開けなかったに違いない。

だが不幸にして娘にも酔う力があった。自分を消滅させる魔力に従うことが出来た。たちまちヒステリックに地面を蹴《け》って歩き出す。沼の霧は人間の心を模倣するかのように、その中に淡く月の光をあしらいながら絶えず入替り変化する密度の美しさと恐ろしさとで娘を導いていく。そら溝《みぞ》がある、土手がある、切株がある、その黒い大きなものがもうあの丘だ。やがて娘は最後の丘の頂上で、半ば朽ちた楡の大木に手をふれた。しっとりと濡れた鱗《うろこ》のような肌。

ひっそりとして何んの変りもない時間のようであったが、奇《く》しくも此の瞬間彼女は「くじ」になり果てたのだった。異様の笑いが沼の底から湧起る。と引裂かれたようにその上で霧が静かに割れ始める。そして娘はそこに月光をあびて佇《たたず》んでいるあの男を見たのだった。

突然計りしれぬ勇気が彼女を包む。きびしい力で可能性を踏み切り、素早く丘を駈け下りる。柳の下生えにつまずき、朽葉にすべり、膝をすりむき、手をどろまみれにして、やがてふるえながら男の後ろに立っている。だが男は黙っている。振向きもしない。娘は次第に不安になり、単純な推理を一つ一つ積み上げてみる。落葉が湿っていて足音が聞えなかったにしても、いま足元に影が二つ並んでいるのを不審に思わないのだろうか。この荒い私の呼吸が耳に入らぬのだろうか。それとも、本当に気が狂ってしまったのであろうか。しかし自分から言葉をかけて見ようなどとは考えもせず、男の襟くびから肩のあたりをじっと見つめながらがたがた慄えるだけだった。男がそのまま腰を下ろすと、娘もそれに倣《なら》って静かに膝をつく。この余りにも微かな光景の中で霧はみるみる晴れていった。月は身を縮め、ますます透明になって鏡のような沼の上をすべる。時折生き残った憐れな虫が翅《はね》をすり合せる音がする。腐肉の亡霊のように輝く気泡をまとって漂う水草も磨かれたうるしのように黒い。

ふと娘が口を開いたのにどんなきっかけがあったのかは分らない。娘にしても沈黙と言葉を区別するほどの強さがあったら業々《わざわざ》こんなところにやって来はしなかっただろう。それだけ細やかな心使いと自分の存在を告げようとする思いつめた気持があれば、今までの恐ろしい沈黙を通じて、却って果しなく喋《しゃべ》りつづけていたような錯覚を起すぐらい瞬きするより容易なことだったにちがいない。娘の眼は余りにも身近い男の姿に覆われて、まるで見る用をはたさなかったのだ。

――パンを持ってきたの。

男は跳上った。そして手の甲で額をこすりながら濁った片目で娘を見据える。

――ああ……。

――ひどい傷をなさったのね。

娘は何かしら深い感傷の安堵《あんど》を覚えた。感傷とは文字通り感情の過多に亡《ほろ》ぼされることだ。

――ああ……。

何かが始るのでもなければ終るのでもない。永遠に手をふれても人間に感じ得るのは僅《わず》かな抵抗と苦痛だけだ。

――分ったわ、私に必要なのはあなただけだったのよ。

――ああ……。

男は手をのばし、すぐそばの沼の中へ落ちかかるように生えている柳の枝を折ると、指の間でぱちぱち音をたてて砕きながら、次々水の中に投げ入れる。胸のうずくような仕草だとは思いながらも、さからう気にもなれず、娘もじっと沼の面に眼を落とした。奇怪にも様々な動物の姿を連想させる水草の塊りから、ゆるやかに、波の襞《ひだ》が立ちすべりさだかならぬ岸辺に吸い消されていく。理もなく心打たれて、娘は涙を流した。

不意に男が娘の顔をのぞき込んだ。そして野卑な声でくつくつと笑い出したのだ。愕然《がくぜん》として身を引くと娘は思わず息を飲んだ。

——どうなさったの。

——ああ……。

やっと事情が飲みこめたような気がして、娘はじっと男の片眼を見返しながら、さっと一条の光が流れ込んだように思っていた。「くじ」を引きに来たのだ。男を見つめる眼差しに力をこめる。そうやって、せめて男の魂を引き戻そうと、けなげな決心をしたのだ。救われよう。脱れようとする意志を想出させるのが唯一《ゆいいつ》の光であるに違いない。その光が彼の眼に投入れることで、せめて一つの意志が芽生えたら。娘はその強い意志によって内部から自分の顔が照らし出されたような気がしていた。

——痛い？　痛いのでしょう。

——痛い？　ああ……。

――ねえ、おとといのこと想出す？　サンライズ……言い忘れていたことがあるわよ。

――ああ……。

――許してね、許して下さるでしょう。

――結婚申込はモップの棍棒だな。ああ……。

――あなたには永遠が分っていたのね。あなたの側にこそ永遠があったのよ。おそすぎるなんてもう言わないわ。ねえ、大丈夫よ。間に合うわ。

――永遠、ああ……、素晴しい台詞《せりふ》だったよ。

男は立上り片手で傷をした方の眼を圧《おさ》えながら、踵《かかと》でぐるっとまわると突き出すように沼のほうへ指をのばした。そして切々《きれぎれ》な笑いの間から、誰に言うともなく呟き始める。

――ふん、結構な。たいした無駄足だったが買戻すには金が入る。ところが俺の財布は、もうからけつなんだ。気の毒に、お互い醜くなったなあ。ふん、行こうじゃないか。未《ま》だ間に合うとさ。

――そうよ、間に合うわ。ねえ、あなたのいう通りだったのよ。もうおそ過ぎたなんていうことはないの。想出して、ねえ、あのとき丁度時計が四時を打ったでしょう。大きな柱時計よ。机の上には青い花瓶に沙漠の花が活《い》けてあった。白いかさかさした花よ。始めから枯れているので永久に枯れないんですって。想出すでしょう。あなたがそう説明してくれたのよ。あの花が私の出席しなかった最初の同窓会のときにも飾ってあったんですってね。あの頃のことをお話しするわ。私もきっと初めからあなたを愛してたの。

——沙漠の花？　ああ……。

振返えった男の眼にちらっと光が輝いたように思った。半分シャツの切端に包まれてしまっているその顔から判然《はっき》り表情を読みとるには月の光では弱すぎたが、娘はその光を信じないわけにはいかなかった。光はなければならぬ。いや、光は現に在る。男は何かを想出そうとするようにじっと娘の顔を見返していたが、ほっと深く息をつきまた泣くように笑い出した。雲がいくつもの細い線になって流れる空を見上げる。ぽつんと丘の向うに眼を落とす。

——ああ、また火事だ。燃えている。

なるほど丘の背はくっきりとばら色に、低い柳や幾段にも折れ曲った楡の木の輪廓を描き出していた。しかし余程遠くらしい。太鼓もよく耳を澄まさぬと聞きとれぬほど。その微かなリズムは却ってあたりの静けさを異様に引立たすようだった。それから男の視線は急に其処を離れると、じくざくに空間を切りながらあらぬ方へ飛びさまよっていく。それがもう眼だけでは引きとめられぬことに気づくと、娘の声にはひとしお力がこもってきた。

——火事……昨晩うちが焼かれたとき、近くへいらっしゃってたんですって？　弟が見たっていうの。ああ、そのとき一言呼んで下さってたら……。

——ああ……。

——どうなさったの？　何を考えて……。

あまりの切なさに娘は声をふるわし、何んとか男の注意を引戻そうと力なく揺れているその手にそっと触れてみた。と意外にも男の手は蜥蜴《とかげ》のように敏捷《びんしょう》に動いて娘の手をしっかり捉《とら》えてしまったのだ。そして深く身をこごめ、開いている片目をほとんど娘の顔にぴったり押しつけるようにしてくすくすしのび笑いを始める。それは娘にもよく憶《おぼ》えのある笑いだった。幼いころ、彼がまだほんの子供だった頃の笑い。思わず顔をそむけて、沼の凄惨な光を眼にしたとき、その笑いが余りにも身近なものであっただけに、現在男との間を隔てているものの恐ろしさが突然ひしとせまってくるのをどうすることも出来なかった。男の手を激しく振り切ると娘も立上った。どちらからともつかぬうめき声が二人の間で音をたてた。二三歩よろめくと娘の眼にあるものはもう意志の光ではなく、単なる怖れと断絶を現す強い色彩に過ぎなくなっていた。

反対に男は一歩踏み出していた。両手を固く握りしめ頰をふるわせ、娘の表情の微動をも見逃がすまいと片目の首を苦しそうにねじ曲げ、しきりに何かを想出そうとするらしかった。憐れな娘がまたもや男の光を信じざるを得なくなるほど。事実男の中に何か或る変化が起ったようだった。ふと我に返ったように、ごくっと生唾《なまつば》を飲みこむと、やっと一切が想出せたとでもいうように静かに口をきいたのだ。

——さあ、こっちへおいで。

哀願するような弱々しい声だった。そしてぐっと両手を差出したとき、娘は思わずその腕の中へ飛び込んでいってしまった。激しい嗚咽《おえつ》がこみ上げてくる。男のがたがた慄えるのを全身に感じながら幸福の余りほとんど気を失いそうだった。いかなる期待をも裏切らない、どんな期待をも越える幸福。しかも彼女がそれを受取ったのはもうその期待さえ失おうとした瞬間ではなかったか、腰のあたりを愛撫《あいぶ》していた男の手が次だいに上へ上ってくる。胸へ、肩へ、……娘も激しい戦きを抑えることが出来なかった。そしてその手は首へ、はっと思った時娘は首を強くしめ上げられるのを感じた。何も彼もが余りにとう突《とつ》すぎる。強い眩暈《めま》い、驚愕、衝撃。叫び声をあげながら娘は反射的に強く男をはねのけた。次の瞬間こうやって死んで行くのならどんなにか幸福であったろうにと悔いてみたがもう遅そかった。意外なほど脆《もろ》く男は手を離すと、水の底を歩いていくようにゆらゆらと体をふりながら二三歩後ろによろめいて行く。娘はそのすぐ足元に大きく柳の根が張り出しているのを見た。同時に二人の短い、乾いた、押しつぶされた叫び、つづいてずぼっと沼が口を開く音。そしてその口からぱふっぱふっと空気を吐き出す毎《ごと》に男は体をくねらせもがきながら見る見る沈んで行った。虚《うつ》ろな笑いがふと絶える。娘は強く眼を閉じた。じっと両手に顔を埋めていると、全身が凝り固って硬い棒になっていくのが分る。もう微風に葉がすれ合うほどの音もしていないのに、耳の底では世界が砕けていくような激しい音がいつまでも聞えている。苦痛というよりは更に果てしもない陶酔のようだった。

いつの間にか月は沼を外れて低く町の上に懸っている。ねぼけた鴉が一声けたたましく鳴いた。はっとして顔を上げると、男が沈んで行ったと思われるあたりに、大粒の気泡が銀色に輝きながら絶間なく湧出ている。

——あなたにだってそんなに私を苦しめる権利はなかったのよ。

永い間出口を失っていた涙が突然せきを切ったように溢《あふ》れだした。

そして翌朝、やっと空が青みを帯びてくるころ、うろたえた男たちが丘の上から、まだ睡《ねむ》たげに蒼ざめ押しつぶされている沼のほとりに、昨夜のままの姿勢で坐っている娘を見つけだす。ぼんやり眼を上げたものの娘は何も理解していない。まっ先に駈けつけたいいなずけの腕に支えられて立上ってみたが、肉体を支配する力さえ失ったらしく手をゆるめられると融けるように崩れてしまう。そして娘の顔はもう見違えるほど醜くなっていた。しかし彼女の変化の全体に気づくものはいなかった。

見るかげもなくおとろえた十一人が、一塊りになってよろよろと丘の背を越えたとき、丁度太陽が色彩をつき破って大地に光を投げかけた。その確実な復帰に鴉たちが歯をむき出して叫ぶ。そしてたちまち数千の群が黒い渦になって西の空に舞い立った。

［1948.6.28］

キンドル氏とねこ

二晩つづいた不眠のおかげで、キンドル氏は事務所に出掛ようと思いながらも机につっ伏したまま、何時《いつ》までもうつらうつらしていた。

ひどくしのびやかなノックの音にやっと目を覚ます。

聞えぬふりをしようかと思ったが、注意深くあたりをはばかっているらしい慎重さは何事か重大な事件を告げているようにも思われ、その確信に満ちた反復は容赦なく彼を従わせてしまった。立上ると思わず二三歩よろめいてしまう。まるで脳味噌《のうみそ》に渋をぬられでもしたようだ。

メタ嬢だった。

声もなく、すべるように、素早く後手《うしろで》に戸を閉めると錠まで下ろして、じっと向い合って立ったその顔は蒼《あお》ざめている。

「陰謀よ。」

キンドル氏はすぐに返事をせずに、はらいのけるように手をふると机の前にかえって、しばらく考えこんだ風をしてから、

「何んのことだかさっぱり訳が分らん。」

「そうなの。いくらカルマさんだって、まさかあんなに手の裏を返すようなことはさらないと思ってたわ。大学教授なんて、見掛によらないものね。あれからすぐに息もつかせず運動にとびまわってるらしいのよ。やっぱりあの人がアクマ無用論運動の張本人だったんだわ。」

「ぼくは眠いんだよ。それに事務所に行って様子を見てこなければならないし……、」

「まあ、今日は日曜日よ。よっぽどお疲れになったのね。でも、それどこじゃないわ、今から参ったりなさっちゃ駄目よ。陰謀が起きているのよ。今弟が情報を持ってきたんですけれど、一時からカルマさんの主催でアクマ無用論者の集りがあるんですって。アクマさんが亡《な》くなったのを機会に一旗あげようっていうのね。注意なさらないといけないわ。一体どうなさるおつもり？」

「そう、今日は日曜日か。頭が痛い。コーヒーの美味《うま》いのが飲みたいなあ。」

「まあキンドルさん、腹を立てていらっしゃるの。」

「いや、正直なところ、ぼくには訳が分らないんだよ。ここに転任になってからまだ

三日目だ。あんまり色んなことが一時に起きすぎて、さっぱり物事に筋道が立たなくなってしまった。何しろ二晩とも殆《ほとん》ど寝ずだろう。嘔気《はきけ》がするほどだよ。」

「いいわ、コーヒーなら美味《おい》しいとこがあるから御案内しますわ。けれど本当にどうなさるおつもり？　あの人たちはきっとキンドルさんの邪魔をするにちがいないわ。」

「大丈夫さ。ぼくは単なる営業マンなんだから、どちらの側にも有益無害さ。それにアクマ氏はもう、」

と思わず口ごもると、素早くその言葉尻《じり》をおさえるように、

「そう、問題はそこよ。カルマさんはアクマさんの死因について変な疑念を持っているらしく、遇《あ》う人ごとに何やら妙なことをほのめかして歩いているって話だわ。」

「馬鹿な！」と思わず大声をあげて、急にうろたえ、何食わぬ顔をよそおって、「もうそんな話は止《よ》そうよ。コーヒー飲みにゆこう。」

キンドル氏は立上り、別にそんな気はなかったのだが何時ものくせで思わずメタ嬢を引きよせようとして、びくっとした。

五六人の荒々しい足音が階段を昇ってくる。

二人は申合わせたようにまたじっと顔を見合わせ、緊張して耳を澄ませた。足音はたしかにこっちへ向っている。やがて部屋の前に止って何かがやがや言っているよう

に思ったが、そのまま通りすごし、隣の部屋に入っていった。

「アクマさんの屍体《したい》を引取に来たのよ。」

「そのままになっていたの？」

「ええ。」

思い余ったという仕草でキンドル氏は眉《まゆ》をひそめ、じっと聞耳を立てるらしい様子に、メタ嬢は急にそわそわと落着をなくし、今度は自分のほうから、

「行きましょうよ。済んだことは忘れるものよ。そんな心配そうな顔は止して……、アクマさんは死んだのじゃなくて、ただ自由という名でもって特殊から普遍に次元を変えただけなんだって、さっきキンドルさんからなぐさめていただいたばっかりなのに、今度はわたしのほうからそう言わなけりゃならないなんて、随分変だわ。行きましょうよ。」

「ぼくは一寸もなぐさめてもらうような心配なんかしちゃいないよ。ただ厭《いや》な気持がするのさ。」

「結局は同じことよ。ねえ、行きましょうよ。山のような問題を前にして、気分転換が大事だわ。」

別にメタ嬢の言に動かされたわけではないのだが、とにかく本当に気分転換が大事

だと思い、さそわれるままに後をついて、無意識のうちに彼女の忍び足を真似《まね》ながら、こそっと部屋を出ようとしたとき、ガタンと天井で何かが倒れる音がしてそれまでつい忘れていたばけねずみのことを想出し、空腹にちいんと滲込《しみこ》んでかっかとほてりだすアルコールのように一聯《いちれん》の記憶が血管の隅々にまでひびいていった。

（今日中になんとかしなければ、奴等、壁を穴だらけにしてしまうどころか夜中に俺の鼻をもいでゆかぬとも限らぬ。えらいことになったものだ。よし、会社の休みを利用して、今日はひとつねこを手に入れる工面をしてみよう。どこかでねこを見掛けたっけな？　そうそう、トンネル通《どおり》の八百屋だったっけ。二三日借りる分には文句ないだろう。）

そんなことを考えながら外に出ると、丁度玄関の前に市の紋章をつけ、市衛生課と書いた旗を立てた屍体運搬車が止っていた。メタ嬢はちらっと振返り目くばせすると上ずった声で、

「アクマさんはもう生きている間に自分の体を死んでから解剖するように寄附してあったんですって。近代的ね。一寸誰にでも出来るということじゃないわ。」

言葉に似合わずその声があまり悩ましげに慄《ふる》えているので、キンドル氏はついいたわるような気持になってしまった。

「いいんだよ。このごろじゃ、変人のほうが平凡になったくらいさ。きっとよくあることに違いないよ。」

空には晴間があるのに、いやにしめっぽい風が吹いていた。顔や手がクリームのように濡《ぬ》れた。過去《すぎさ》った無数の太陽が粉々になり、その一粒々々が涙になって眼の中に逆流してくるようだった。

「遠いの？」

「何処《どこ》？」

「コーヒーを飲むとこ。」

「すぐよ。」

大通に出ると風はまるで液体のように濃厚になり、町中が水につかったように見える。

コーヒー専門店、ブラジル。

のぞき窓のようなショーウィンドウにはコーヒーの豆が敷詰められ、青いガラスの茶碗《ちゃわん》が二つ三つ、垂下《たれさが》ったとりどりのテープに結んだ人絹《じんけん》の造花がけばけばしい。前髪をたらした中年のマダムがバーのように並んだ椅子《いす》の向うでコップを揃《そろ》えながら、白い歯を浮立たせ、若い男に笑掛けている。

「サーヴィスよ。」

と、コップにヌガーを一つ添えてもらい、顎《あご》をさすっている男のほうは余程の常連と見える。そのとき、どうしたはずみか男はひょっと後を振向き、慌《あわ》てて立上るとびっくりした声で、

「おや、キンドルさん！」

すかさずメタ嬢が小声で、

「企画部長のコモンさん。わたしたちの味方よ。」

そう言ったのは、たしかに心理の機微をつかんだやりかただった。突然キンドル氏は本当に味方なるものが存在するような気持になり、すっかり持前の愛相好《よ》さをとりもどして、そっちのほうへならポケットを裏返してもよいと言わんばかりに近づいてゆくと、コモン氏も椅子を離れてすこぶる作法に適《かな》った仕草で悦《よろこ》びの情を示すのだった。

「実に何んという偶然！　こんなところでお目に掛ろうなんて夢にも思いませんでしたよ。色んな要件がありまして、是非お遇いしたかったんです。出来たらこれからでもお宅に伺おうかと思っていたほどですからね。いえ、なんの、こちらに転任になられて三日にもなるのに、ろくに御挨拶《あいさつ》一つ申上げずに失礼してしまって。まあこちら

にどうぞ。」

「いやいや、ここで結構。業々《わざわざ》お立ちになっていただいたりして却《かえ》って……。ぼくのほうから御挨拶するのが当然でしたよ。」

「なんの、そんなこと。キンドルさんはたしかメタさんの烏目荘にいらっしゃるんでしたね。」と言いながら、急に始めてメタ嬢の存在に気づいたように、「やあ、メタさんも一緒、こりゃ好都合だ。」

メタ嬢がさも意味ありげな目くばせをちらっと送ると、こちらも深く周到な眼つきでそれを受止めて、

「さあキンドルさん。こちらへ。」

「まあまあそう仰言《おっしゃ》らずにコモンさんこそ。」

といった調子で、どう見ても大して変りない席をしばらくゆずり合っていたが、結局キンドル氏を中心に、右にメタ嬢、左にコモン氏と並ぶことに落着いて、それまでの様子を仔細《しさい》気《げ》に、如何《いか》にも感動の面持で見守っていたマダムに向って、

「マダム、御紹介しておくよ。新任支店長のキンドルさん……。」驚いて乗出してきたキンドル氏の顔の前に覆《おお》うように大きく手をひろげて、「いや、そのことは後で詳しくお話しますから一寸待ってて下さい。」それからまたマダムの方に、「ねえ、そこ

でひとつ美味いやつを奮発して……。」

そこでメタ嬢が今まで聞いたこともないような可憐《かれん》な声で口をはさみ、

「そうなのよ。キンドルさんが是非おいしいコーヒーを飲みたいと仰言るので業々おつれしたの。」

「まあ、それは光栄のいたりね。今丁度熔《い》ったばっかりだからきっとお気に召しますわ。お気に召したら今後ともよろしく。」と、マダム。

「無論さ。」コモン氏はにぎやかにあたりを見まわして意味もなく笑い、「そこはマダムの腕と眼さ。」

マダムはコップやスプウンをがちゃがちゃはじめた。

とコモン氏はひやっとするほど事務的な表情に戻り、声をひそめて、

「実は、急用があったのです。本社から電報がありましてね、すぐにでもお伺いしようとしていたところ、運よくお目に掛れて。先《ま》ず電報を見ていただきましょう。三通あります。それから御相談したいこともありますが……。」

第一の電報・

アクマシヤチヨウシス」イサイフミ
第二の電報・

キンド　ルド　ノニシテンチヨウオメイズ
第三の電報・
　アスアサユク」カワド

「どうしたわけでしょう？」

「ほんとうに、支店長と同じ日に社長まで亡くなられるなんて、偶然というよりほかありませんね。どうもひどいことになったものです。いくらなんでも、キンドルさんお目出度うとばかりは申せませんよ。却って御苦労さまです。」

「カワドっていうのは重役の……？」

「むろんカワド理事長のことでしょうね。」

「何しに来るのだろう？」

「ええ」といっそう声をひそめて、「それも問題のひとつなんですが……」

　と言いかけたとき、コーヒーが出て、つんと気持よく鼻をつく。キンドル氏はたまらなくなって、いきなりすすりこみ、少々むせてしまった。膝《ひざ》の上にこぼれたのを、すっと横からメタ嬢の手がのびて、白いハンカチでふいてくれた。

　落着いたころを見計って、コモン氏が言葉をつぐ。

「と言いますのは、当社の機構が意外なほど複雑であることは、キンドルさんももう御気付きでしょうが……」

「というより、気狂《きちが》いじみているってことをでしょう。」忽《たちま》ち不愉快な想出に、思わず眉《まゆ》をしかめ、「その話ならもう止して下さい。ぼくが支店長になった以上、馬鹿気たことは一切止めにします。健全な、合理的な……。」

終《しま》いまで言いきることは出来なかった。コモン氏がいきなり彼の腕をぎゅっとつかみ、さも意味あり気な眼差で首を振ったのが、沈黙の要求であることは彼にもよく分った。

「気を静めて下さい。物事は現実の中で処理することにしましょう。」

おもむろに言放ったコモン氏の言葉は、しかし断固とした確信に満ちていた。キンドル氏は黙ってコップに目を移す。

しばしの沈黙。

二杯目を飲みおわって、幾らかさっぱりしてきたキンドル氏は、これという訳もなかったが急に苛立《いらだ》たしくなり、

「要するに……」

と言って、続ける言葉を探していると、コモン氏はすぐその後を引取って、

「あなたが殺人犯人でないことは、誰がなんと言っても信じます。それだけは誓ってもいいですよ。」

ぎょっとして立上りかけたキンドル氏の腕に、今度はメタ嬢が反対側から静かに手をかけて、

「そりゃ無論よ。わたしたちは絶対に味方ですわ。ねえ……、」

「そうとも、」とコモン氏。

両方からかかってきた腕の重味に、キンドル氏はほんとうの罪人になったようなぐったりした気持になってしまった。

［1949.3.9］

＊未完作品。

解　題

加藤弘一

安部公房は一九四八年に二四歳で文壇にデビューした。本書はデビュー前後の生前未発表・未再録短編を集めた作品集である。一九歳で書いた最初の小説から二六歳の時の「壁―S・カルマ氏の犯罪」の原型にあたる断章まで一一編を収録する（分量的にはデビュー前・デビュー後がほぼ半々になった）。

安部公房は前衛的とか都市的、無国籍的等々と形容されてきた。ところが本書の作品は前衛的でも都市的でも無国籍的でもない。ここには世に喧伝《けんでん》されてきた安部公房とは別の作家がいる。しかしよくよく読めば安部公房その人なのだ。

もう一五年前になるが、『安部公房全集』第一巻を開いた時の驚きと当惑は忘れられない。安部公房がこともあろうにヒューマニスト？　心優しい安部公房？　初期安部公房をどう位置づけたらいいのか。

作家の初期作品が後の作品の傾向と大きく異なっていた時、批評家は二つの解釈を持ちだすものだ。一つは成長でも堕落でもいいが、作家が変わったとする解釈。もう一つは中味は同じだが仮面をかぶったとする解釈。

わたしは変化説に傾いていた。最初は心優しいヒューマニストだったが、厳しい現実にぶつかって甘いヒューマニズムを卒業したというわけである。

ところが『安部公房全集』完結後に発見された「天使」を読むと変化説は怪しくなった。そこではヒューマニズムとシニシズムが普通に共存していたからだ。

「天使」の主人公は精神病院から逃げだした狂人で、妄想の中でこの世は天国、人間はすべて天使と思いこんでいる。残酷でシニカルな設定であるが、主人公の吐露する人間愛と幸福感は圧倒的なのだ。

この作品はスウェーデンボルグの『天国と地獄』のパロディとして書かれている。スウェーデンボルグという仮面をかぶることによって何の衒《てら》いもなく人間愛を吐露しているのだ。

前衛性、都市性、無国籍性は確かに安部公房の重要な要素だが、前衛一辺倒だったり都市一辺倒、無国籍一辺倒だったら安部公房は広い読者をもつことはなく、世界的な評価を勝ちえることもなかっただろう。『砂の女』や『他人の顔』にも最初期の作品と共通する要素が潜んでいるはずなのだ。それを意識できなかったのは仮面の目新しさに目を奪われていたからにすぎまい。

今、仮面といったが、セルフブランディングといった方がいいかもしれない。安部公房はデビューした一九四八年に四編、翌四九年に四編の短編を雑誌に発表しているが、この時期の作品を単行本化しようという考えはなかったらしい。

新人が本を出すのは今も昔も容易ではないが、当時は戦時中の反動で日本中が小説に飢えており、さながら出版ブームの様相を呈していた。雑誌に作品を発表しはじめたばかりの安部公房がいきなり長編『終りし道の標《しる》べに』を刊行できたのも時代の追風があったからだろう。

一九四九年の安部公房にとって、作品集の出版は困難ではあっても不可能ではなかったはずだ。だが書簡で見る限り、本にしようと動いた形跡がないのである(書簡は今後も出てくる可能性があるので、断言はできないが)。

本にまとめる気がなかったとするもう一つの根拠は、一九五一年に「壁―S・カルマ氏の犯罪」で芥川賞を受賞する前後、安部は『壁』、『闖入者《ちんにゅうしゃ》』、『飢えた皮膚』と作品集をたてつづけに上梓《じょうし》するが、「壁―S・カルマ氏の犯罪」以前の作品は「デンドロカカリヤ」を大幅に改稿して収録したのを唯一《ゆいいつ》の例外として、なぜかすべてはずしていることである。

一度雑誌に載せた短編を集めて本にすることは作家にとって不労所得になる。この頃の安部は経済的に余裕があったどころではない。芥川賞受賞後はある程度安定したということだが、それまでは食べる物にも事欠き、まともな部屋も借りられずに、夫婦二人であちこちを転々としていた。

窮迫していたにもかかわらず、安部公房は一九四九年九月から原稿の依頼を断り、「壁—S・カルマ氏の犯罪」の執筆に専念した。本書をお読みになればわかるように、自己分裂や名刺の優越、壁の両義性など「壁—S・カルマ氏の犯罪」のテーマの多くは初期作品群にすでに出てきている。安部公房はそうしたテーマを初期作品群とはまったく違う文体と形式でまとめ直そうと苦闘していたらしい。

一応の完成にこぎつけた翌年二月、友人にこう書き送っている。

この日曜日に、9月以来、半年ぶりの仕事やつと完成しました。206枚。あらゆる点で、ヘトヘトです。半年、なにもしなかつたので、つひにドンヅマリ。食ふや食はず。206枚、切売するのがいやで、売口がなかなか見つからず。題は、壁—S・カルマ氏の犯罪—、自信あります。発表されたら、是非御高評ねがひます。

本当に完成するまでにはさらに一ヶ月を要することになる。

『壁』作品群以前の作品の出来が悪かったわけではない。たとえば「夢の逃亡」は荒削りは荒削りだが、名前が実体から遊離するというテーマを掘りさげて別天地に突き抜けており、安部の短編の中でも屈指の名作といっていい。人間が植物化するというアイデアだけで終わっている「デンドロカカリヤ」よりも格段にすぐれていると思う。

なぜ本にしなかったのだろう。

リルケの『マルテの手記』の向こうを張って書きはじめたと思われる「名もなき夜のために」（『夢の逃亡』所載）で行詰まり、その文体では自分の表現したいことが書けないとさとったこともあったかもしれない。だが「名もなき夜のために」を放棄した後も同じ傾向の作品を書きつづけていたことを考えると、それだけではないだろう。

安部公房は「前衛文学」の方法論こそが作品の本質だと予感するようになったのではないか。リルケ風の暗い叙情、存在論、ドイツ的な重厚な文体、ヒューマニズム……そうした初期作品群の実質は「前衛文学」の方法論を際立《きわだ》たせる上でマイナスと見て封じたのではないか。

二〇年後、文壇で揺るぎない地位を築いた安部公房は初期作品群から七編を選んで『夢の逃亡』（徳間書店、後に新潮文庫）を刊行する。リルケ風の暗い叙情と存在論とドイツ的な重厚な文体を自己の原点として認知したと思われる。しかしすべての封印を解いたわけではなかった。

今日、安部公房は「前衛文学」としてではなく「古典」として読む段階にはいっている。

これまで安部作品は前衛性に偏した読み方がされてきた。安部が「前衛文学」を標《ひょう》榜《ぼう》し、変身譚《たん》や超現実的な物語が同時代において異彩をはなっていたのは事実だが、世界文学の視野で見た場合、まったく新しい分野を開拓したというわけではなかった（むしろ自己の方法論をクレオール言語論や脳科学で基礎づけようとした試みは他に例がなく、将来深められていく可能性がある）。

われわれは今や安部公房の作品を「前衛文学」という枠にとらわれずに、総体として読むべきなのだ。生前未発表・未再録だった作品は作品それ自体として価値があるのはもちろん、『砂の女』や『他人の顔』といった傑作群を読み直すヒントをあたえてくれるだろう。「壁―S・カルマ氏の犯罪」でどのような方法論をつかんだのかは、初期作品群との比較によって明らかになるだろう。

安部公房の本当の評価はこれからはじまるのである。

「（霊媒の話より）題未定」

一九四三年三月の執筆である（『安部公房全集』作品ノートによる。以下同じ）。二〇〇字詰原稿用紙の四行目に「（霊媒の話より）」と副題があり、中央に大きく「題未定」と書かれている。

旧制の成城高校（新制大学の教養課程にあたる）在学中の作品である。同人誌等に掲載されたことはない。安部は当時としては珍しい同人誌経験なしにデビューした作家だった。

故郷を飛び出して冒険するというストーリーは定住民の漂泊への憧《あこが》れに根ざす物語の王道で、『スターウォーズ』から『ロード・オブ・ザ・リング』まで枚挙にいとまがないが、安部はいきなり王道の物語をひっくり返し、漂泊民が定住に憧れる話を書いてしまう。

安部は敗戦間近に満洲の家族のもとにもどり、何もかも失って引揚げてきたが、その間ずっとこの原稿を持ち歩いていたと推定される。

こんなに長くて完成された作品が最初から書けるとは考えにくい。本作以前に習作があったと考えるのが自然だろう。残そうという意志が働いた最初の作品が本作だったということではないか。

「老村長の死」

一九四四年四月か四五年四月の執筆と推定される。四四年なら東京、四五年なら奉天で書かれたが、いずれにせよ厳しい荷物制限の中で満洲からもちかえった原稿の一つである。

安部は一九四三年末から四四年にかけて東北地方を旅行しており、その経験がモチーフになっているかもしれない。後に『飢餓同盟』や『砂の女』で批判的に描かれる村の土俗的な人間関係が早くも登場していることに注目したい。

「天使」

実弟の井村春光氏宅で二〇一二年に発見された作品である。一九四六年一一月、満洲から引揚げてきた直後の書簡に「船の中から、「天使の国」と言ふ短編を書き始めてゐる」とあり、そこに要約されているストーリーが本作とほとんど一致することから、本作が引揚げ船の中で起稿された作品と推定される。

一九四六年中の引揚げに使われた葫蘆《ころ》島港から佐世保港までは最短四日だったが、安部公房の乗った船はコレラ患者があいついだために、一ヶ月余の船中生活を余儀なくされた。作品を書く時間はたっぷりあった。

作中で言及されるスウェーデンボルグは一八世紀に活躍した科学者にして神秘家で、霊界見聞記である『天国と地獄』や神秘体験をつづった『霊界日記』などがある。日本では鈴木大拙がいち早く翻訳し、第二次大戦前は広く読まれていた。

本作で語られる「固い冷い壁だと思っていたものが、実は無限そのもの」だという発見は「壁―S・カルマ氏の犯罪」の結末を予告している。

「第一の手紙～第四の手紙」

ノート断片に横書きされており、「第一の手紙」は「1947.1.2」、「第二の手紙」は「1947.1.4」、「第三の手紙」は「1947.1.8」とそれぞれ文末に記されている。「第四の手紙」の最後の文は次のページにつづいているはずだが現存していない。

仮面をめぐる物語で『他人の顔』の萌芽《ほうが》というべき作品である。仮面が内面を変え、外部と内部が入れ換わってしまう「裏返しになった顔の世界」が語られるが、方法論こそが本質だという認識はこのあたりから生まれたのかもしれない。物語が急展開しはじめたところで、ぶっつりと終わっているのが惜しまれる。

「白い蛾《が》」

ノート断片に横書きされており文末に「1947.5.5」とある。本作と前後して『無名詩集』がガリ版刷で自費出版されている。

「醜いアヒルの子」型の物語で、「(霊媒の話より)題未定」と同様、自己の起源を空想する「ファミリーロマンス」(フロイト)に属する。

「悪魔ドゥベモオ」

一九四八年三月頃の執筆と推定される。同年一月には『終りし道の標べに』の「第一のノート」が雑誌『個性』に、二月には「牧草」が『綜合文化《そうごう》』に掲載されている。文壇デビュー直後に書かれた作品ということになる。本作以降当て字がほとんどみられなくなるのは公刊を意識するようになったからだろうか。

ノートに横書きされた草稿と四〇〇字詰原稿用紙八七枚版と五五枚版という三通りの異稿があるが、『安部公房全集』には完成度の高い五五枚版が収録されており、本書もそれにしたがう。

草稿ノートの表紙にはエスペラント語で「La novelo/La fatalamo/kaj/La diablo Dubemo/Kubo Abe」（小説／宿命／そして／悪魔ドゥベモオ／安部公房）と記した題簽《だいせん》が貼《は》られていた。本文には『運命愛』という表題を横線で消して、上に『悪魔ドゥベモオ』と記されていた。八七枚版も『悪魔ドゥベモオ』と題されている。ドゥベモオ（dubemo）とはエスペラント語で「懐疑」の意。五五枚版には表題はない。八七枚版一枚目に『近代文学』の編集者の名前が安部公房以外の筆跡で書かれていたことから、編集部にわたしたものの掲載にいたらず、改めて五五枚版に着手したと思われる。

悪魔は「俺は最後に弁証法という魔法のランプを与えて見たが……中略……それを転身の堕落にしか使うことをしなかった」と語る。当時は弁証法＝マルクス主義であり、この時点の安部公房はマルクス主義を批判的に見ていたことがわかる。

冒頭の名刺を引き裂く場面と「人間が問題にするのは本当に自分自身なのか、それとも自分の名刺なのか」という感想は、名刺が逃げだして本人にすりかわるという「壁―S・カルマ氏の犯罪」の物語にそのままつながっていく。

「憎悪《ぞうお》」

一九四八年三月頃の執筆と推定される。本作はノート断片四葉に書かれていたらしいが、最初の三葉は失われ、最後の一葉だけがノートにはさまる形で残っていた。一九四八月四月に脱稿した「異端者の告発」(『夢の逃亡』所載)と共通点が多いことから『安部公房全集』編集部は「異端者の告発」に発展していく途中の作品としている。

さまざまな読み方があるだろうが、わたしは社会に適応していた自分=「君」と作家としての自覚をもった自分=「僕」が相克する自己分裂の物語と読んだ。「君」が死んだという三月七日は安部公房の誕生日である。「異端者の告発」が完成したのにこの断片を残したのは、自己分裂というテーマを独立に発展させたいと考えていたからだろうか。名刺と本人が対立する「壁—S・カルマ氏の犯罪」の起源の一つといえるだろう。

「タブー」

一九四八年四月の執筆と推定される。表紙に「創作ノート/1・タブー」と記されたノートに横書きされており、本作の終わった次のページから「虚妄」の草稿がはじまっている。

作中の外食券食堂は食糧管理制度時代の米飯の提供される食堂のことで、他に雑炊食堂があった。当時は米が不足していたので、すべての国民に平等にゆきわたるよう、米を買う際は米穀配給通帳を見せて捺印《なついん》を受けることになっていた。外で食事をする者には外食券が発行された。雑炊食堂は誰でも利用できたが、外食券食堂は外食券がないと利用できなかった。

芸術家の集まるアパートが舞台らしいが、隣室の老人の「タム、タム」という呟き《つぶや》は、チェーホフの『三人姉妹』で人妻であるマーシャとその愛人ヴェルシーニンがかわす秘密の合図を踏まえているだろう。主人公を苛立《いらだ》たせる「タム、タム」は秘められたロマンスを暗示し、結末の伏線となっている。

「虚妄」

一九四八年六月の執筆である。「タブー」と同じノートに横書きされた草稿と四〇〇字詰原稿用紙に書かれた清書稿がある。

主人公が家出してきたKに転出証明の有無を尋ねたのは、食糧管理制度下では転出証明がないと米穀配給通帳が無効になり、高い闇米《やみごめ》を買わなければならないからである。Kは用意周到に転出証明をとってから家出している。

男から男へ「家出」をつづける女というモチーフは、前月に刊行された石川淳の作品集『無尽燈《むじんとう》』の表題作と共通している。安部は師とあおいだ石川の作品に対する応答として本作を書いたのかもしれない。

「鴉沼」

昭森社の『思潮』一九四八年八月号に発表されたものの『全集』まで再録されることはなかった。鴉沼と書いて「うぬま」と読ませる苗字《みょうじ》があるが、本作の場合は「アショウ」と音読みする方がいいと思う。中国語なら yāzhǎo か。

安部が育った奉天（現在の瀋陽《しんよう》）を明示的に舞台とした作品には「異端者の告発」（『夢の逃亡』所載）と、安部には珍しいリアリズム小説「憎悪の負債」（『全集』第二巻に「〈友を持つということが〉」という仮題で収録。その後二つの書簡で本来の題名と発表されなかった経緯がわかった）がある。本作の舞台も名指しされてこそいないが、奉天と考えられる。六年後に書かれた「瀋陽十七年」（『全集』第四巻所載）というエッセイには以下のような本作を思わせる記述がある。

堤防と鉄道が交錯するあたりだけは、なぜか不気味な湿地帯で、汚物捨場でもあり、いつもカラスが百羽以上も群をなしていて、われわれ悪童も近づきにくかった。そしてここに、匪賊《ひぞく》なるもののさらし首が、罪状をそえて、棒ぐいの先につきさしてあったことをおぼえている。白くふやけて、眼からウジがのぞいていた。

暴れまわる群衆《モッブ》と渦を巻いて舞う鴉《からす》の大群が呼応しあい、沼が地の底から言葉を発する。都市全体が不定形のエネルギーにふつふつとたぎっているかのようだ。群衆は最初恐怖の対象だったが、主人公の「男」はしだいに群衆のエネルギーに同調していく。後年安部公房が注目するエリアス・カネッティの群衆論と共通する認識がすでにここにある。

「キンドル氏とねこ」

一九四九年三月の執筆と推定される。四〇〇字詰原稿用紙に書かれており、他に創作メモ「複数のキンドル氏」（『全集』第二巻所載）が『詩ノート』と題されたノートに残る。

一読してわかるようにそれまでのドイツ的な重厚な文体とまったく異なる軽快な文

体が試みられており、「壁―S・カルマ氏の犯罪」の模索がはじまっていたことがわかる。カルマさんという人物まで言及されている。

「壁―S・カルマ氏の犯罪」に着手するのはこの断章の半年後、完成するのは一年後のことである。

付記

『安部公房全集』では校訂前のテキストを本文としたが、本書は広い読者に読まれることを想定して校訂後のテキストを本文とした。また編集部の判断でルビを増やした。校異は示さなかったが必要な方は『全集』巻末の「校訂ノート」を参照されたい。

解説

ヤマザキマリ

荒涼とした陸の続く満州の大地では、剝《む》き出しの地球と向き合うことで自らの存在を体感する。かたや海に囲まれた島の中で調和重視の国家を築いた日本では、民衆という鏡越しに自分というものを知る。社会単位への帰属に対する抵抗と個人主義の敗北という安部公房作品の普遍的な特性に、このふたつの極端な環境の影響は大きかったのではないかと、この短編集を読み返しながら改めて感じている。

若かりし頃の安部公房は、いつ砂に侵食されてもおかしくないような場所にある日本の植民地から〝故郷〟であるはずの日本の性質を俯瞰《ふかん》で分析していた傍観者である。自分の土地ではない場所を強権的に支配する植民地化という社会現象は、そこに暮らす人々に、特異な感性を芽生えさせるきっかけになるようだ。ファシズム政権下のイタリア、その植民地だったアフリカのエリトリアに移住した私の義祖父が、イタリア式の教育を受ける自分の子供がエリトリアよりもはるかに文明的なイタリアへ対し、非現実的とも言える理想や憧れを膨らませているのを見て、不安を覚えたという話をしていたのを思い出す。

日本のように天然のボーダーに囲われた立地条件において、敵が攻めてきても崩れない強固な国家を成立させるには、巣を守る蟻《あり》や蜂《はち》のような民の意識の一体化と調和が必須《ひっす》だ。しかし、群れに身を委《ゆだ》ね、自我に固執する必要のない体制は、満州のように自然の脅威が常に牙《きば》を剝き、そこに必死で縋《すが》り付きながら生きていかねばならないような土地では何の説得力も持たない。

孤独の覚悟と孤立の肯定を求めざるを得ない場所と、個人という意識を抱くことが煙たがられる場所の狭間《はざま》に立ち、そこに戦争という不条理が覆《おお》い被《かぶ》さることで、実存主義に傾倒していた安部公房青年は、自分の中に集積し続ける思想を執拗《しつよう》に捏《こ》ね続け、活字として排出することでなんとか生きながらえていたのである。しゃれにならない貧困と、異国人としての心許《こころもと》なさに囚《とら》われないために、日々絵画の創作と読書に明け暮れていた若いころの私にとって、安部公房の世界観が唯一無二《ゆいいつむに》の支えと励みだったことも、今更だがよく理解できる。

本書における、場合によっては完成にも至らなかった（または至らせる気を消失した）創作物の編纂《へんさん》は、その後彼を世界的な文学者として象《かたど》っていく一連の名作を読む上で、更なる奥行きと発見をもたらすことになるだろう。

加藤弘一氏が解説されているように、一九五一年に発表される「壁─S・カルマ氏の犯罪」の伏線的な要素は、たとえば「キンドル氏とねこ」に登場するカルマさんという名前からもイメージできるように、概《おおむ》ねどの作品にも模索や想起の要素が潜んでいるように思うが、その後の安部公房作品を為《な》す元素的要素もあちらこちらから拾い出すことが可能だ。

例えば「（霊媒の話より）題未定」を最初に読んだ時、私の頭の中に真っ先に思い浮かんだのは、終戦後の満州から故郷日本を目指す青年を翻弄《ほんろう》する不条理を描いた「けものたちは故郷をめざす」である。サーカスという遊牧民的集団から逃げ出し、家族や村という土地にしっかりと根付いた社会単位への帰属を安寧の到達点と信じて止《や》まない主人公パー公は「けものたち」の主人公である久木久三に重なる。野蛮ではあってもパー公には親切であったサーカス団は「けものたち」の冒頭に出てくるソ連軍の兵士たちを連想させるし、パー公の脱走を手伝うクマ公は久三に犬の肉を分けてくれる中国人の浮浪児か、または「飢餓同盟」の主人公の奔走と野心を支える人形芝居屋や地下探査技師に近い人物像を思い起こさせる。粗忽《そこつ》ながらも情けと利他性を備えた人物造形の特徴は、すでにこの作品の時点で顕《あらわ》れていたということになる。ここに現れる老婆《ろうば》もまた、その後いくつかの作品に同質のイメージとして引き継がれていく。

「老村長の死」で権力を失うことへの恐怖心と不安の押し問答を頭の中で繰り返しながら、権力者になりきれない自信の無さや弱さに押し潰《つぶ》され、自らを破綻《はたん》に追い込む村長は「飢餓同盟」の主人公にも重なるし、「R62号の発明」の社長のように利己の産物によって殺されてしまう人物像の気配もまた、このあたりの作品から発芽していたようだ。

そういえば「天使」が発見された頃、当時まだご存命だった安部ねりさんのはからいで、小説が掲載された「新潮」を送っていただいたことがあった。その時にこの短編を読みながら慌《あわ》てて鉛筆で線を引いたのがこの箇所である。

私も始めこれは唯《ただ》の部屋だと思っていた。所があにはからんやである。これが宇宙そのものだったのだ。そして固い冷い壁だと思っていたものが、実は無限そのものであり、恐ろしい不快な鉄格子《てつごうし》だと思っていたものが、実は未来の形象そのものに他ならなかった訳なのだ。

壁と無限という対極の概念を同一のものと捉《とら》え、それが安部公房作品における普遍的なテーマとなることを示唆《しさ》する、最初の描写である。

「けものたち」のクライマックスで、日本を目指して船に乗り込んだ主人公が、その後船内に拘束されたまま、その鉄の壁の先にある日本への上陸が叶《かな》わないあの残酷な顚末《てんまつ》も、「砂の女」で蟻地獄と思《おぼ》しき擂鉢《すりばち》状の女の巣に拘束された男が毎日格闘する、何をどうしても超えることのできない砂の壁といったイメージも、全《すべ》てここに着地する。

やはり私としては、人間と壁の共存という発想が、生きるための条件が対極的なふたつの土地、満州と日本の相対関係に結びついているように思えてならない。水の壁に囲まれた日本と、どこまでも砂と枯れ草の光景が続く果てしなき大陸の満州。この世に生まれてきたことへの正当な答えを探して彷徨《さまよ》い、群れ組織への帰属に安寧を求め、それに戒められ、幻滅し、最後には社会から抹消されていく主人公たち。

彼らはまさに安部公房自身であり、この短編集は、不条理と理不尽に満ちた世界に生きながら、横溢《おういつ》して止まない思考を文字にかえて燃焼させ続けていた、エネルギッシュでナイーブな文学青年の命の軌跡なのである。と同時に、戦中戦後の混沌《こんとん》がデフォルトだった社会において、満州であろうと日本であろうと、全ての人々が生きることにもがき苦しみ、七転八倒しつつも満身創痍《まんしんそうい》で己の生命を突き進んでいた、遠い時代の記録でもある。

（令和六年二月、漫画家・文筆家・画家）

この作品は二〇一三年一月新潮社より刊行された。

【読者の皆様へ】

本書収録作品には、今日の人権意識に照らし、不適切な語句や表現が散見され、それらは、現代において明らかに使用すべき語句・表現ではありません。

しかし、著者が差別意識より使用したとは考え難い点、故人の著作者人格権を尊重すべきであることという点を踏まえ、また作品の歴史的文学的価値に鑑み、新潮文庫編集部としては、原文のまま刊行させていただくことといたしました。

決して差別の助長、温存を意図するものではないことをご理解の上、お読みいただければ幸いです。

文字表記については、原文を尊重するという見地に立ち、難読と思われる語であっても、読みが複数あり、決定しきれないものについては振仮名を振らないこととしました。

（新潮文庫編集部）

安部公房著　**砂の女**　読売文学賞受賞

砂穴の底に埋もれていく一軒屋に故なく閉じ込められ、あらゆる方法で脱出を試みる男を描き、世界20数カ国語に翻訳紹介された名作。

安部公房著　**箱男**

ダンボール箱を頭からかぶり都市をさ迷うことで、自ら存在証明を放棄する箱男は、何を夢見るのか。謎とスリルにみちた長編。

安部公房著　**密会**

夏の朝、突然救急車が妻を連れ去った。妻を求めて辿り着いた病院の盗聴マイクが明かす絶望的な愛と快楽。現代の地獄を描く長編。

安部公房著　**笑う月**

思考の飛躍は、夢の周辺で行われる。快くも恐怖に満ちた夢を生け捕りにし、安部文学成立の秘密を垣間見せる夢のスナップ17編。

安部公房著　**方舟さくら丸**

地下採石場跡の洞窟に、核シェルターの設備を造り上げた〈ぼく〉。核時代の方舟に乗れる者は、誰と誰なのか？　現代文学の金字塔。

安部公房著　**カンガルー・ノート**

突然〈かいわれ大根〉が脛に生えてきた男を載せて、自走ベッドが辿り着く先はいかなる場所か——。現代文学の巨星、最後の長編。

(霊媒《れいばい》の話《はなし》より) 題《だい》未《み》定《てい》

安部公房初期短編集

新潮文庫　あ－4－26

令和六年四月一日発行

著者　安《あ》部《べ》公《こう》房《ぼう》

発行者　佐藤隆信

発行所　株式会社　新潮社

郵便番号　一六二－八七一一
東京都新宿区矢来町七一
電話　編集部(〇三)三二六六－五四四〇
　　　読者係(〇三)三二六六－五一一一
https://www.shinchosha.co.jp

価格はカバーに表示してあります。

乱丁・落丁本は、ご面倒ですが小社読者係宛ご送付ください。送料小社負担にてお取替えいたします。

印刷・大日本印刷株式会社　製本・加藤製本株式会社

ISBN978-4-10-112126-0 C0193